# RETOUR AU PAYS BLEU

Françoise Bourdon a été enseignante avant de se consacrer à l'écriture, sa passion de toujours. Férue d'histoire et de littérature, elle fait revivre dans ses livres les métiers oubliés et les vies quotidiennes d'autrefois. Elle réside à Nyons et a choisi pour cadre de ses derniers romans sa Provence d'adoption.

*Paru au Livre de Poche :*

LE FILS MAUDIT
LA GRANGE DE ROCHEBRUNE
LE MAS DES TILLEULS
LE MOULIN DES SOURCES
LES ROSES SONT ÉTERNELLES
LES SENTIERS DE L'EXIL

FRANÇOISE BOURDON

# *Retour au pays bleu*

NOUVELLES

CALMANN-LÉVY

© Calmann-Lévy, 2013.
ISBN : 978-2-253-09985-7 – 1re publication LGF

# Préface

C'était un livre qui m'avait profondément marquée. Au point que, bien plus tard, j'ai cherché à le retrouver. Car, au tout début des années soixante, on nous confiait les manuels de l'année scolaire et nous les rendions à notre institutrice le 30 juin.

J'avais gardé en mémoire sa couverture aux couleurs de Monet, jaune et bleu, illustrée d'un double pin parasol à l'ombre duquel deux enfants bavardaient. Je me souvenais aussi du titre : *Au pays bleu*.

Je ne savais pas, alors, que nous quitterions un jour mes Ardennes natales pour nous installer en Haute-Provence, là où les champs de lavande reflètent le ciel dans un camaïeu de bleus.

Je ne le savais pas mais je le pressentais peut-être. Comment expliquer, sinon, que je sois tombée tout de suite sous le charme de la Provence ?

François, mon ami libraire, à qui je parlais de mon livre du cours élémentaire tant aimé, est parvenu à me le procurer cette année dans sa nouvelle édition[1] de 2008. Je l'avoue, j'ai hésité plusieurs jours avant de l'ouvrir, de crainte d'être déçue. Or, dès les premières lignes, j'ai retrouvé intactes mes émotions d'enfant. Et j'ai su que j'appellerais mon prochain ouvrage *Retour au pays bleu*. Car, d'une certaine manière, il s'agit pour moi de retrouvailles avec le pays dont j'ai tant rêvé enfant.

Là où je ne suis pas née mais où j'ai choisi de vivre « le reste de mon âge ».

---

1. *Au pays bleu. Roman d'une vie d'enfant*, Édouard Jauffret, Librairie classique Eugène Belin, 2008.

## Le secret des oliviers

Chaque fois qu'elle traversait la cour du mas des Anges, Sabine ne pouvait s'empêcher d'aller saluer Ulysse, le plus vieil olivier du domaine, ainsi baptisé par son arrière-grand-père. Cela faisait sourire Marie-Thérèse, sa grand-mère, que tout le monde appelait Manou. La vieille dame se moquait gentiment d'elle.

« S'il te voyait, grand-père Matthieu prétendrait que ce n'est pas du sang, mais de l'huile d'olive qui coule dans tes veines ! – Et j'en serais drôlement fière ! » répondait invariablement Sabine.

Lorsque Manou, frappée par l'ostéoporose, surnommée le « tueur silencieux des vieilles dames » par le médecin de famille, s'était brisé le col du fémur, Sabine n'avait pas hésité. « Je m'occupe de Manou et je m'installe au mas », avait-elle annoncé à son père, retenu par son poste de consul à La Nouvelle-Orléans. Paul

Richaud avait marqué une hésitation. « Sabine ? Tu es sûre de toi ? Tu sais, ce ne sera pas vraiment une sinécure ! Ma mère peut se montrer redoutable lorsqu'elle s'ennuie. De plus, te rends-tu compte de la charge que représente la propriété ? Manou a fait de l'olive toute sa vie. Toi, tu risques de passer pour une touriste. »

Elle avait protesté avec force. Elle, une touriste ? alors qu'elle connaissait toutes les étapes du cycle de l'olivier ? « De toute façon, j'y vais », avait tranché Sabine. Elle avait ajouté, en ayant conscience de tricher un peu parce que ce dernier argument, elle le savait, emporterait l'adhésion de son père : « J'ai besoin de me changer les idées. Je ne supporte plus ma vie à Paris. Au mas, au moins, je pourrai me rendre utile ! »

Et, cette fois, Paul Richaud n'avait rien répondu.

Toute sa famille l'entourait depuis plus d'un an. Si elle en était touchée, Sabine ne pouvait cependant s'empêcher de se sentir coupable. Mais cela ne regardait qu'elle. Elle seule.

Biscotte, l'imposant berger australien, la suivit jusqu'au premier champ d'oliviers, ceux qu'elle admirait chaque matin en ouvrant les volets de sa chambre.

Le cœur lourd, Sabine passa la main sur l'écorce tourmentée d'un des plus vieux oliviers, qui avait résisté au premier gel meurtrier du

XXᵉ siècle, celui de l'hiver 1929. La peau rugueuse et craquelée de l'arbre lui était si familière qu'elle posa la joue dessus, comme pour y puiser quelque réconfort.

« Oh ! Christophe… si tu savais comme tu me manques ! » pensa-t-elle.

Biscotte la contemplait avec adoration. La jeune femme se détacha lentement du tronc et se pencha vers son chien, comme si elle reprenait contact avec la vraie vie. C'était tout à fait ça, d'ailleurs. Si elle était venue s'installer au mas des Anges, ce n'était pas seulement pour s'occuper de Manou. Mais aussi parce qu'elle avait besoin de se retrouver, elle, Sabine, après le drame.

— Taille, taille, toujours plus, lui enjoignit dans son dos Séraphin le mal nommé.

Enfant déjà, sa laideur était repoussante, selon Nanda, l'aide-ménagère de Manou, sa complice et confidente. Nanda connaissait tous les secrets du mas des Anges mais qu'on ne compte pas sur elle pour les dévoiler ! Si elle entretenait des relations houleuses avec Séraphin, l'homme toutes mains du domaine, elle était toujours la première à voler à son secours lorsque les enfants du village se moquaient de lui, contrefaisant sa démarche saccadée et le tremblement de ses mains. Séraphin – quelle idée, en vérité, de l'avoir baptisé ainsi ! – n'avait jamais eu l'aspect d'un chérubin mais il s'y connaissait comme personne en matière d'oliviers et aimait les arbres de « Mme Marie-Thérèse ». Il avait déjà appris beaucoup de choses à Sabine et lui avait promis qu'elle serait l'an prochain entièrement responsable de la récolte.

Elle esquissa un sourire las. L'an prochain lui paraissait si loin ! Mais Séraphin ne se laissait pas décourager pour si peu.

— Tu es là, lui dit-il, désignant les champs d'oliviers, le ciel, d'un bleu pur, et le mont Ventoux en toile de fond.

Et puis il posa la main sur sa poitrine.

— Tout ce que tu as dans le cœur, tu le donnes à nos arbres.

Elle fit « oui » de la tête, trop émue pour parvenir à prononcer un mot.

— Taille, reprit Séraphin. N'aie pas peur. Ce soir, tu dois avoir l'impression d'avoir été rouée de coups.

Elle n'en était pas loin, et midi n'avait pas encore sonné au clocher du village. Pas question, pourtant, de se plaindre ! Elle savait que, mine de rien, Nanda et Séraphin l'observaient, lui faisant passer une sorte d'examen.

Elle avait appris, il y avait déjà longtemps, qu'il ne fallait pas laisser pousser les branches trop en hauteur. Les arbres avaient besoin d'un maximum de soleil sur le dessus des rameaux et d'un minimum sur le tronc.

Ses épaules se raidissaient. Tailler, choisir d'un seul coup d'œil les branches à trancher, couper les bois de plus de quinze millimètres à la scie, passer les lames du sécateur à l'alcool chaque demi-journée afin d'éviter la transmission des parasites... Elle s'arrêta enfin, épuisée.

— Pas mal pour une débutante, approuva dans son dos Séraphin. Mais tu peux mieux faire. Beaucoup mieux.

Elle se retourna et lui tira la langue. Alors, il éclata de rire, et elle se joignit à lui. C'était bon de rire comme ça, pour presque rien. Elle en avait perdu l'habitude...

Après la taille, il faut mastiquer les plaies les plus importantes, brûler rapidement les tombées pour enrayer les contaminations parasitaires. Elle avait oublié combien le travail pouvait être pénible. Comment Manou parvenait-elle encore à s'occuper de quelques oliviers ? Sabine avait honte d'elle-même, l'impression qu'elle s'était « rouillée » durant toutes ces années passées à Paris. Heureusement, personne au mas des Anges ne le lui faisait remarquer.

— Ça revient tout doucement, l'encourageait Nanda.

Et Manou de renchérir :

— Les oliviers, tu sais, c'est comme la bicyclette, ça ne s'oublie pas. Il suffit de se laisser guider par son instinct.

C'était le genre de phrase qui lui faisait mal. Bien sûr, Manou ne pouvait pas deviner. Elle avait à peine connu Christophe. Oh ! certes, ils s'étaient mariés au village, ce qui avait permis à Manou de voir toute sa famille rassemblée au mas des Anges mais, par la suite, Christophe n'y était revenu qu'à deux reprises. Il trouvait toujours qu'il y faisait trop chaud, ou il avait une nouvelle « course » à préparer. Lui, sa passion, c'était la montagne.

Sabine avait parfois l'impression que son métier et même le couple qu'ils formaient étaient accessoires. Lorsqu'il parlait des nouveaux sommets qu'il comptait conquérir, le visage de Christophe s'illuminait.

« Tu ne comprends pas, lui avait-il dit un jour. Chaque fois, c'est comme si je jouais ma vie. » Elle se rappelait très bien ; ils se promenaient ce jour-là le long de la Seine. Elle avait voulu le faire taire en posant la main sur ses lèvres. Il s'était dégagé, presque en colère. « Ne me demande jamais de choisir entre la montagne et toi, Sabine, lui avait-il dit. Je ne suis pas du tout certain que tu gagnerais. »

Elle ne se posait même plus la question depuis qu'elle l'avait entendu dire « la montagne et toi ». Elle savait qu'elle occupait la seconde place dans le cœur de Christophe.

Elle serra ses mains l'une contre l'autre. Elle frissonna, bien que le mois d'avril fût particulièrement doux. Elle ne voulait pas évoquer le souvenir de Christophe. Pas encore. C'était trop douloureux pour elle.

Nanda surgit derrière elle, lui demanda si elle descendait à Vaison. Elle avait besoin de sucre, de farine et de chocolat. Sabine rit.

— Des denrées des plus diététiques !

— Eh ! riposta vivement Nanda, qui mangera mes confitures et mes gâteaux ? Quand tu es revenue, tu ressemblais à un chat écorché. Manou, la pauvre âme, s'est même demandé si tu n'étais pas devenue anorexique…

— Pas à mon âge, sourit Sabine, émue, presque malgré elle, par la sollicitude des deux femmes. Non, vois-tu, reprit-elle, c'est juste que je n'avais vraiment pas faim. On perd le goût de vivre, le goût de manger, tout…

Le regard de la gouvernante se fit grave.

— Et ça t'avance à quoi ? grommela-t-elle. Dans la vie, il faut avancer, coûte que coûte. Tu as été élevée dans cet esprit, ma belle.

Sabine releva la tête.

— Je sais, Nanda, je sais. C'est seulement que... parfois, c'est trop lourd.

— Ta grand-mère m'a souvent répété qu'elle avait été marquée par les mots du révérend père Boulogne, l'un des premiers greffés du cœur en France. Il disait : « Il faut se battre pour vivre. C'est un devoir. » D'une certaine manière, c'est le credo de la famille. Bon sang ne saurait mentir ! Tu n'as pas le choix, petite !

Même si les mises au point de Nanda étaient rudes, Sabine savait qu'elles lui faisaient du bien. Les deux femmes échangèrent un sourire un peu tremblé. Pour se libérer de l'émotion qui risquait de la submerger, Nanda bougonna :

— Eh bien, tu vas te décider à aller faire mes courses à Vaison ?

Et, Dieu merci, Sabine réussit à ne pas pleurer. Elle prit la liste de courses de sa vieille amie, alla embrasser sa grand-mère. Armand, l'infirmier, devait passer pour lui faire sa piqûre quotidienne. Une injection dans l'abdomen afin de la prémunir contre le risque de phlébite. Manou aimait bien bavarder avec Armand ; il savait la faire rire. Sa grand-mère possédait le charme délicieux des vieilles dames qui ont toujours séduit leur entourage sans même y songer. Sabine l'admirait pour son allant et son sourire qui lui creusait deux adorables fossettes. Elle n'osait plus lui dire combien elle l'aimait. Elle se défiait trop de l'amour désormais.

Elle rafla sur la console du vestibule la pochette contenant ses papiers, son portefeuille. Biscotte s'était déjà précipitée à l'intérieur de la vieille 4 L qui faisait office de véhicule tout-terrain. Sabine démarra.

Chaque fois qu'elle se risquait hors du domaine, elle avait l'impression de se mettre en danger. Nanda l'avait bien compris et l'obligeait à intervalles réguliers à affronter le monde extérieur. Sabine crispa les doigts sur le levier de vitesses.

Le paysage – oliviers ondulant sous la brise, iris fleuris, ciel couleur de lapis-lazuli – était sublime. Cet après-midi, elle s'installerait au pied d'Ulysse pour poursuivre la traduction qu'elle avait promis de remettre à son éditeur avant la fin juin. Son travail lui permettait de se libérer l'esprit, de moins songer à Christophe. Un jour, peut-être, elle accepterait, se résignerait à ce que les autres nommaient le « destin ». Pour le moment, cela lui était impossible.

Sabine, après avoir marqué une hésitation, franchit le seuil du fromager. Manou adorait le picodon et le banon, ces délicieux fromages de chèvre au goût bien particulier. Elle fit ses achats, les régla. En sortant, elle heurta involontairement la personne placée derrière elle.

— Oh ! je suis désolée ! s'écria-t-elle, sincère.

Elle aperçut une silhouette de haute taille, sans y prêter attention. L'inconnu, en revanche, la héla.

— Mademoiselle, s'il vous plaît...

Sa voix grave la surprit. Elle se retourna.

— Oui ? dit-elle, déjà sur la réserve.

Il esquissa un sourire d'excuse.

— Pardonnez-moi de vous interpeller ainsi. J'aurais besoin de votre voix.

— Pardon ? répéta Sabine, interloquée.

Le sourire de son interlocuteur s'accentua.

— Rassurez-vous, je ne perds pas l'esprit. L'association dans laquelle je m'implique fait appel à des bénévoles qui « donnent leur voix » en lisant des romans, des biographies ou des ouvrages plus pointus, destinés à ensoleiller les loisirs des non-voyants.

— Oh ! fit Sabine en se sentant stupide.

Elle jeta un coup d'œil discret à son interlocuteur, en se demandant s'il était aveugle. Non, c'était tout bonnement impossible ; il ne donnait pas du tout l'impression d'avoir quelque difficulté à se mouvoir.

— Je..., reprit-elle avec effort. Comment devons-nous procéder ?

Il était grand, brun, avait les cheveux un tout petit peu trop longs, mais cela lui allait bien. Elle ne distinguait pas ses yeux derrière ses lunettes aux verres teintés.

— Je suis seulement malvoyant, déclara-t-il comme s'il avait deviné la question qu'elle se posait. Si vous voulez, je vous laisse mon numéro de portable. Vous aurez le temps de réfléchir. Vous me rappelez si jamais vous avez envie de nous prêter votre voix.

Elle balbutia une phrase indistincte. Brusquement, elle ne désirait qu'une chose : s'enfuir, retrouver le calme du mas des Anges. Comme si elle avait couru un quelconque danger en compagnie de cet homme.

— Je m'appelle Diego, précisa-t-il. Diego Vasquès.

Elle fit « oui » de la tête sans lui communiquer son nom et s'élança dans la rue.

Le sang battait à ses tempes. « Symptôme classique d'agoraphobie », se dit-elle. À force de rester claquemurée dans le domaine, bientôt, elle ne parviendrait plus à faire trois pas seule dans la rue !

Elle courut jusqu'à la 4 L, caressa distraitement Biscotte qui lui faisait fête et se sentit un peu mieux une fois installée derrière le volant. Dans sa bulle.

Alors, sans raison, elle se mit à pleurer.

— Tu vois, ma chérie, lança Manou sur le ton de la boutade, j'ai l'impression de tout recommencer à zéro. Réapprendre à marcher à mon âge !

La vieille dame avait beau manier son déambulateur « à la façon d'un kamikaze », comme disait Vincent, son kiné, ses progrès étaient étonnants. Nanda prétendait que c'était son amour-propre qui la poussait, et Sabine pensait que c'était certainement vrai. Nanda n'était-elle pas celle qui connaissait le mieux Manou ?

La maîtresse du mas des Anges fronça les sourcils en s'aventurant sous la treille.

— Séraphin a bien traité tous les arbres, j'espère ? s'enquit-elle. J'ai lu dans le bulletin que la mouche était redoutable cette année.

Lorsqu'elle était enfant, Sabine entendait déjà parler des méfaits de « la mouche » et imaginait un insecte à la taille monstrueuse. Depuis son installation au mas des Anges, elle s'était solidement documentée et connaissait désormais l'essentiel de ce qu'il y avait à savoir sur ce parasite nommé *dacus* qui pondait un œuf par olive en formation, vers la mi-juillet, menaçant ainsi toute la récolte.

Cependant, toutes ses lectures ne lui conféraient pas l'expérience de Manou et de Séraphin. Tous deux savaient à quel moment il convenait de pulvériser des insecticides. Ils étaient si savants que Sabine avait parfois l'impression d'être une parfaite béotienne comparée à eux. Heureusement, Séraphin, mine de rien, complétait son initiation.

Chaque matin, lorsqu'elle marchait en compagnie de Biscotte dans l'oliveraie, Sabine se sentait chez elle. Au petit jour, la vue sur le mont Ventoux était magique, les oliviers d'un vert tendre, émouvants. La jeune femme contemplait « ses » champs et elle avait la certitude d'être utile, enfin, après toutes ces années passées à attendre.

« Tu n'as donc pas de passion ? » lui avait un jour jeté Christophe, presque méchamment. Elle aurait voulu lui répondre : « Si, toi », mais n'avait pas osé le faire.

Longtemps, elle s'était satisfaite de vivre dans l'ombre de son époux, célèbre alpiniste, courant toujours après un nouveau défi. Jusqu'au jour où elle avait crié : « Assez ! » Elle désirait un enfant, une véritable vie de famille, et non cette existence en pointillés dépendant des courses de Christophe. Elle l'avait répété, en pleurant, parce qu'elle voyait bien dans son regard qu'il ne la comprenait pas vraiment. « Assez, Christophe ! Ça suffit, maintenant ! » Il avait eu, alors, cette phrase terrible : « Ma pauvre Sabine, tu n'as donc pas encore compris qu'elle passerait toujours avant toi ? » Elle... La montagne, pire qu'une autre femme. À cet instant, le Seigneur lui pardonne, elle était si perdue, si blessée, qu'elle avait pensé avec force : « Eh bien, relève-le, ce nouveau défi ! Et reste donc là-bas ! »

Elle n'oublierait jamais le jour où elle avait reçu l'appel de Manuel, le complice de cordée de Christophe, avec qui il avait accompli la plupart de ses exploits. La liaison était mauvaise ; elle n'avait pas compris tout de suite, ou pas voulu comprendre.

Manuel parlait avec gêne, évoquant le K2, ce sommet mythique, de l'avis unanime, beaucoup plus difficile à conquérir que l'Everest.

Par la suite, Sabine avait découvert ces confidences de Greg Child, l'un des alpinistes qui avaient affronté le deuxième sommet du globe : « C'est une mise à l'épreuve, une personnification géologique de l'angoisse. L'escalader est une confrontation permanente avec la peur et la mort[1]. » Sabine avait alors songé que c'était tout à fait ça ; Christophe cherchait toujours à se dépasser.

Mais, cette fois, il n'était pas revenu.

Elle frissonna, se pencha vers Biscotte, trouvant du réconfort auprès de son chien. Le berger australien lui lécha la main. Elle enfouit le visage dans son pelage.

— Oh ! Biscotte… c'est toujours aussi dur, si tu savais…, murmura-t-elle.

---

1. Extrait d'une interview du célèbre alpiniste australien citée dans *La Folie du K2*, Charlie Buffet, Guérin, 2008.

Pourtant, elle ne voulait plus pleurer. Elle avait versé suffisamment de larmes au cours de l'année écoulée.

Elle rejoignit à pas lents la terrasse où Manou était installée comme une reine, trônant sur un fauteuil en rotin. Elle embrassa sa grand-mère qui effleura d'un doigt léger les deux rides encadrant la bouche de Sabine.

— Pas de ça chez moi ! s'écria la vieille dame. Tu es trop jeune pour avoir le visage marqué.

Avec elle, tout paraissait simple. Prendre la vie du bon côté, profiter de ce qu'apportait chaque nouvelle journée... Pourtant, les épreuves ne l'avaient pas épargnée ! Veuve à trente-cinq ans, Manou avait bataillé pour élever seule ses trois enfants et sauvegarder le domaine à une époque où l'huile d'olive n'était pas un produit aussi recherché. Elle avait pour principe de ne jamais regarder par-dessus son épaule. L'avenir seul l'intéressait. Cette philosophie se reflétait sur son visage encore étonnamment jeune d'aspect. Depuis des lustres, elle confectionnait elle-même sa crème de beauté, à base d'huile d'olive naturellement, et Sabine se disait de plus en plus souvent que la formule devrait être commercialisée. « Avec Manou comme mannequin, lui soufflait Nanda. Quelle meilleure publicité ? »

— As-tu des nouvelles de tes parents ? reprit Manou.

Sabine hocha la tête.

— Un texto tous les matins. Ils sont pris dans un tourbillon de réceptions...

Manou fit la grimace.

— Des obligations certes incontournables dans le métier de ton père, mais je pense qu'ils aiment ça. La lumière, les belles toilettes et les bijoux... Un monde qui me paraît tout à fait surréaliste !

Sabine rit de bon cœur. Un fossé, en effet, séparait sa grand-mère de sa mère, très mondaine.

— C'est leur choix de vie, fit-elle remarquer.

— Loin de moi l'idée de le critiquer, précisa Manou. C'est juste que... je n'aurais pas la moindre envie de vivre ainsi. Moi, il me faut mes oliviers, mon Ventoux, ma maison...

La fierté faisait vibrer sa voix. Émue, Sabine songea soudain à Diego Vasquès. Elle ne l'avait pas rappelé parce qu'elle avait eu peur de ne pas être à la hauteur.

Travaillant dans le monde de l'écrit, elle prêtait assez peu d'attention à sa voix. D'ailleurs, ne disait-on pas qu'on était fort mauvais juge de sa propre voix ? Or, en entendant l'enthousiasme, la passion dans celle de Manou, elle prenait conscience de la palette d'émotions qu'elle pouvait faire passer.

— J'ai rencontré il y a quelques semaines un certain Diego Vasquès, à Vaison, déclara-t-elle à sa grand-mère, d'un ton volontairement uni. Tu le connais ?

Manou sourit. Qui ne connaissait-elle pas dans la région ?

— Si je me rappelle bien, son grand-père est arrivé en France en 1937. Un réfugié espagnol. Il a travaillé dur avant de pouvoir acheter ses propres vignes. Tu sais, c'est le domaine des Grès, non loin de Sablet. Diego doit approcher de la quarantaine. Il a eu des soucis de santé, m'a-t-on dit sur le marché. C'est un garçon assez renfermé…

Curieusement, Sabine n'avait pas éprouvé cette impression. Mais elle ne le connaissait pas, se dit-elle. Pas vraiment, en tout cas.

Le sourire de Manou s'accentua.

— J'ai dû danser avec le grand-père Vasquès à un bal du 14 Juillet, il y a de cela bien longtemps. Un remarquable valseur… Ton grand-père m'avait fait une scène, c'était si touchant ! Quand j'y repense…

Elle ne termina pas sa phrase, et Sabine ne lui posa pas de question. Il lui semblait que la vieille dame n'avait pas envie d'en dire plus.

La voix de Nanda les fit tressaillir.

— Quelle chaleur ! lança-t-elle. Il va peut-être falloir vous décider à équiper le jardin d'une piscine, Manou.

— À mon âge ? Tu déraisonnes, Nanda ! Tiens, raconte-nous plutôt ce qui est arrivé au fils Vasquès...

Sabine sentit que ses joues s'empourpraient, d'autant que Nanda se tournait vers elle.

— Tu le connais, Sabinette ? demanda-t-elle, utilisant le diminutif de son enfance.

Sans attendre sa réponse, elle poursuivit :

— C'est une saleté de virus qu'il a attrapé en faisant de la plongée. La cornée est attaquée, il perd la vue et c'est inexorable. Ses parents sont désespérés, ce qui est compréhensible. D'autant qu'avec son métier...

De nouveau, le regard pénétrant de Nanda la scruta.

— Il est photographe. Il a réalisé plusieurs albums sur le Ventoux, participé avec succès aux Journées de la photographie à Arles.

— Oh ! fit seulement Sabine.

Elle se sentait horriblement mal à l'aise, comme si elle avait été coupable de quelque faute.

Nanda haussa les épaules.

— C'est la vie, petite ! Tout ne peut pas être toujours rose, ce serait vraiment trop monotone ! Tiens, il me semble que Diego expose le mois prochain à Séguret.

« Vous me rappelez si vous avez envie de nous prêter votre voix », lui avait-il proposé et elle, stupidement, avait laissé passer les jours et les semaines. Elle ne savait même pas pourquoi. Peut-être bien par peur.

Et maintenant ? N'était-il pas trop tard ?

— Je suis désolée, dit-elle.

Nanda la considéra d'un air intrigué.

— Désolée ? Et pourquoi donc ? Qu'est-ce qui t'arrive, petite ?

Sabine secoua la tête.

— Rien, rien du tout. Ne fais pas attention. Je... Il faut que je termine mon chapitre en cours.

Le visage en feu, elle courut se réfugier dans sa chambre, orientée à l'est. Là, parmi les meubles familiers – commode provençale en noyer, armoire peinte d'Uzès et lit recouvert d'un boutis bleu et blanc –, elle se sentait à l'abri. « De quoi, exactement ? » se demanda-t-elle avec un pauvre sourire.

D'elle-même, ou de ses souvenirs ?

D'un geste preste, Séraphin attira à lui une branche d'olivier et saisit délicatement, entre le pouce et l'index, une olive d'un vert très doux.

— J'espère que tu n'as rien oublié, fit-il, prenant sa grosse voix. Durant l'été, en période de canicule, l'arbre va puiser profondément dans le sol pour rechercher de l'eau. Si cette chaleur persiste, il faudra arroser. La récolte est à ce prix.

Sabine hocha la tête.

— Tu as déjà embauché pour les olivades ?

— Pas besoin ! Les mêmes gars reviennent d'une année sur l'autre. C'est la règle, dans les bonnes maisons. Et toi, tu crois vraiment que ton site Internet va nous ramener de nouveaux clients ?

C'était entre eux un sujet de polémique. Avec l'accord de sa grand-mère, Sabine avait créé le site du mas des Anges retraçant les différentes étapes de la fabrication de l'huile et réalisé des bons de commande attractifs. Il ne lui manquait plus que des clichés de qualité afin d'illustrer ses propos.

— Tu devrais aller voir le fils Vasquès, lui suggéra Séraphin. C'est un bon photographe. Dommage…

Elle aurait pu terminer sa phrase à la place de Séraphin. Dommage qu'il soit malvoyant… Sans le connaître vraiment, elle devinait que ce genre de précision devait exaspérer Diego Vasquès.

— Je vais l'appeler, dit-elle d'une voix réticente.

Elle avait peur, sans pouvoir expliquer l'origine de cette crainte diffuse.

Séraphin sourit.

— Ne tarde pas trop, ma belle ! Parce que, dès novembre, tu n'auras plus un instant à toi. L'olive n'attend pas.

— On croirait entendre Manou ! s'écria-t-elle.

— Mme Marie-Thé s'y connaît, crois-moi ! Elle devrait écrire un livre sur ses oliviers, ne serait-ce que pour transmettre ce qu'elle sait.

« Et moi ? pensa Sabine. Je suis là. »

Elle prit brutalement conscience du fait qu'elle n'avait pas la moindre envie de retourner vivre à Paris. Grâce à Internet, elle pouvait sans problème exercer son métier de traductrice au mas des Anges. Elle avait l'impression de s'enraciner lentement dans la terre sableuse.

Séraphin lui jeta un coup d'œil aigu. « Il me teste », se dit-elle, sans se laisser impressionner. Elle avait pris de l'assurance au cours des derniers mois et savait qu'elle effectuait du bon travail. Manou elle-même l'avait félicitée.

— Je me sens bien, ici, murmura-t-elle presque à regret.

Elle reprenait lentement confiance en elle, même si Christophe était toujours présent à son esprit. Certaines nuits, elle se réveillait encore en sursaut, les mains tendues vers sa silhouette qui s'éloignait. Elle avait lu tout ce qu'elle avait trouvé sur le K2, essayant de comprendre. Elle avait écrit, aussi, à Manuel, pour lui réclamer des explications complémentaires. Elle se sentait prête, désormais, à affronter la vérité. Mais… existait-il une vérité autre que celle qu'elle connaissait déjà ?

La chapelle de Séguret se méritait. On y accédait après avoir grimpé la côte sous un soleil écrasant. Sur le seuil, Sabine, aveuglée par le contraste entre la lumière brûlante du dehors et la semi-pénombre de l'intérieur, marqua un arrêt.

— Bienvenue, mademoiselle Richaud, dit alors une voix grave qu'elle reconnut aussitôt. Je n'osais plus espérer votre visite.

Elle se troubla tandis que Diego Vasquès s'avançait à sa rencontre, main tendue.

— J'étais à contre-jour…, souffla-t-elle. Or vous m'avez identifiée immédiatement…

Un sourire éclaira son visage grave.

— Nous, les malvoyants, devons développer nos autres sens. Vous avez un parfum peu courant, qui vous enveloppe et semble faire partie de vous.

— Vol de Nuit, précisa-t-elle.

Elle l'avait choisi elle-même, près de douze ans auparavant, et n'en avait jamais changé, malgré l'insistance de Christophe qui aurait préféré une fragrance plus célèbre, ou plus à la mode. Cela la faisait rire. « Tu ne vas pas me transformer d'un coup de baguette magique ! » affirmait-elle en riant.

Elle secoua la tête, comme pour chasser Christophe de son esprit, sourit à Diego.

— Il m'a fallu du temps, murmura-t-elle.

Il ne lui demanda pas de s'expliquer. N'avait-il pas tout compris depuis leur première rencontre ?

Il l'entraîna vers les cimaises.

— Cette exposition compte pour moi, reprit-il. C'est… comme pour apprivoiser la nuit.

Il ne le disait pas pour susciter la compassion, seulement comme une évidence.

— Il faut voir cette succession de clichés, poursuivit-il, comme une sorte de parcours initiatique. Du grand angle au portrait.

Son métier de traductrice l'avait accoutumée à comprendre ce que voulaient dire les artistes. « Regardez-moi », suggérait implicitement Diego.

Elle recula d'un pas pour mieux contempler les œuvres accrochées, sobrement encadrées de noir ou d'ivoire. On passait subtilement de la couleur au noir et blanc. On ne voyait d'abord que le mont Ventoux, impérial sous sa couronne de nuages, puis des vues des Dentelles de Montmirail, qui ressemblaient, sous l'objectif de Diego Vasquès, à des silhouettes de fées. Une fontaine insolite enguirlandée de givre, un vieil homme assis sous un platane, une enfant au regard décidé, une femme sans âge qui fixait l'horizon…

Et puis, au centre de l'exposition, il n'y avait que cet œil, en gros plan, cerné de noir.

Sabine ne put réprimer un frisson.

— Comment faites-vous ? murmura-t-elle. Il me semble qu'à votre place j'engrangerais un maximum d'images, mais ce ne doit pas être la solution.

— Existe-t-il une solution ? la coupa-t-il.

Même à cet instant, son visage ne reflétait rien de son désarroi intérieur.

— Pardonnez-moi, balbutia la jeune femme. Je n'avais pas le droit de vous parler ainsi.

Il esquissa un sourire.

— Le droit… c'est si abstrait par rapport à ce que je vis au jour le jour ! Mais je ne veux à aucun prix de votre pitié ou de votre compassion. Je traverse une expérience intéressante. C'est ainsi que je l'entends.

Disait-il la vérité ? Ou bien s'efforçait-il de donner le change ? Sabine se sentait perdue face à son interlocuteur. Elle le lui dit sans ambages. Il ne s'en offusqua pas le moins du monde.

— Je suis un peu déroutant, j'en ai peur, convint-il. J'ai décidé de vivre à ma guise sans plus me soucier des conventions.

Il la regardait en souriant. Était-il conscient de son charme ? Son sourire creusait une fossette sous sa lèvre inférieure.

— Et vous, Sabine, reprit-il, quel secret dissimulez-vous derrière votre expression mélancolique ?

Elle se troubla.

— Je n'ai pas envie d'en parler, Diego. Vraiment pas.

Disant cela, elle pensait à Christophe. Le monde dans lequel Diego évoluait paraissait totalement étranger à celui de son mari.

Diego se tourna vers elle.

— Venez, je vous offre une tasse de thé. À moins que vous ne préfériez goûter le vin de mon père ? Avec quelques toasts à la tapenade, il devrait vous plaire.

— Va pour le vin de votre père. Le domaine des Grès, n'est-ce pas ?

— En effet. Suivez-moi, je vous y conduis.

Elle faillit lui demander s'il osait encore prendre le volant, y renonça de crainte de jouer les rabat-joie. Lorsqu'il l'entraîna vers un vieux cabriolet de couleur jaune, elle n'éprouva pas la moindre réticence à l'idée de se laisser conduire par Diego. Il ne marquait pas d'hésitation, se jouait des sinuosités du chemin.

Le domaine des Grès occupait une situation privilégiée au pied des Dentelles de Montmirail. Des rosiers rouges bordaient les vignes. Le mas, bâti en forme de *L*, était orienté sud-est et tournait le dos au mistral. Pierres sèches, volets gris patinés, peu de fleurs... C'était une demeure masculine, plutôt austère.

Dès qu'elle en franchit le seuil, cependant, Sabine s'y sentit bien. Des cadres ornaient les murs de la salle. Photographies et aquarelles se mêlaient dans un désordre harmonieux. Le mobilier – table de ferme, buffet provençal en noyer – était chaleureux.

— Installez-vous sous la treille, proposa Diego. Il fait encore très bon.

La table de fer et les chaises assorties invitaient à la détente sous la tonnelle ombragée.

— Goûtez-moi le fleuron de notre cave, suggéra Diego en lui servant un vin rouge aux arômes de framboise et de cannelle.

Elle le huma suivant les règles, d'abord au-dessus du verre posé sur la table puis en faisant tourner celui-ci entre ses doigts.

— Amateur ? s'enquit son hôte.

— On aime et respecte le bon vin dans ma famille. Mon grand-père maternel est d'origine bourguignonne, c'est vous dire.

Elle apprécia le goût du vin du domaine, le lui dit.

— Vous le commercialisez toujours ?

Il hocha la tête.

— Pierre, qui a été formé par mon père, s'occupe de tout ce qui concerne l'exploitation viticole. Pour ma part, je me contente d'avoir des idées. J'aimerais utiliser le cadre des chais pour organiser des rencontres avec des artistes.

Elle choisit ce moment pour lui parler du site Internet du mas des Anges. Elle savait qu'il saurait prendre les photographies dont elle rêvait. Une ombre voila le visage de Diego.

— L'exposition de la chapelle est la dernière. Je ne fais plus confiance à mon acuité visuelle. Je ne peux plus contrôler mon travail. Si j'acceptais de photographier vos oliviers, j'aurais peur de vous décevoir.

— Essayez toujours, le pria-t-elle.

Il esquissa un sourire teinté de mélancolie, et elle eut envie de lui rendre sa confiance en lui.

— Vous pouvez le faire, j'en suis certaine, insista-t-elle.

— Je vais essayer, promit-il, et elle eut l'impression d'avoir remporté une victoire sur l'obscurité.

Séraphin leva le nez vers le ciel.

— Il faut que ce temps se maintienne, fit-il remarquer. Ni trop chaud ni trop humide. Ensuite… Une bonne gelée par là-dessus !

Sabine connaissait la tradition. On prétendait depuis longtemps que la première gelée nocturne parachevait le travail de maturation de l'olive et donnait le signal de la cueillette.

Elle jeta un coup d'œil, pour le plaisir, aux photographies que Diego était venu lui apporter au mas des Anges. Il n'avait pas déçu son attente. Il avait gardé cet œil remarquable qui faisait de chaque cliché un travail d'artiste.

Tous deux étaient tombés d'accord sur les mêmes images. L'une représentait les champs d'oliviers avec le Ventoux en toile de fond. Les arbres frissonnaient sous le mistral, comme agités d'une vie propre. L'autre cliché était un gros plan d'Ulysse, le plus vieil olivier du domaine. L'angle de vue avait été choisi de façon à ce qu'on distingue le ciel, d'un bleu dur, entre le feuillage. Comme une ouverture sur l'avenir. « Ça me plaît beaucoup », avait décrété Sabine, de l'émotion plein la voix. Elle avait eu envie de lui confier alors ce que représentait le domaine pour elle. Elle n'en avait pas eu besoin. « Je crois que j'ai compris, lui avait-il dit. C'est un peu la même chose pour moi. »

Seulement, elle avait son appartement à Paris et n'était pas vraiment chez elle au mas des Anges. Elle songeait sérieusement à demander à Manou si elle pourrait prendre sa suite à la tête du domaine oléicole mais n'osait pas aborder la question. Sa grand-mère ne risquait-elle pas de mal le prendre ?

« Quel secret vous fait si mal ? » Elle avait rougi. Comment avait-il deviné une partie de la vérité ? Pourtant, elle ne voulait pas lui parler de Christophe. Pas encore. Peut-être jamais, d'ailleurs. « Il faut me laisser régler ce problème seule », avait-elle répondu. Elle lui avait su gré de ne pas insister. À sa place, Christophe l'aurait harcelée de questions. Mais Diego ne ressemblait en rien à Christophe. Cela, elle l'avait compris depuis déjà longtemps.

Appuyée sur sa canne, Manou avait marché jusqu'à Ulysse d'un pas encore mal assuré. Elle avait cependant repoussé l'aide de Nanda comme celle de Sabine. Son attitude signifiait clairement : « Je suis encore maîtresse chez moi ! » Sous le regard de sa petite-fille et de sa gouvernante, elle avait observé avec attention plusieurs olives. Sabine savait ce qu'elle cherchait à distinguer. Pendant la véraison, la phase de maturation du fruit, la couleur, passant du jaune vert au brun violacé, évoluait de l'extérieur vers l'intérieur. Or, il fallait à tout prix éviter que le noyau ne devienne noir, ce qui signifierait une huile beaucoup moins parfumée.

Manou fit claquer sa langue.

— Tu vas pouvoir lancer les olivades, dit-elle en se tournant vers sa petite-fille, rouge de fierté.

Deux jours après, une activité intense régnait au mas des Anges. Conseillée par Séraphin, Sabine avait fait appel aux saisonniers qui participaient chaque année à la cueillette. Au domaine, on restait attaché au ramassage des olives à la main, opération longue et fastidieuse mais qui présentait l'avantage de préserver la peau des fruits, si fragile lorsqu'ils étaient mûrs à point.

Les champs d'oliviers s'égayaient de cavalets, ces échelles à trois pieds plus larges en bas qu'en haut. « Des pièces de collection », selon Manou, fabriquées par l'un des derniers fustiers de la région.

Chaque cueilleur était équipé d'un panier d'osier tressé attaché à sa taille. À intervalles réguliers, le contenu de ces paniers était versé dans des corbeilles posées à terre.

Sabine prit naturellement part à la cueillette. Dès l'aube, chaudement vêtue, elle grimpait sur le cavalet et cueillait, inlassablement. Ses doigts étaient engourdis par le froid, noircis, mais elle se sentait particulièrement fière de participer aux olivades. La tête dans ses chers oliviers, elle oubliait tout... ou presque et pouvait évoquer le souvenir de Christophe plus sereinement.

Il était allé jusqu'au bout de sa passion ; elle devait le comprendre sans se sentir pour autant coupable de n'avoir pu le retenir auprès d'elle. De toute manière, leur mariage avait été une erreur ; Sabine devait l'admettre. Il le lui avait dit la veille de son dernier départ : « Je n'aurais jamais dû t'épouser. Tu es beaucoup trop casanière et timorée. Nous n'avons rien en commun. » Ce jour-là, elle s'était sentie tellement blessée, elle avait eu si mal qu'elle avait hurlé : « Eh bien, pars ! Et ne reviens pas ! »

Elle se cramponna à une branche, prit une longue inspiration. Elle venait de revivre la scène de façon si violente qu'elle avait failli tomber de son échelle. Mais il le fallait. À présent, elle se sentait mieux. Comme libérée. Même si la culpabilité était toujours là, tapie au fond de son cœur.

La récolte s'annonçait exceptionnelle. Le froid sec suivant la première gelée avait joué un rôle déterminant. Chaque fois qu'elle apportait elle-même au moulin de l'Aigue les corbeilles d'osier chargées de fruits sans taches, mûrs à point, Sabine était particulièrement fière. Elle avait retrouvé ses racines, elle était de cette terre, comme Manou. Sa grand-mère, d'ailleurs, l'avait couverte de compliments. « Bravo, petite », lui avait-elle dit et Nanda d'ajouter : « Bon sang ne saurait mentir ! » Ce jour-là, Sabine s'était senti acceptée au mas des Anges et même plus. Depuis, lorsqu'elle parcourait les champs d'oliviers, elle se savait chez elle.

Après avoir hésité et consulté sa grand-mère, elle avait décidé d'inviter Diego au traditionnel repas de fin d'olivades. Elle avait grimpé jusqu'au domaine des Grès pour l'y convier, avait découvert le photographe en train de fermer son sac de voyage. « Je pars pour New York, lui avait-il dit. On m'a proposé... quelque chose d'inespéré. » Il était différent du Diego qu'elle pensait connaître. Lointain, exactement comme s'il était déjà parti. Elle s'efforça de ne rien laisser voir de sa déception. Après tout... il ne lui devait pas d'explications !

Le cœur gros, elle regagna le mas des Anges.

— Eh, petite, souris ! lui lança Nanda, à qui rien n'échappait.

Elle avait préparé le traditionnel aïoli et était allée chercher l'huile nouvelle au moulin. Un délicieux parfum montait du mortier en marbre, dans la famille depuis plusieurs générations.

— Diego ne t'a pas accompagnée ? s'enquit Nanda.

Sabine ne put réprimer une grimace.

— Il part pour les États-Unis.

— Ah bon ?

Nanda, contrairement à son habitude, ne posa pas de questions. De toute manière, il fallait vite dresser la table sur la grande terrasse, en plein soleil. Il faisait assez beau pour déjeuner dehors et, à vingt, ils se tiendraient chaud, avait décrété Nanda.

Manou fit son entrée, saluée par une ola qui l'émut. Sa rééducation donnait d'excellents résultats ; son kiné affirmait qu'elle faisait preuve d'une belle ténacité, ce qui n'étonnait personne au mas des Anges.

L'ambiance était joyeuse. Pourtant, Sabine ne parvenait pas à se mettre au diapason. Diego lui manquait. N'était-ce pas incroyable ? Ils se connaissaient fort peu mais elle avait eu l'impression qu'un lien secret les unissait.

Elle secoua la tête comme pour se moquer d'elle-même.

Au dessert, autour des tartes aux pommes et des fougasses traditionnelles qu'on s'apprêtait à tremper dans du muscat de Beaumes-de-Venise, Manou réclama le silence en tapotant son verre de sa cuillère.

— Je voulais vous annoncer une bonne nouvelle, attaqua-t-elle de sa belle voix grave. Désormais, si elle le veut bien, c'est Sabine qui dirigera le mas des Anges. Moi, je me contenterai de jouer la mouche du coche !

Tout le monde rit ; ce rôle convenait fort mal à la vieille dame toujours si active. Sabine, trop émue pour prononcer un mot, se leva et alla embrasser sa grand-mère.

— Merci, Manou, dit-elle alors.

Nanda, fidèle à elle-même, mit son grain de sel :

— Que cela ne te monte pas à la tête, petite ! Séraphin et moi, on veille au grain !

C'était une belle fête, sous le soleil de la Saint-Nicolas. La récolte avait été exceptionnelle et le moulin fonctionnait à plein régime.

Même si elle aurait aimé avoir Diego à ses côtés, Sabine songea qu'elle avait enfin trouvé sa place. Sa grand-mère venait de lui donner une belle preuve de confiance, et elle en était bouleversée.

Elle eut une pensée pour Christophe. Elle avait évoqué son mari à plusieurs reprises avec Nanda, au cours des dernières semaines.

Il lui avait fallu du temps pour parvenir à se confier mais Nanda avait su trouver les mots justes. « Nanda est diabolique ! » affirmait Manou en riant, et la gouvernante, imperturbable, répliquait qu'il fallait bien cela pour contrebalancer l'influence de tous les anges du mas.

Au XVIIIe siècle, un ancêtre venu d'Italie avait planté les premiers oliviers dans le champ situé devant la maison et façonné des santons en argile. Exclusivement des anges. Le bruit s'en était répandu dans la région. On venait de loin dans le but d'acheter ces santons, mais Paolo, l'ancêtre, refusant de les vendre, les donnait aux enfants. Le nom était resté au mas.

Nanda avait une opinion bien arrêtée sur le caractère de Christophe. « Ton mari était un fameux égoïste, avait-elle déclaré à Sabine. Sa montagne, ses sommets à conquérir... Et toi, dans tout cela ? Il avait une fâcheuse tendance à t'oublier. Nous en avions de la peine pour toi, Manou et moi. Il te voulait dans son ombre, gardienne du foyer, souriante, disponible... Bon sang ! Tu as toujours été mieux que lui !
— Chut, Nanda ! On ne raisonne pas ainsi dans un couple. » La gouvernante avait haussé les épaules. « Je ne pense pas que vous ayez jamais formé un véritable couple, Christophe et toi. Vous meniez des existences parallèles, sans pouvoir vraiment vous rencontrer. »

Manuel, à l'occasion d'un séjour en Avignon, avait donné rendez-vous à Sabine sur la place du palais des Papes. La jeune femme s'était troublée en reconnaissant l'alpiniste. Chaque fois qu'elle l'avait vu, c'était en compagnie de Christophe.

Manuel semblait être aussi gêné qu'elle. « Il y a longtemps, Sabine… », lui avait-il dit.

Il avait cessé de se lancer des défis, préférant se consacrer à ses tournées de conférences. « Voyez-vous, lui avait-il expliqué, Chris et moi fonctionnions de façon différente. Lui se colletait à la montagne. Il voulait qu'il y ait un vainqueur et un vaincu. Moi… eh bien, c'était juste pour le sport. Pour rapporter des témoignages saisis sur le vif aussi. Avec le recul, je me dis que ça ne pouvait se terminer qu'ainsi. C'est peut-être ce que Christophe cherchait, inconsciemment… Il ne supportait pas l'idée d'être battu. » À cet instant, Sabine avait osé demander : « À votre avis, Manuel, pour quelle raison Christophe avait-il souhaité m'épouser ? » Manuel avait hésité avant de répondre : « Il ne me l'a jamais confié mais je crois qu'il désirait une sorte de… garde-fou. Marié, il aurait dû prendre moins de risques. » Un rire amer avait échappé à Sabine. Un garde-fou… Était-ce réellement ce qu'elle avait représenté pour son mari ? « Christophe pouvait parfois faire preuve d'une grande dureté », avait-il ajouté, et elle avait incliné la tête en signe d'assentiment.

En prenant congé de Manuel, elle s'était sentie mieux. Délivrée, enfin, de la culpabilité qui pesait sur ses épaules depuis tant de mois. Oh ! elle ne s'illusionnait guère, elle garderait toujours une plaie au cœur, mais elle se sentait prête désormais, non pas à oublier, mais surmonter le passé.

Elle héla Biscotte, qui musait, le nez en l'air.

— Viens te promener, ma belle.

Il avait gelé juste avant Noël.

— Enfin, un vrai Noël ! s'écria Manou. Avec un peu de chance, nous aurons même de la neige.

Nanda s'affairait en cuisine pour confectionner les treize desserts et le gros souper. Elle n'aurait laissé ce soin à personne et, comme disait Manou en plissant les yeux, il valait mieux ne rien lui demander pour le moment.

Sabine, elle, faisait la navette entre le moulin et le mas avec la vieille 4 L.

Elle éprouvait un sentiment de fierté en chargeant les bidons et les bouteilles d'huile.

— Tu n'oublieras pas d'arroser ta récolte ! lui rappela Alain, le propriétaire du moulin.

Elle lui adressa un salut de la main en démarrant.

— Viens au mas, Manou sera heureuse de te voir, lui dit-elle.

Sa grand-mère ne s'appuyait plus sur sa canne que pour la forme. Elle avait promis à son kiné de danser avec lui le 31 décembre. Les habitants du village avaient pour habitude de se réunir au mas des Anges, chacun apportant un plat. Les parents de Sabine devaient revenir en France pour les fêtes de fin d'année. Elle s'en réjouissait à l'avance. Oui, décidément, sa vie avait changé, se dit-elle en roulant vers le mas.

Si seulement elle avait pu penser un peu moins à Diego...

Le 24 décembre, Sabine se rendit au domaine des Grès. Elle souhaitait inviter Diego à venir partager le gros souper, après la messe de minuit.

Elle eut la déception de ne trouver personne au logis. Les volets étaient clos, une impression de tristesse pesante émanait de la demeure.

Frissonnante, elle regagna le mas des Anges.

Ce fut, comme elle le dit à Nanda avec un petit sourire teinté de mélancolie, un « Noël de transition ». Elle avait enfin non pas accepté, mais admis le choix de Christophe et se sentait prête à aborder d'un cœur serein sa nouvelle vie. Mais, en même temps, elle s'inquiétait au sujet de Diego. Pourquoi restait-il aussi longtemps absent ? Son état de santé s'était-il aggravé ? À moins qu'il ne soit allé rejoindre une femme... Cette pensée la bouleversa.

Si elle participa à la messe de minuit, entonnant les chants de Noël de Nicolas Saboly[1], elle se montra plus distraite durant le gros souper. Au point que Séraphin le lui fit remarquer. Elle s'excusa d'un sourire, fit un effort, mais elle était ailleurs. Auprès de Diego.

Elle attendait... elle ne savait quoi au juste, un signe de sa part. Rien ne vint.

Elle se coucha le cœur gros. Biscotte, frétillant du bonheur tout simple d'être à ses côtés, s'allongea sur le tapis en jonc tressé. Sabine lui caressa la tête.

— Joyeux Noël, ma belle, lui dit-elle.

Le lendemain, le ciel était si bleu, la lumière si belle que Sabine décida de ne plus penser à Diego. Plus facile à dire qu'à mettre en pratique... De toute manière, elle n'avait pas le choix.

Elle partit se promener avec sa chienne dans les champs, savourant le froid vif du petit matin. Presque malgré elle, elle se remémorait leurs conversations, cherchant à se rassurer. Pourtant, elle savait bien qu'il ne lui avait fait aucune promesse. Avait-elle idéalisé leur entente ?

De retour au mas, elle prit un bain chaud avant de partager le petit déjeuner de Manou dans sa chambre. C'était un rituel auquel elle n'aurait pas

---

1. Noëlliste provençal (1614-1675), né à Monteux, il publiait ses cantiques chaque année avant le 25 décembre.

eu l'idée de déroger. La crèche avec les santons confectionnés par leur ancêtre était disposée sur une commode du XVIII$^e$ siècle.

Nanda apporta le plateau et s'installa elle aussi à la table ronde juponnée d'un boutis.

— Les trois grâces, dit-elle en riant.

Manou avait sa tasse de chocolat chaud, Nanda son café, Sabine son thé. Toutes trois firent honneur aux financiers aux amandes.

— Joyeux Noël, déclara lentement Manou, et merci à vous deux de m'avoir épargné l'hôpital ou la maison de convalescence.

Nanda et Sabine se récrièrent. Il aurait fait beau voir ! Manou posa délicatement sa main tavelée de brun sur celle de sa petite-fille.

— Ce fut une belle année malgré ma fracture, reprit-elle.

Une bouffée d'émotion submergea la jeune femme. Elle se mordit les lèvres sous le regard pénétrant de Nanda. Pas question pour elle de craquer !

— Une belle année, oui, confirma-t-elle.

L'année de sa reconquête.

Une atmosphère joyeuse régnait au mas. « Trente personnes rassemblées dans la salle, ça vous met tout de suite de l'animation ! » ironisait Nanda, qui donnait l'impression d'être partout à la fois. Les parents de Sabine étaient arrivés la veille à l'aéroport de Marseille. Ils n'avaient pas eu besoin de se concerter pour trouver que Manou et Sabine avaient une mine superbe. Le matin même, la jeune femme, en jetant un coup d'œil à son reflet dans le miroir, s'était découverte belle à nouveau. Même si son regard était encore voilé d'une ombre de mélancolie, elle avait le sentiment d'avoir recouvré une partie de sa confiance en elle. Elle avait repris son travail de traduction, obtenu de nouveaux contrats.

— Veux-tu m'accorder cette danse ? lui demanda son père alors que Gustave et Achille, surnommés Jules et Léon par tout le village, accordaient leur violon et leur accordéon.

Sabine se mit à rire.

— Qu'est-ce que c'est ? Une polka, non ? Je ne sais pas la danser !

— Vous allez voir, c'est très facile.

Une main familière venait de se poser sur son bras. La voix, toujours grave et posée, paraissait cependant plus joyeuse.

— Je m'étais juré de revenir avant le 1$^{er}$ janvier, dit Diego.

Sabine, les joues empourprées, ne voyait, n'entendait plus que lui. Son père et tous les autres avaient disparu, happés par l'ombre.

Il l'enlaça, l'entraîna sur la piste improvisée, d'anciens parefeuilles du mas cirés par les soins de Nanda.

— Je vous ai attendu tout le mois de décembre, souffla-t-elle.

Un sourire étonnamment jeune illumina son visage.

— Je suis allé à New York tenter l'opération de la dernière chance. Elle ne m'a pas rendu ma vision d'avant mais la progression de la cécité est stoppée.

Sabine s'immobilisa.

— Diego ! C'est merveilleux !

Il la reprit dans ses bras.

— Je vous aime, Sabine. Vous m'avez horriblement manqué. Vous voulez bien m'épouser très vite ?

Il ne lui laissa pas le temps de répondre. Se penchant vers elle, il l'embrassa avec fougue, sous les applaudissements des invités, alors que les douze coups de minuit sonnaient.

# La nuit de l'espérance

Le ciel, d'une pureté minérale, annonçait une belle journée.

— Temps froid, mais sec, promit Pierre en poussant les volets.

Chaque fois qu'elle le regardait, Nathalie éprouvait un pincement au cœur. Une récente alerte cardiaque avait affaibli son mari plus qu'il ne voulait l'admettre. De surcroît, la nécessité pour lui de passer la main, comme le lui avait conseillé leur vieil ami Simonet, leur médecin de famille depuis des lustres, avait profondément affecté Pierre. Le domaine ne faisait-il pas partie de sa vie ? Nathalie avait le cœur serré, elle aussi, à l'idée de vendre le vignoble au pied des Dentelles de Montmirail, mais elle savait qu'elle ne pouvait imaginer le déchirement de son mari. Chez les Aubert, on se transmettait le Beauvoir depuis des générations, de père en fils. Pierre avait longtemps espéré que Virginie prendrait sa suite.

Nathalie soupira. Elle ne voulait pas penser à leur fille unique. Pas encore. Cela lui faisait trop de mal.

Elle s'affaira dans la cuisine, après avoir ouvert la porte aux deux chats qui filèrent vers le petit bois de chênes verts. Pierre, assis à la table, pesait les quarante grammes de pain auxquels il avait droit avec un air désespéré.

— J'ai tellement faim ! lança-t-il à Nathalie.

Elle lui sourit tendrement.

— Je sais, mon chéri.

Et elle lui tendit le pot de margarine censée faire baisser son taux de cholestérol.

— Si mon père me voyait manger ça ! reprit Pierre.

Son père, Ulysse Aubert, avait longtemps imposé sa loi sur le domaine. C'était un personnage à la fois autoritaire et fascinant, qui ne supportait pas la contradiction. Aux premiers temps de leur mariage, Nathalie avait souffert de ne pas être maîtresse chez elle. Ulysse, avec tact, s'était retiré dans une maison du village lorsqu'il n'avait plus pu assumer les travaux de la vigne.

« C'est si loin, à présent… », pensa Nathalie. Ils fêteraient l'an prochain leurs quarante-cinq ans de mariage. Lorsqu'elle y songeait, elle éprouvait comme un sentiment de vertige. « Un sacré bail ! » affirmait Pierre en riant.

Pour sa part, Nathalie n'avait jamais regretté de s'être unie à ce grand jeune homme à la stature imposante, rencontré au ban des vendanges. Non, si elle avait des regrets, ils étaient d'une tout autre nature...

Elle s'assit à son tour, savoura à petites gorgées son thé très fort, presque noir. Par la fenêtre, elle apercevait l'amandier planté au bord de l'allée, qu'elle appelait la « sentinelle du printemps », car il fleurissait au cœur de l'hiver, et la silhouette si familière du mont Ventoux. Elle aimait leur maison solidement implantée depuis le milieu du XIX$^e$ siècle, tout comme elle aimait leurs vignes qui produisaient un vin généreux.

Presque furtivement, Pierre posa sa main, large et calleuse, sur celle de sa femme.

— Ça va, ma douce ?

Ils échangèrent un regard perdu.

« Oh ! Pourquoi m'as-tu posé cette question ? » pensa Nathalie, les yeux pleins de larmes.

Depuis plusieurs semaines, elle s'efforçait de ne rien prévoir pour les fêtes qui s'annonçaient, de vivre comme si... comme si eux aussi auraient le bonheur de passer Noël en famille...

La pression de la main de Pierre s'accentua.

— Je suis là, avec toi, reprit-il.

Elle fit « oui » de la tête, trop émue pour parvenir à prononcer un mot. Virginie lui manquait-elle autant qu'à elle-même ? Et Justine, leur petite-fille, qu'ils n'avaient jamais vue ? Nathalie se mordit les lèvres. Il fallait tenir. Même si cette journée du 24 décembre allait être particulièrement longue et difficile.

Nathalie marqua une hésitation au moment de dresser la table près de la grande cheminée en pierre du Gard.

Conformément à la tradition provençale, elle avait superposé trois nappes immaculées, une pour le Père, une pour le Fils, une pour le Saint-Esprit. Elle y avait ensuite placé trois bougies, ainsi que les trois assiettes de blé de la Sainte-Barbe, mis à germer sur le rebord de la cheminée depuis le 4 décembre. Nathalie entendait encore sa grand-mère Maria réciter cette invocation, les jours d'orage :

> *Sainte Barbe, sainte Fleur,*
> *La croix de Notre Seigneur,*
> *Lorsque le tonnerre grondera,*
> *Sainte Barbe me protégera.*

Elle esquissa un sourire attendri. Elle avait été élevée dans le respect des traditions et aurait aimé les transmettre à son tour à Virginie et à

Justine. Soudain, son visage se défit, révélant une profonde détresse. Souvent, elle se demandait quelles erreurs ils avaient commises, Pierre et elle, pourquoi ils n'avaient pas réussi à préserver le lien avec leur fille unique. Certes, ils s'étaient montrés maladroits en refusant de rencontrer Jérémie. Avec le recul, Nathalie se disait que leur attitude intransigeante avait poussé Virginie dans ses bras.

Ils avaient éprouvé un tel choc, en apprenant qu'elle fréquentait ce garçon, qu'ils s'étaient butés. Pierre, surtout. Comment… sa fille chérie, son trésor, parlait d'abandonner ses études d'œnologie pour aller vivre à Paris, trouver un travail, n'importe lequel, afin de se rapprocher d'un certain Jérémie qui sortait de prison ?

Durant plusieurs jours, le domaine du Beauvoir avait retenti des querelles entre le père et la fille. Des mots terribles avaient été prononcés. « Vous voulez me garder à l'attache, vous ne supportez pas l'idée que je parte ! » hurlait Virginie. Tête haut levée, belle, si belle avec sa chevelure bouclée couleur de flamme et ses yeux verts, elle défiait son père et sa mère. « Tout le monde a droit à une seconde chance. C'est ce que vous m'avez toujours appris. Pourquoi pas Jérémie ? » Nathalie avait tendu la main vers elle ; elle s'en souvenait fort bien. Tout comme elle se rappelait la façon dont sa fille l'avait repoussée. Elle avait eu mal, si mal que ses yeux s'étaient emplis de larmes.

Virginie avait poursuivi en leur reprochant, pêle-mêle, de ne pas lui faire confiance, de se montrer trop possessifs avec elle, de ne pas se rendre compte à quel point elle avait besoin d'oxygène. Elle avait conclu : « Vous êtes trop vieux, vous ne pouvez pas comprendre ! »

Vieux... Nathalie se rapprocha de la cheminée, contempla son reflet dans le miroir en suivant d'un doigt hésitant les rides qui marquaient son visage. Elle n'avait jamais voulu teindre ses cheveux blancs, certainement parce que Pierre lui affirmait qu'ils adoucissaient encore davantage son expression. Elle n'aimait pas tricher. Elle avait vite compris, cependant, que Virginie souffrait d'avoir des parents plus âgés que la moyenne. Elle était née alors que Nathalie entrait dans sa quarantième année, après dix-sept ans d'une union qui était restée stérile. Ce jour-là, Pierre, fou de bonheur, avait baptisé le cru du nom de sa fille. C'étaient les temps heureux...

Nathalie se détourna du miroir, redressa les épaules, par réflexe. Elle s'était tassée, l'ostéoporose lui avait volé plusieurs centimètres ; elle se sentait vieille, soixante-huit ans... L'âge était là, incontournable.

Elle prit une longue inspiration. Pas question pour elle de s'apitoyer sur son sort. N'avaient-ils pas beaucoup de chance, Pierre et elle, de s'aimer toujours et de vieillir ensemble ? Elle ne voulait pas penser à Virginie. Cela lui faisait trop mal.

De retour dans la cuisine, gaie et chaleureuse avec ses meubles en bois peints d'un jaune clair rehaussé d'un réchampi bleu, Nathalie reprit les préparatifs de son gros souper. Suivant la tradition, on servirait les légumes et les fruits poussés sur la terre de la famille.

Le gros souper devait comprendre des escargots, de la morue frite à la poivrée et garnie de câpres au vinaigre, du muge ou mulet aux olives, des cardes, de la salade de céleri et de la fougasse à l'huile.

Elle avait eu un pincement au cœur en dressant les treize desserts dans de petites corbeilles. Elle se rappelait la gourmandise de Virginie, son air extasié devant le nougat noir et le nougat blanc, la pompe, une galette à l'huile d'olive, les quatre mendiants : amandes, figues, noisettes, raisins secs, ainsi nommés parce que leur teinte rappelait la couleur des habits des ordres religieux mendiants (les raisins secs symbolisant les dominicains, les amandes les carmes, les figues les franciscains, les noisettes les augustins), les dattes, les pruneaux, les pommes et poires d'hiver, le raisin et les noix.

Comme elle aurait aimé les faire goûter à Justine, leur petite-fille âgée de quatre ans ! Régulièrement,

Nathalie lui envoyait des cartes, tout comme elle écrivait à Virginie, des lettres gaies lui donnant des nouvelles du Beauvoir, des gens qu'elle avait connus et lui répétant qu'ils l'aimaient.

Elle n'avait jamais reçu de réponse. Une seule fois, le facteur avait déposé une enveloppe, dans la boîte aux lettres au bout du chemin, le faire-part de naissance de Justine. Le cœur de Nathalie s'était emballé. Mais ce n'était pas Virginie qui le leur avait adressé. Seulement une cousine, Mireille, avec qui sa fille était restée en contact.

Serrant les dents pour ne pas craquer, Nathalie avait tenu à sauvegarder ce lien avec sa fille. Tant pis si Virginie gardait le silence ; elle recevait au moins ses lettres, comme autant de gestes d'amour et d'espoir.

Mitzi, la chatte tigrée, vint se frotter contre ses jambes. Nathalie se pencha, lui gratta le menton.

— Viens, ma belle, il est grand temps de faire la crèche, lui dit-elle.

Elle se raccrochait aux traditions du Noël provençal pour ne pas penser, ne pas sombrer. À plusieurs reprises, elle avait été tentée de tout abandonner, de proposer à Pierre : « Emmène-moi. Loin, très loin. » Elle ne l'avait pas fait ; elle aurait eu le sentiment de déserter. Cela ne lui ressemblait pas.

En soupirant, elle alla chercher au grenier le grand carton contenant les ornements de la crèche. Ils lui venaient de grand-mère Maria, qui les tenait de son aïeul, santonnier à Marseille.

Avec des gestes lents, précautionneux, elle installa sur un coffre ancien le décor, confectionné avec des boîtes empilées, recouvertes de papier froissé et dissimulées sous de la mousse, des pierres et des branchages. Dans son jardin, elle cueillit quelques brins de thym qui représenteraient des oliviers.

Ensuite seulement, elle disposa les santons d'argile figurant la Sainte Famille et les habitants du village. Elle se rappelait que Virginie adorait le *boumian*, le bohémien, avec son panier d'osier. Nathalie, elle, avait toujours eu un faible pour l'Ange boufareu, celui qui soufflait dans sa trompette pour annoncer la bonne nouvelle. Elle n'oublia pas de placer sur le coffre le maire du village, avec son écharpe tricolore, le curé, tout en noir, le tambourinaire, la cueilleuse d'olives, la marchande de poissons et le ravi, les bras en l'air.

Elle hésita avant de sortir du carton cinq moutons. Quand elle était petite, sa sœur Éliane et elle avaient chacune leur mouton et grand-mère Maria le rapprochait ou l'éloignait de la Sainte Famille, selon qu'elles avaient été plus ou moins sages. Cela faisait sourire Virginie, lorsqu'elle lui racontait cette anecdote. « Je n'aurais pas accepté ça ! » proclamait-elle avec fougue. Déjà rebelle, elle affirmait haut et fort son désir de vivre ses passions. Pourquoi Pierre et elle n'avaient-ils pas su la comprendre ? se demanda une nouvelle fois Nathalie.

Elle se détourna de la crèche. Il ne fallait pas qu'elle pleure. Elle devait être forte, d'abord pour Pierre qui souffrait d'autant plus de la situation qu'il n'en parlait jamais.

Nathalie se retourna, contempla avec une profonde tristesse les deux assiettes qui se faisaient face sur la table trop grande. Elle avait oublié la place du pauvre, en bout de table. Elle rajouta une assiette, garnie d'une tranche de pain. Les règles de l'hospitalité étaient sacrées au domaine du Beauvoir.

Séguret, accroché à un piton rocheux, évoquait de façon saisissante un décor de crèche. À l'ombre des Dentelles de Montmirail, le village médiéval accueillait nombre de personnes venues, comme Pierre et Nathalie, assister à la messe de minuit.

Tous deux avaient partagé le gros souper et étaient partis en laissant la porte ouverte et le couvert sur la table. C'était encore une tradition transmise par grand-mère Maria. Elle affirmait que les anges venaient manger les miettes pendant la nuit de Noël.

Nathalie pria avec ferveur pour sa fille, leur petite-fille et même, oui, pour ce Jérémie qu'elle ne connaissait pas, leur gendre.

Les paroles de *Minuit, chrétiens* résonnant sous la voûte, la bouleversèrent encore plus que d'ordinaire.

*Le monde entier tressaille d'espérance*
*En cette nuit qui lui donne un sauveur.*

Cette nuit chargée d'espoir entre toutes... ils allaient peut-être enfin revoir Virginie ?

Elle éprouva une déception si intense en sortant de l'église et en n'apercevant pas leur fille que ses yeux se remplirent de larmes.

La main de Pierre se posa sur la sienne.

— Dépêchons-nous de rentrer à la maison, ma chérie. Nous allons allumer du feu dans la cheminée. J'ai préparé tantôt ma plus grosse bûche.

Elle lui sourit. Un sourire proche des larmes. La nuit était froide, le ciel piqueté d'étoiles. Une vraie nuit de Noël, conforme à la tradition. Dommage qu'ils soient seuls tous les deux... Tellement seuls.

De nouveau, un sanglot noua sa gorge. Elle se redressa, acquiesça.

— Tu as raison. Rentrons.

Dans la voiture, ils évoquèrent d'une voix émue les Noëls d'antan. Ils ne voulaient pas prononcer le prénom de Virginie, ni s'avouer cette espérance insensée qui les avait portés depuis plusieurs jours. La revoir, enfin...

La lampe extérieure de la maison était allumée, comme toujours la nuit de Noël. Nathalie et Pierre rentrèrent chez eux.

Mitzi vint se frotter contre leurs jambes. Avec un soupir, Nathalie ôta son manteau, son écharpe. Elle se sentait épuisée.

Elle les vit la première, devant la cheminée : Virginie, toujours aussi belle avec ce regard empreint de défi qui recélait en même temps de la crainte, comme si elle se demandait quel accueil allait leur être réservé, Justine, petit lutin qui ressemblait de façon saisissante à sa mère, avec ses boucles auburn, et Jérémie, se tenant un peu en retrait.

Le cœur de Nathalie manqua un battement. L'espace d'un instant, elle paniqua. Quelle attitude adopter ? D'autant que les trois visiteurs restaient figés devant la cheminée.

— Joyeux Noël, déclara-t-elle alors, si émue qu'elle ne savait plus très bien ce qu'elle disait.

Pierre, lui, n'hésita pas. Il saisit la grosse bûche en bois fruitier qu'il avait préparée en vue du *cacho-fio*, la posa sur les chenets. Il se retourna, prit la main de sa petite-fille dans la sienne.

— Viens, Justine, lui dit-il, tu vas m'aider pour la bénédiction du feu. C'est une tradition que nous avons toujours respectée au Beauvoir. Regarde...

Il arrosa la bûche à trois reprises d'un verre

de vin cuit produit sur le domaine, en prononçant en provençal les célèbres paroles :

> *Alegre ! Diou nous alegre !*
> *Cacho-fio ven, tout ben ven*
> *Diou nous fague la graci de veire l'an que ven*
> *Se sian pas mai, siegen pas men*[1] *!*

— Alègre, alègre ! répéta Justine.

Son grand-père la fit reculer d'un pas tandis que les flammes s'élevaient, hautes et claires. Virginie se rapprocha de sa fille.

— C'était mon grand-père Ulysse qui me prenait la main pour le *cacho-fio*. J'avais à peu près ton âge et j'étais très fière. À présent, c'est grand-père Pierre.

Son visage vibrant tourné vers ses parents, elle semblait leur indiquer la marche à suivre. Pas de questions, pas de reproches. La nuit de Noël était la nuit de l'espérance. Nathalie se rappelait qu'autrefois, la veillée de Noël fournissait l'occasion de se faire des « visites de réconciliation »,

---

1. « Allégresse, allégresse !
Avec Noël, tout bien vient
Dieu nous fasse la grâce de voir l'an qui vient,
Et, si nous ne sommes pas plus, que nous ne soyons pas moins. »

lorsqu'on avait des choses à se faire pardonner. Tout était bien. Elle s'avança d'un pas.

— Soyez les bienvenus tous les trois, déclara-t-elle avec gravité.

— Tous les trois, insista Pierre.

Juste au moment où Virginie s'essuyait les yeux, riant et pleurant à la fois.

# La maison de Pauline

Elle ne vit pas arriver l'inconnue accompagnée de la fillette. Elle était là, droite et figée devant l'autel, comme si elle défiait le prêtre de prononcer les paroles irréparables. Elle suivait l'office, sans pour autant y participer. Elle était ailleurs, à cet endroit précis où Laurent était tombé à la mer, au cours d'une manœuvre qu'il avait exécutée au moins un millier de fois. Ses équipiers, alertés par son cri, avaient aussitôt lancé des appels de détresse tout en cherchant à le localiser. Son corps avait été retrouvé trois jours plus tard sur une côte d'Irlande. Trois jours durant lesquels Laurence avait dérivé, elle aussi, partagée entre un espoir insensé et un désespoir absolu.

Elle chercha ses enfants du regard. Flore, livide, s'accrochait au bras de Damien, son fiancé. Yann, visage fermé, mâchoires crispées sur sa douleur qu'il refusait d'extérioriser, offrait une ressemblance troublante avec son père. Mais, malgré leur présence à ses côtés, Laurence se sentait seule. À jamais.

Elle aurait voulu remonter le temps, empêcher Laurent de partir pour cette course. La mer avait toujours été sa passion. Chaque week-end, il effectuait le trajet Vitré-La Trinité pour « sortir », comme il disait. Laurence, qui souffrait d'un mal de mer tenace, avait renoncé depuis longtemps à l'accompagner.

Elle se signa, de façon presque machinale, devant le cercueil de Laurent. Laurent... C'était tellement absurde ! Il n'était vraiment lui-même que sur son bateau, à se colleter avec les éléments. En semaine, dans son cabinet dentaire, il étouffait. Laurence le savait. C'était pour cette raison qu'elle ne s'était jamais opposée à sa passion pour la voile. Le soleil l'éblouit à la sortie de l'église. Ils s'étaient aimés, tous les deux, durant un peu plus de vingt et un ans. Et maintenant... Un sanglot noua sa gorge.

Flore se dégagea du bras protecteur de Damien pour rejoindre sa mère et son frère. Tous trois enlacés, ils suivirent le convoi funéraire à pied. Le soleil argentait la crête des vagues. « Pour un dernier adieu », songea Laurence.

Elle se raidit lorsqu'ils parvinrent devant la tombe. Le soleil disparut d'un coup, happé par de gros nuages noirs. Laurence sentit à cet instant qu'on la regardait. Un regard étrange, indéfinissable, lui donnant l'impression d'être comprise.

— Laurent..., murmura-t-elle.

Les mains de Flore et de Yann broyaient les siennes. Elle se détourna d'un mouvement brusque. Ne pas voir, pour nier, une dernière fois.

— Si vous voulez bien patienter quelques minutes (maître Touret toussota), nous ne sommes pas au complet.

— Comment cela ?

Laurence jeta un coup d'œil interrogateur à ses beaux-parents. Elle était venue à l'étude, sur convocation du notaire, en compagnie de ses enfants. Les parents de Laurent les y avaient rejoints.

— Je ne vois pas..., murmura Agnès Guenneau, la mère de Laurent.

Maître Touret se racla la gorge.

— Hum... la situation est un peu délicate et...

On frappa à la porte. La secrétaire introduisit dans le bureau une inconnue dont le regard chercha aussitôt celui de Laurence, comme pour se mesurer à elle.

— Voilà, fit maître Touret en se frottant les mains comme pour se donner une contenance. Mme Vernes représente sa fille Mathilda, qui est mineure.

— Mathilda ? répéta Laurence.

Laurent adorait ce prénom qu'il aurait voulu donner à Flore. Laurence avait préféré choisir celui de sa marraine.

Mme Vernes planta son regard bleu dans les yeux de Laurence.

— Oui, Mathilda Guenneau, laissa-t-elle tomber dans un silence lourd.

Laurence la dévisagea sans comprendre. Guenneau... une cousine de Laurent qu'il aurait couchée sur son testament ? C'était la seule solution plausible !

— Mathilda est la fille... adultérine, mais reconnue de Laurent Guenneau, reprit Mme Vernes d'une voix étrangement désincarnée.

La foudre s'abattit sur l'étude. Laurence, pétrifiée, abasourdie, ne pouvait articuler un seul son. Maître Touret, au comble de l'embarras, se mit à tapoter ses dossiers.

— Comment ? rugit Flore. Vous voulez dire que papa a... avait une autre fille ?

Laurence ouvrit la bouche, voulut affermir sa voix. Une espèce de croassement en sortit. Elle croisa alors le regard affolé de la mère de Laurent et elle sut que c'était vrai.

Une vague de colère et de révolte la submergea. Comme si, pour la seconde fois, Laurent disparaissait de son univers. De façon encore plus définitive. À côté d'elle, Flore s'agitait, posait des questions, exigeait des réponses. Yann, pour sa part, ne soufflait mot. Laurence ne pouvait pas l'imiter. Ses enfants avaient besoin d'elle, même si elle se sentait exsangue.

Elle regarda froidement le notaire. Il savait, forcément, pour cette Mme Vernes et sa fille au prénom stupide. Il savait, comme la mère de Laurent, et combien d'autres personnes encore ?

— Ma présence ici, celle de mes enfants sont-elles vraiment indispensables ? jeta-t-elle d'une voix sèche, méconnaissable.

— Je vais procéder à la lecture du testament le plus rapidement possible, marmonna maître Touret, au supplice.

L'autre ne disait rien. Laurence se sentit consumée par la haine. « Elle n'est même pas d'une beauté renversante ! » se dit-elle. Mme Vernes était vêtue de gris. Elle pouvait avoir trente-cinq ans, n'était pas maquillée et ses cheveux auburn étaient simplement noués sur la nuque. Une jeune femme comme il en existait des milliers d'autres. La maîtresse de son mari.

— M. Guenneau avait laissé une lettre pour vous, madame, lui dit le notaire en lui tendant une enveloppe blanche.

Elle s'en saisit d'une main peu sûre. Elle entendit vaguement, sans même y prêter attention, maître Touret énumérer les dispositions prises par Laurent huit ans auparavant. Il fallait donc supposer que l'enfant avait cet âge. Huit ans… Qu'avaient-ils vécu alors tous les deux ?

Laurent lui demandait de vendre le cabinet et le matériel, à charge pour elle de répartir le produit de la vente en trois parts égales. Une pour chacun de ses enfants. Il lui laissait leur maison de Vitré en usufruit. Celle-ci échoirait à Flore et à Yann à la mort de Laurence. Mathilda héritait de la maison de pêcheur qu'il avait achetée à La Trinité. Son voilier, le *Warc'hoazh*[1] revenait à Yann.

— Je n'en veux pas !

Yann sauta sur ses pieds, balaya l'assistance d'un regard chargé de mépris.

— Je ne veux rien, dans ces conditions, répéta-t-il, au bord des larmes.

Laurence posa une main apaisante sur son bras. Il la repoussa avec colère.

— Pourquoi acceptes-tu ça ? lança-t-il à sa mère. Révolte-toi, bon sang !

Elle ne trouva rien à lui répondre.

Le notaire abrégea les formalités. Tétanisés, les membres de la famille se resserrèrent autour de Laurence. « Que croient-ils donc ? se demanda-t-elle avec amertume. Que je suis la plus forte parce que je n'ai pas hurlé ni éclaté en sanglots ?

---

1. « Demain » en breton.

Mais j'ai mal, mon Dieu, si mal... » Tout son corps était douloureux.

— Laurence... je ne sais pas quoi vous dire.

Agnès Guenneau paraissait accablée.

— Depuis combien de temps le saviez-vous ? questionna Laurence d'une voix durcie.

— Je l'ai appris il y a huit ans, quand Mathilda est née. Laurent avait besoin de se confier.

— Huit ans..., répéta Laurence, accablée.

Il lui semblait qu'un élément essentiel lui faisait défaut. Que s'était-il passé de marquant à ce moment-là ? Avait-elle manqué d'intuition à ce point pour ne rien avoir soupçonné ?

— Je suis désolée, dit sa belle-mère.

— Viens, maman.

Déjà Flore l'entraînait vers la voiture devant laquelle Damien les attendait.

— Si tu savais ce qui nous arrive ! jeta-t-elle à son fiancé.

De nombreuses personnes étaient certainement déjà au courant. Il n'y avait eu qu'elle, Laurence, pour s'aveugler sur leur couple. Brusquement, elle se rappela. Un peu plus de huit ans auparavant, sur l'insistance de Laurent, elle avait abandonné son travail pour venir l'assister au cabinet dentaire. « J'ai besoin de toi », lui avait-il répété sur tous les tons jusqu'à ce qu'elle cède.

Alors, sous le regard interloqué de ses enfants, elle partit d'un rire grinçant, irrépressible.

— Tu ne peux pas rester comme ça...

Laurence perçut aussitôt le reproche dissimulé sous la sollicitude maternelle. Nicole, sa mère, dynamique chef d'entreprise, avait toujours considéré l'inactivité comme le pire des maux.

— Flore m'a appelée, reprit-elle. Il paraît que tu te désintéresses des préparatifs de son mariage ?

Laurence tourna un regard vide vers sa mère. « Elle a maigri », pensa Nicole en remarquant les rides nouvelles qui encadraient sa bouche.

— Tu devrais prendre soin de toi.

— Maman, je t'en prie ! Si tu savais comme je me moque de mon apparence ! J'ai tout gâché, tout raté dans ma vie alors... Quelle importance ?

— Tais-toi ! Tu n'as pas le droit de dire ça, Laurence. D'abord, tu n'as que quarante-deux ans. Ensuite, n'oublie pas tes enfants. Ils sont plutôt bien, non ?

— Peut-être, mais passablement perturbés ces derniers temps ! Comme moi, d'ailleurs.

— Le contraire serait étonnant, vu les circonstances ! Que penses-tu faire ?

— Si seulement je le savais !

— Tu étais une battante, pourtant...

— Tu fais bien d'employer l'imparfait. J'étais... Tant que nous formions une équipe, Laurent et moi, j'étais forte. Maintenant...

Elle poussa un soupir désabusé.

— Je n'ai plus de raison de me battre. C'est aussi simple que ça.

— Agnès m'a téléphoné, reprit Nicole. Laurent t'avait écrit une lettre, paraît-il ?

Laurence émit un rire sans joie.

— En effet. Cela vous intéresse ? De toute manière, vous ne saurez rien, l'une comme l'autre. Pour la bonne raison que je n'ai pas lu cette lettre et ne la lirai jamais.

— Ma chérie..., murmura Nicole d'une voix apaisante, tu te fais du mal.

— Il faut me laisser un peu de temps, maman.

— Pour quoi faire ? la coupa cruellement Nicole. Pour continuer à pleurer sur ce qui a été et ne sera plus ?

— J'essaie de comprendre.

— Eh ! que veux-tu donc comprendre ? Laurent avait besoin de mener une double vie, voilà tout !

Laurence secoua la tête.

— Ce n'est pas aussi simple.

— Lis sa lettre.

— Non. C'est trop tard. Il aurait dû me parler, m'expliquer il y a huit ans. J'aurais peut-être réussi à pardonner. Mais maintenant...

— Tu as pleuré tout ton saoul. Il faut t'occuper de toi, à présent, et de tes enfants.

Laurence tourna un visage défait vers sa mère.

— Tu te rappelles comme nous nous entendions bien tous les quatre ? Eh bien, Laurent a détruit cela aussi. C'est comme si quelque chose était cassé entre les enfants et moi. Cette Mathilda leur apparaît comme une rivale, d'autant plus que Laurent lui a légué sa maisonnette de La Trinité.

Nicole baissa la tête. Elle n'ignorait pas, elle non plus, la valeur sentimentale de la longère. Laurent l'avait achetée sur un coup de cœur et restaurée de ses mains. C'était son domaine, là où il recevait ses amis, fous de voile comme lui.

— Je me dis que je me suis montrée trop confiante, trop compréhensive, avoua Laurence. Je voulais qu'il soit heureux, et je ne voyais pas pourquoi je l'aurais empêché de faire du bateau sous prétexte que je n'ai pas le pied marin ! Aimer, c'est aussi ne pas garder l'autre prisonnier, non ?

Elle était pathétique. Nicole lui sourit.

— Il est inutile de te torturer, ma chérie. Je crois que rien n'aurait pu retenir Laurent à terre. La mer était son élément.

— Jusqu'à la mort, murmura Laurence d'une voix désenchantée.

Elle se leva, souleva le rideau.

— Il pleut. Il pleut sans cesse depuis que Laurent est parti.

— Tu n'oublies pas que Flore et Damien se marient dans moins de trois mois ?

— Cela fera sept mois, pour Laurent...
— Agnès a proposé sa maison pour la réception.
— Pourquoi ? Elle me croit incapable de faire face ?
— Elle cherche à t'aider, tout simplement.
— Nous réunirons tout le monde ici, c'est indispensable. Nous pourrons dresser deux tentes dans le jardin...
— Tu risques de manquer de temps.
Laurence soutint le regard de sa mère.
— Ne t'inquiète pas. Je tiendrai le choc !
C'était un défi. Et une promesse.

Laurence serra Flore et Damien contre elle, d'un même élan.
— Je vous souhaite tout le bonheur du monde, murmura-t-elle.
Soucieuse de ne pas jeter une ombre sur le mariage des jeunes gens, elle se détourna, vite, pour ne pas pleurer devant eux, et heurta la personne qui descendait les marches de l'église.
— Oh ! pardon, s'écria-t-elle tout en reculant de deux pas avant de demander d'une voix incertaine : Ève, c'est bien toi ?
— Bien sûr ! N'aurais-tu plus le souvenir de m'avoir invitée au mariage de ta fille ?
— Je t'avouerai que cette invitation ressemblait à une bouteille à la mer. J'avais tant envie

de te revoir ! Mais tu as tout du feu follet : impossible de te joindre !

— Tu vois, j'ai bel et bien reçu ton petit mot accompagnant le faire-part. Ta mère vient de m'apprendre pour Laurent… Je suis désolée, je n'en savais rien. Cela fait près d'un an que nous sommes partis pour New York.

— New York ? Je t'imaginais partout sauf là-bas !

— En confidence, ce n'est pas à proprement parler la destination dont j'aurais rêvé ! Mais comme mon époux est conseiller financier… Nous sommes revenus en France à cause d'un héritage. La maison de Pauline…

— La maison de Pauline…, répéta Laurence. Le nom est joli.

— Mon mari désire transformer cette bâtisse en chambres d'hôtes, tu imagines le travail ?

Ève, frappée d'une idée subite, s'immobilisa.

— Mais, j'y pense, tu étais décoratrice !

Laurence soupira.

— Il y a une éternité ! J'ai arrêté d'exercer mon métier après la naissance des enfants, cela devenait trop compliqué. Et puis, quand j'ai voulu reprendre, Laurent m'a demandé de l'aider au cabinet dentaire. J'ai suivi une formation accélérée…

— Ce serait génial ! reprit Ève, toujours excessive.

— Excusez-moi, les filles, mais nous allons être en retard pour le vin d'honneur, glissa Nicole.

— Suis notre voiture, recommanda Laurence à son amie. Nous rediscuterons de tout cela ce soir.

C'était comme si le ciel s'était déchiré, lui laissant entrevoir une issue. C'était aussi simple que ça. Une issue. Un moyen de ne pas sombrer.

— Eh bien, qu'en dis-tu ?
— Peste ! fit Laurence. Il y a du travail !

Elle était tentée, cela se voyait. Ève reconnaissait la lueur d'intérêt qui brillait dans le regard gris de son amie.

— Si tu es d'accord, Frank et moi te donnons carte blanche.
— Mais pas un crédit illimité, je suppose !

Ève se retourna vers son mari, qui annonça une somme importante. Il y avait longtemps que Laurence n'avait pas éprouvé une telle excitation. L'impression que, brusquement, la vie recommençait.

— Je crois que ça pourra aller, dit-elle avec prudence.

Au téléphone, elle se montra beaucoup plus prolixe.

— Tu imagines, Flore ? Une maison sur plusieurs niveaux, dans Roussillon la belle...

— Fonce, maman !

Laurence marqua une hésitation.

— Si j'étais certaine de ne pas vous manquer... C'est un chantier qui va durer plusieurs mois.

Le rire léger de Flore courut le long de la ligne, réchauffant le cœur de Laurence.

— Je suis une grande fille à présent, maman ! Et Damien s'occupe fort bien de moi.

— Je sais, chérie, je sais. Mais... il y a Yann.

Cette fois, les deux femmes gardèrent le silence durant quelques instants.

— Ça ne va pas mieux ? demanda enfin Flore.

— Ton frère se refuse à aller mieux, la corrigea Laurence. Dans un sens, j'étais contente qu'il passe une semaine chez maman ; ça m'a permis de partir pour le Luberon l'esprit plus tranquille. Mais que va-t-il faire à la rentrée ? Il veut tout laisser tomber, à commencer par ce BTS de comptabilité pour lequel il ne manifestait guère de dispositions, je dois bien le reconnaître...

— Laisse-lui le temps de prendre ses marques. Après tout, s'il perd une année, ce n'est pas si grave ! Il n'a pas dix-neuf ans.

— En effet, acquiesça Laurence.

Malgré ses efforts, sa voix s'était altérée. Yann avait été un élève brillant. La disparition brutale de son père et, surtout, la révélation de sa double vie avaient brisé net son enthousiasme et ses rêves.

Laurence se disait parfois que Laurent avait tout gâché.

— Faisons confiance à mamie, reprit Flore. Elle est moins impliquée que nous trois, elle réussira peut-être à débloquer la situation.

« Oui, il faut que je délègue un peu, si je veux m'en sortir », pensa Laurence en raccrochant. Parler avec sa fille lui faisait toujours du bien. Après avoir traversé une période difficile de doutes et de remise en question, Flore avait repris le dessus. L'amour de Damien l'équilibrait, lui apportant cette sécurité affective qui lui avait tant fait défaut à la mort de son père. Si seulement Yann, de son côté...

Laurence secoua la tête, sortit de la cabine. Un soleil insolent accentuait le contraste des couleurs, l'ocre des maisons, le bleu dur du ciel. Elle prit une longue inspiration. Oui, elle devait rester à Roussillon, s'organiser pour ne pas laisser passer sa chance. Sa mère aurait peut-être une idée pour Yann.

— Un sacré chantier ! apprécia Gilles Léonard, le chef des travaux.

Il jeta un coup d'œil aigu à Laurence.

— Vous vous sentez de taille ? Vous n'êtes pas connue dans la région.

— Cela pose un problème ?

Laurence sourit, comme pour adoucir sa repartie.

— J'ai arrêté d'exercer mon métier durant plusieurs années pour raisons familiales. Rassurez-vous, cependant, je serai à la hauteur.

— Eh bien, allons-y ! Expliquez-moi ce que vous souhaitez et je vous dirai si c'est possible.

Au bout de deux heures de discussion, ils s'étaient mis d'accord sur l'essentiel. Laurence avait vite compris que Gilles se défiait (parfois à juste raison !) de la frénésie de restauration qui frappait les plus beaux villages du Luberon. En accord avec Ève et Frank, elle tenait à préserver l'âme de la maison de Pauline.

— Quelle misère d'avoir laissé se délabrer un si beau corps de bâtiment !

Gilles Léonard se retourna vers Laurence.

— Vous aimez la pierre, vous aussi, cela se sent.

— J'appartiens à une lignée de bâtisseurs, répondit-elle, caressant, presque malgré elle, le mur de la grande salle. Je suppose que j'ai ça dans le sang !

Elle sourit, comme pour ôter du poids à sa confidence. Laurent n'avait jamais compris à quel point son métier comptait pour elle.

— Il faudrait sauvegarder cette vue sur la plaine. Qu'en pensez-vous, monsieur Léonard ?

— Appelez-moi Gilles. Je verrais bien une paroi coulissante, tout en verre. Parce que je suppose que vos amis vont installer leur table d'hôtes dans la grande salle ?

— En effet.

Laurence songea qu'elle s'était déjà beaucoup trop attachée à la maison dont le crépi écaillé, les tuiles arrachées et les carrelages cassés révélaient la vétusté.

— Vous qui êtes de la région, connaissez-vous l'origine de son nom ? questionna-t-elle. La maison de Pauline… Cela m'a tout de suite séduite.

Gilles Léonard haussa les épaules en signe d'ignorance.

— Je ne suis pas féru d'histoire, seulement de matériaux. Il faudrait que vous vous renseigniez auprès de Régis Lefort. J'avais l'intention de vous parler de lui. C'est notre meilleur paysagiste, et vous feriez bien de lui demander conseil pour le jardin en terrasses. C'est un puits de science, cet homme-là. Il saura vous répondre.

Ève souhaitait-elle faire appel aux services d'un paysagiste ? Consultée par téléphone, elle approuva sans réserve la suggestion de Laurence.

— Régis Lefort ? Oui, nous avons déjà entendu parler de lui. Tu peux t'en occuper, Laurence ? Merveilleux !

Il avait gelé durant la nuit et une fine pellicule

de givre recouvrait le jardin, dans un triste état lui aussi. Le ciel était d'une limpidité irréelle.

Laurence avait pris pension chez Mme Donatienne, une adorable vieille dame qui la gâtait comme il n'était pas permis. En partageant son dîner, omelette et tian de légumes, elle lui demanda où elle pourrait trouver Régis Lefort.

— Sur la route de Gordes, à la sortie du village. Sa maison est ombragée par un olivier au tronc noueux comme un cep de vigne. Si vous allez le voir, vous lui rappellerez qu'il doit venir ausculter mes lauriers-roses.

— Promis. C'est fou comme je me sens bien chez vous ! Je retrouve le sommeil ici.

Elle rougit, confuse d'en avoir trop dit. Elle souffrait d'insomnies depuis la disparition de Laurent.

Mme Donatienne esquissa un sourire.

— Vous savez, Laurence, il y a des moments dans la vie où l'on se sent vraiment au fond du gouffre. On a l'impression que rien ni personne ne parviendra à vous tirer de votre marasme. Et puis l'on finit un jour par retrouver un peu le goût de vivre. C'est peu de chose et pourtant, toute la différence est là.

Laurence, profondément émue, rougit.

— Il faut que vous ayez beaucoup souffert pour me dire cela, madame Donatienne.

Les deux femmes échangèrent un coup d'œil complice.

— Je crois que nous nous comprenons à demi-mot, vous et moi.

Il y eut un silence. Brusquement, Laurence s'abandonna.

— J'aurais aimé qu'il me fasse vraiment confiance, murmura-t-elle.

Et, parce que les yeux de la jeune femme s'emplissaient de larmes, la vieille dame n'osa pas lui demander de qui elle parlait. De toute manière, était-ce bien utile ? Il ne pouvait s'agir que de son mari...

— Bonjour. C'est vous qui redécorez la maison de Pauline ? Il y a de l'ouvrage !

Laurence sourit à l'homme au visage ouvert qui l'accueillait cordialement.

— Bonjour, monsieur Lefort. J'aimerais que vous veniez jeter un coup d'œil au jardin.

Elle se sentait embarrassée tout à coup. Elle avait peur de paraître particulièrement compliquée si elle lui expliquait qu'elle désirait réaliser une harmonie entre la demeure et le jardin. Pourtant, elle le fit. Et il l'écouta avec beaucoup d'attention.

— Il y avait longtemps que je guignais la maison de Pauline, confia-t-il. Lorsque j'étais enfant, je passais chaque jour devant, en rentrant de l'école. Un jour, je me suis même faufilé dans le jardin, ce qui m'a valu une raclée de mon père.

Laurence sourit.

— Vous en avez gardé un souvenir… cuisant, si je comprends bien !

Ils rirent tous deux.

— Vous êtes encore plus sympathique lorsque vous riez, enchaîna-t-elle, s'étonnant de sa propre audace. Je ne me suis pas présentée. Laurence Guenneau.

Elle avait marqué une petite hésitation. Le fait de porter le nom de Laurent lui pesait de plus en plus.

— Je pourrai passer demain midi, proposa Régis Lefort.

— Entendu. Vous connaissez le chemin…

De nouveau, ils partagèrent un éclat de rire.

— Il y avait longtemps…, murmura Laurence.

Il ne lui demanda pas de quoi elle voulait parler, et elle lui en sut gré.

— À demain, donc, reprit-elle. Oh ! j'oubliais, qui était donc Pauline ?

Régis Lefort sourit.

— Vous aussi, cela vous intrigue ? Figurez-vous que personne ne connaît cette Pauline à Roussillon. Peut-être même n'a-t-elle jamais existé. À moins que son propriétaire ne l'ait appelée ainsi en hommage à Pauline Bonaparte ? Elle s'est rendue plusieurs fois en Provence.

Laurence fit la moue.

— Vous brisez net l'un de mes rêves. J'imaginais une héroïne romantique, une histoire d'amour qui se serait mal terminée...

— Et pourquoi donc ?

— Parce que les histoires d'amour finissent toujours mal !

À cet instant, Laurence avait envie de mordre. Mais cela n'avait rien à voir avec Régis Lefort. Seulement avec ses souvenirs...

— Dis donc, ma chérie, savais-tu que ton fils avait des talents de vendeur ?

Le rire de Nicole courut le long de la ligne.

— Yann fait du bon travail au service commercial. Il sait de quoi il parle et il en parle bien. Il s'y connaît, en bateaux.

Laurence soupira.

— Hélas ! Ce doit être pour cette raison qu'il refuse de monter à bord du *Warc'hoazh*. Merci, maman, ajouta-t-elle d'une toute petite voix. Occupe-toi bien de Yann, surtout.

— N'aie aucune crainte. Mais toi, de ton côté... comment vas-tu ?

— Moi ? ça va mieux, beaucoup mieux.

Elle comprit en le disant que c'était vrai. L'éloignement lui avait fait le plus grand bien.

— Quand rentres-tu ? demanda Nicole.

Laurence secoua la tête.

— Laisse-moi un peu de temps, maman, je t'en prie.

Elle n'était pas prête à affronter ses souvenirs. Le serait-elle jamais ?

— Vous voyez, je rêve d'une harmonie de couleurs. Des oliviers au feuillage argenté au fond du jardin, pour rappeler la nuance délicate des volets. Des cactées et des plantes grasses en escaliers. Un jardin de plantes aromatiques, à la mode médiévale, sous la fenêtre de la cuisine. Des roses trémières en contrepoint au crépi clair des murs de la pièce à vivre. Et de la lavande, beaucoup de lavande, tout autour de la terrasse.

Le paysagiste sourit.

— Pensez-vous vraiment que je vous sois utile à quelque chose ? J'ai l'impression que vous savez parfaitement ce que vous désirez.

— Peut-être, mais je n'ai aucune compétence en matière de jardins. Chez moi (une ombre voila son regard), je me bornais à tailler mes rosiers et mes hortensias.

Il la regarda, gravement.

— Qu'avez-vous laissé derrière vous pour que cela vous pèse tant sur le cœur ?

— Pourquoi me demandez-vous cela ? répliqua-t-elle, déjà sur la défensive.

Il lui adressa un sourire désarmant.

— Ne le prenez pas en mauvaise part, surtout. J'ai simplement envie de mieux vous connaître.

« Moi aussi ! » pensa-t-elle.

Elle se détendait peu à peu.

— J'ai quelques souvenirs… douloureux, répondit-elle enfin.

Avant de hausser les épaules, comme pour chasser tout ce qui l'avait paralysée depuis plus d'un an.

— Je dois oublier. Je crois que c'est pour cette raison que je suis venue ici. Un besoin de m'évader, de me prouver que je suis capable de me débrouiller seule, aussi.

Elle s'interrompit, confuse. Elle n'en avait jamais autant dit sur elle-même.

— Pardonnez-moi, murmura-t-elle. Je n'avais pas l'intention de me plaindre…

Régis sourit.

— Je n'ai pas eu l'impression que vous vous plaigniez, rassurez-vous.

Il la regarda à nouveau. Une étincelle de gaieté faisait pétiller ses yeux très bleus dans son visage hâlé.

— Venez, je vous emmène déjeuner, enchaîna Régis.

L'invitation était si spontanée que Laurence ne trouva pas les mots pour refuser.

Il se déplaçait dans une vieille camionnette cabossée de partout.

— Pas d'objection à monter dans mon carrosse ? ironisa-t-il.

— Du moment que la portière ne s'ouvre pas dans un tournant ! Où me conduisez-vous ?

— Dans un petit café qui ne paie pas de mine où vous vous régalerez.

Il faisait si bon qu'ils choisirent de s'installer en terrasse. Leur table dominait les carrières d'ocres à ciel ouvert.

— Parlez-moi de vous, suggéra Laurence en attaquant avec un bel appétit une terrine de sanglier.

Régis sourit.

— Cinquante ans à la fin de l'été, célibataire, passionné de jardins, comme il se doit, et de Mozart. Cela vous suffit-il ?

— Je m'en contenterai pour l'instant, affirma Laurence en riant.

Elle ne s'était pas sentie aussi bien depuis longtemps. Cela tenait au soleil, pensait-elle, et à l'ambiance sympathique de ce que Régis nommait sa « cantine ».

— Eh bien, reprit-elle, mes exigences pour la maison de Pauline sont-elles compatibles avec la nature du sol ?

— Il faudra bien que je m'en arrange !

Il passa la main dans son abondante chevelure grisonnante.

— Je me demande seulement... Vos amis s'installeront-ils définitivement à Roussillon ?

— Franchement, je n'en sais rien. Mais du moins aurai-je essayé de rendre un peu de son âme à cette maison. C'est... (Laurence le regarda bien en face.) C'est terriblement important pour moi.

Régis posa ses mains à plat sur la table.

— Si vous me racontiez ?

« C'est trop tôt, se dit-elle en éprouvant un sentiment proche de la panique. Je le connais à peine... » Et, en même temps, elle s'entendit répondre d'une voix étrangement lointaine et détimbrée :

— Nous étions mariés depuis vingt et un ans, Laurent et moi. Il paraît que nous offrions l'image d'un couple harmonieux. C'était l'opinion générale. Et puis...

Elle s'interrompit, releva la tête. Ses yeux étaient emplis de larmes.

— Laurent a eu un accident sur son bateau, le *Warc'hoazh*. C'était sa passion, la mer. Jamais je n'ai éprouvé le moindre doute... Je devais être particulièrement naïve ! C'est chez le notaire que j'ai appris l'existence d'une autre femme dans sa vie. Et, surtout, celle d'un enfant. Sa fille.

Régis ne souffla mot. Il se contenta de poser sa main sur celle de Laurence, sans quitter la jeune femme des yeux.

« Je suis là », disait son regard.

— J'ai bien peur d'avoir très mal réagi, poursuivit Laurence. C'est comme si notre couple avait été renié, piétiné. Par mon mari, de surcroît.

C'était la première fois qu'elle se livrait ainsi. Régis frissonna. Mesurait-elle le poids de ses confidences ?

— Vous travailliez en Bretagne ? glissa-t-il.

— J'assistais mon mari. Il avait un cabinet dentaire.

— Vous n'exerciez donc plus votre métier de décoratrice.

— Ce fut un choix, répondit-elle avec une pointe de défi dans la voix. Pourquoi me dévisagez-vous ainsi ?

— Je crois que vous avez beaucoup de choses à lui pardonner.

— Il est trop tard, maintenant.

Elle se pencha au-dessus de son assiette.

— Humm, ce fumet !

Il respecta sa volonté de changer de sujet.

— Un parfum de péché de gourmandise ! renchérit-il.

Le reste du repas, ils parlèrent de fleurs et d'art. Laurence rêvait de retourner un jour en Toscane. Régis avouait lui aussi un penchant pour Botticelli et Raphaël.

— J'ai des amis près de Lucques, précisa-t-il. Je séjourne régulièrement chez eux.

— Je me demande encore si j'ai un chez-moi, confia Laurence d'une voix mélancolique.

— Lorsque vous aurez terminé la restauration de la maison de Pauline, vous y verrez peut-être un peu plus clair. Il faut de la force pour affronter les vieux démons.

Laurent pouvait-il être considéré comme un « vieux démon » ? se demanda-t-elle en éprouvant le sentiment d'aborder une question cruciale.

— Mes enfants me manquent, lança-t-elle.

Et elle se mit à évoquer Flore, qui se passionnait elle aussi pour la décoration, et Yann, pour qui elle s'inquiétait tant.

— Dieu merci, ma mère l'a pris sous son aile, conclut-elle. J'étais trop impliquée moi-même pour lui venir en aide. Le jour où il sortira en mer sur le bateau que son père lui a légué, je saurai qu'il est définitivement tiré d'affaire.

De nouveau, Régis regarda Laurence avec acuité.

— Et vous, Laurence ? Quand serez-vous vraiment tirée d'affaire ?

— Je ne sais pas.

— Je crois que j'ai ma petite idée là-dessus. Quand vous pourrez regarder derrière vous. Et rencontrer cette enfant.

— Jamais ! s'écria-t-elle avec violence.

Il esquissa un sourire très doux, infiniment triste.

— Ma mère aimait à citer cette devise : « Il ne faut jamais dire jamais. » J'ai appris à mieux la comprendre, l'âge venant.

Laurence ne répondit pas. Elle pensait à cette lettre, écrite par Laurent, et qu'elle n'avait pas eu le courage ou la force de lire.

— Eh bien, j'appelle ça de la belle ouvrage ! s'écria Gilles avec son franc-parler habituel.

Sa voix forte avait résonné dans le hall dont Laurence avait mis à nu l'appareillage de pierres. Le silence d'Ève et de Frank n'en parut que plus écrasant.

« Nous te laissons carte blanche », lui avaient-ils dit. S'était-elle trompée ? Rien n'était jamais joué en matière de décoration et, brusquement, Laurence prit peur. Elle avait tant mis d'elle-même dans la maison de Pauline qu'elle appréhendait de subir une déception. Le silence angoissant se prolongeait. Soudain, Laurence n'y tint plus.

— Dis-moi quelque chose ! pria-t-elle en se tournant vers Ève.

Son amie sursauta.

— Oh ! bien sûr, pardonne-moi. C'est seulement que... cette maison correspond tout à fait à ce dont j'avais rêvé. Et toi, Frank ?

— Superbe ! confirma son époux en se penchant sur les tomettes recouvrant le sol.

— Elles sont d'origine ?

— Nous avons bataillé pour les dégager de toute une couche d'enduits divers !

Gilles adressa un clin d'œil complice à Laurence.

— C'est qu'elle est exigeante ! Mais je suis prêt à retravailler avec elle, elle aime son métier !

Laurence rougit.

— Arrêtez, Gilles !

Ève pressa affectueusement le bras de son amie.

— Tu auras toujours une chambre à la maison de Pauline.

— Je l'espère bien !

Le regard de Laurence se fit rêveur.

— Je me plais beaucoup dans le Luberon.

Elle ne précisa pas que Régis y était certainement pour beaucoup. Elle ne voulait pas se précipiter. Comme elle le lui avait dit la veille, alors qu'ils dînaient ensemble, elle ne se sentait pas encore prête à vivre un nouvel amour. Elle avait peur d'être à nouveau trahie.

— Tu es géniale ! s'écria Ève. Quand mes amies verront ce que tu as fait de cette ruine !

— Je suis surtout soulagée que cela vous plaise. C'était une lourde responsabilité. Je dois me sauver. J'ai promis à Flore et à Damien de monter les voir à Vitré.

Il était temps pour elle de rentrer. Depuis plusieurs mois, en effet, une certaine phrase prononcée par Régis lui trottait dans la tête. « Vous serez vraiment tirée d'affaire quand vous pourrez regarder derrière vous. Et rencontrer cette enfant. »

— Reviendrez-vous ?

Elle soutint le regard de Régis. Durant les quatre derniers mois, tous deux avaient appris à mieux se connaître. Ils avaient partagé promenades, fous rires et déjeuners sur le pouce au milieu des gravats. Ils avaient passé des soirées paisibles au restaurant, à deviser et à refaire le monde, comme s'ils avaient encore vingt ans.

Remarquant son hésitation, Régis reprit :

— Ou plutôt, quand reviendrez-vous ?

Il désigna le tronc noueux de l'olivier planté devant sa maison.

— Je suis comme lui : très patient mais, en même temps, je n'ai pas envie de vous attendre trop longtemps. Je vous aime, Laurence, vous le savez.

Laurence rejeta la tête en arrière. Un éclair de défi passa dans ses yeux.

— Attention, Régis ! J'ai pris goût à la liberté.

— Je ne vous emprisonnerai jamais, lui dit-il gravement, la tenant sous le poids de son regard.

Elle en fut bouleversée. Bien malgré elle, en effet, elle ne pouvait s'empêcher d'établir des comparaisons. Laurent n'avait pas hésité à lui demander d'abandonner sa profession, sa passion. Il affirmait avoir besoin d'elle pour supporter un métier dont il s'était lassé. Et elle dans tout cela ?

Il lut les blessures passées dans ses yeux, lui caressa la joue avec une infinie tendresse.

— N'ayez plus peur, Laurence, je vous en prie.

— Je ne peux pas m'en empêcher, murmura-t-elle.

— Promettez-moi au moins de revenir.

Elle se détourna pour lui dissimuler ses larmes.

— Je ne sais pas ce qui m'attend en Bretagne. Il est grand temps d'affronter mes vieux démons, ne croyez-vous pas ?

— Vous seule, Laurence, êtes à même d'en juger. Moi (il lui sourit), je vous attends.

— C'est très... émouvant, souffla-t-elle.

Mais elle n'était pas encore prête ; ils le savaient tous les deux. Quelque chose la retenait. L'amour qu'elle avait éprouvé pour Laurent ? Ou plutôt cette crainte diffuse d'être une seconde fois trahie ? Elle prit sa main, la serra contre sa joue, comme pour lui faire comprendre qu'elle ne pouvait pas lui offrir davantage. Pas encore, du moins.

— Merci d'être là, Régis, chuchota-t-elle.

Avant de se lever et de s'enfuir.

Elle était là. Toujours à la même place, rangée à l'intérieur du sous-main placé sur son bureau. Depuis qu'elle était revenue dans la maison de Vitré, Laurence respirait moins bien. Quelque chose l'oppressait. Les souvenirs, certainement. Ainsi que cette lettre qu'elle n'était pas encore parvenue à lire. Cela ne pouvait plus durer ! Résolument, elle saisit l'enveloppe, la déchira d'un coup sec. Revoir l'écriture de Laurent la bouleversa.

*Laurence, ma chérie, il ne faut pas s'attacher aux apparences. C'est toi, toi seule, que j'aime. Je n'ai pas entretenu de liaison passionnée avec Adriana Vernes. Un coup de folie, plutôt, un soir, alors que je remettais ma vie professionnelle en question. J'étais en congrès à Genève. Tu n'avais pu m'accompagner parce que Yann était malade. Voilà. C'est stupide et triste mais, à cause de cette nuit-là, je sais que plus rien ne sera pareil entre nous.*

*Je n'ai jamais réussi à te dire combien mon métier me pèse. La voile, c'est ma respiration. Si c'était à refaire... Ne brise pas les ailes de Yann, je t'en prie, ma chérie. Laisse-le décider seul, sans l'influencer.*

*Ta présence à mes côtés au cabinet me rendait l'existence plus supportable. Je me sentais prisonnier des emprunts, ligoté par les investissements indispensables... Je versais une pension, aussi, chaque mois, pour Mathilda. Ma mère réussira peut-être à t'expliquer dans quel état j'étais lorsque cette enfant est née. J'aurais voulu tout te dire ; je n'en ai jamais eu le courage. Égoïstement, j'avais peur de ta réaction. C'est pourquoi je laisse cette lettre à maître Touret, en espérant que tu n'auras jamais à la lire. Il n'est pas facile d'avouer qu'on s'est comporté comme un sale type. J'ai essayé de dresser une répartition à peu près équitable de mes biens. Je ne sais même pas si Mathilda aime la mer. Je ne sais rien d'elle, en fait, ou fort peu de choses. Pardonne-moi.*

Elle replia lentement les deux feuillets, s'étonnant du calme qu'elle ressentait. N'aurait-elle pas dû pleurer ou s'énerver ?

Non, elle était paisible. Un peu trop, même. Comme si elle n'avait pas vraiment été concernée. Et c'était bien de cela qu'il s'agissait. Un homme – son mari – lui avouait sa faiblesse, son mal de vivre, et il lui semblait qu'il était un étranger.

Pourquoi n'avait-il pu se confier à elle durant toutes ces années ? Était-ce si difficile ? Telle qu'il la présentait, son aventure avec Mme Vernes ne ressemblait même plus à une trahison. Seulement une pitoyable histoire manquée.

Elle se rappela brusquement les tentatives timides de sa belle-mère. « Il faut que vous m'écoutiez, Laurence », lui avait-elle répété à plusieurs reprises.

Laurence avait refusé de l'entendre. Pour elle, Agnès avait choisi son camp neuf ans plus tôt. N'était-ce pas beaucoup plus compliqué en réalité ?

Elle jeta un coup d'œil étonné autour d'elle. Elle ne se sentait plus vraiment chez elle dans cette maison depuis la mort de Laurent. Ou plutôt depuis qu'elle avait appris l'existence de Mathilda.

Elle prit une longue inspiration.

— Il est temps de tourner la page, déclara-t-elle à voix haute.

Ses mots résonnèrent dans la maison vide. Elle marcha jusqu'au téléphone, composa le numéro de Flore.

— Allô, bonjour, ma chérie. Oui, je suis revenue. Rendez-vous ce soir à la maison. Damien et toi, bien sûr. Yann viendra également, ainsi que maman. Oui. Tout le monde.

— Eh bien, voilà…, murmura-t-elle, debout devant la tombe de Laurent. Je suis venue te dire que je pars. Tout est en ordre. Damien et Flore reprennent notre ancienne maison. Ils dédommageront Yann sous forme de loyer. Quant à

Yann... je crois que tu serais fier de lui. Il s'est investi dans l'entreprise de maman. Et il recommence à sortir en mer à bord du *Warc'hoazh*. Tu vois, la relève est assurée.

Elle secoua la tête.

— Je n'ai pas encore pu rencontrer Mathilda mais je suppose que cela se fera un jour, reprit-elle.

Le vent tourbillonna autour d'elle.

— Je m'en vais, Laurent, souffla-t-elle.

Là-bas, dans le Luberon, un homme l'attendait.

« Je vous attendrai tout le temps qu'il me reste à vivre », lui avait-il dit. Elle le croyait. Tous deux devaient avoir quelque chose à bâtir ensemble. Une maison. Un jardin peut-être.

## Entre vignes et oliviers

Il avait pris le premier train en partance à la sortie du Club. C'est ainsi qu'il avait surnommé sa résidence des cinq dernières années, le Club... Cela lui permettait de tenir, de se répéter qu'il y avait adhéré de son plein gré. À quoi tenait la vie... Dans le train, il avait fermé les yeux, laissant aller sa tête en arrière. Oublier. Il devait oublier. À ce prix seulement, il pourrait recommencer à vivre.

Il descendit à Orange. Il n'avait plus d'argent, même pas de quoi s'offrir un ticket d'autobus. Alors, il marcha. C'était aussi bien ; son corps était rouillé, malgré les séances de gymnastique qu'il s'imposait dans la cour étriquée du Club. Il marcha, longtemps, entre les vignes. Le soleil d'automne les faisait rutiler. Les roses s'obstinaient à fleurir entre les pieds. Résister, toujours... Il avait tenté de l'expliquer à Véronique.

Elle n'avait pas compris. Au fond, il ne parvenait pas à lui en vouloir. À sa place, il ne savait pas quelle aurait été sa réaction.

Le soleil déclina, d'un coup, juste après qu'il eut aperçu le mont Ventoux. Il avait faim, et soif. Il retourna les poches de son blouson.

— Mon vieux, tu commences mal, soliloqua-t-il.

Le panneau en bordure de route indiquait : « Pommes à vendre ». En dessous, on avait inscrit à la craie : « Cherche homme toutes mains. S'adresser au mas. »

Il hésita durant plusieurs secondes avant d'emprunter le chemin de terre. La nuit tombait. Il trébucha à deux reprises, songea à faire demi-tour. Pour aller où ? Là-bas, au bout du chemin, une lampe éclairait la terrasse dallée et un vieux mas de pierres sèches. Un chien invisible se mit à aboyer.

— Jonas, tais-toi, voyons, cria une voix féminine qui lui plut d'emblée.

Il s'immobilisa. La porte s'ouvrit. Il avança d'un pas.

— Vous ne devriez pas ouvrir à n'importe qui, fit-il remarquer à la silhouette mince qui se tenait sur le seuil.

Il ne distinguait pas ses traits, mais il perçut le sourire dans sa voix.

— Je ne cours pas grand risque ! répondit-elle avec bonne humeur. Un ange gardien veille sur moi.

Elle tenait un chien impressionnant par le collier. Il n'y connaissait rien en chiens, mais celui-ci ne paraissait pas commode. Il esquissa un geste apaisant de la main.

— J'ai des intentions fort pacifiques. En fait, je cherchais un toit pour la nuit et puis j'ai vu votre annonce.

Il s'interrompit, conscient du fait que c'était à elle de décider.

— Entrez, dit-elle en s'effaçant.

On pénétrait directement dans la cuisine, chaleureuse et accueillante avec ses meubles de noyer patiné, son pavé usé par endroits et son immense cheminée.

À la lumière de la suspension, il remarqua qu'elle était encore jeune et plutôt jolie avec ses yeux clairs et ses longs cheveux fauves. « Dommage que des cernes lui vieillissent le regard », pensa-t-il. Elle lui tendit la main.

— Je m'appelle Mélanie, Mélanie Tellier. Soyez le bienvenu au domaine d'Angèle.

Elle attendait, bien sûr, qu'il se présente à son tour. Il eut envie de hausser les épaules. Personne ne le connaissait dans cette campagne où il n'était jamais venu.

— Matthieu, dit-il. Mais vous pouvez m'appeler par mon nom de famille, Vaillant.

Il guetta sa réaction, mais elle ne manifesta pas la moindre surprise, ni même un mouvement de recul. Elle avait tourné la tête vers la porte du fond et s'était figée. Matthieu perçut un changement d'atmosphère dans la salle. Aussitôt après, des gémissements sourds le firent sursauter. Son hôtesse se précipita vers la pièce attenante. « Là, là », l'entendit-il murmurer, comme une litanie sans cesse répétée. Lorsqu'elle revint, elle n'était pas seule. Un garçon sans âge l'accompagnait. Il avait des cheveux très noirs, des yeux clairs. Son visage et ses avant-bras étaient couverts d'écorchures.

— C'est Adrien, annonça Mélanie d'un ton chargé de défi.

Elle précisa :

— Mon fils.

L'enfant ne broncha pas. Il se balançait d'avant en arrière, avec un regard vide qui serra le cœur du visiteur... « Et maintenant, semblaient dire les yeux de Mélanie, avez-vous toujours envie de rester au domaine ? »

Matthieu s'avança.

— Bonjour, Adrien, déclara-t-il en tendant la main au gamin.

Ce dernier l'ignora superbement. Matthieu se demanda même s'il avait remarqué sa présence.

De nouveau, Mélanie chercha le regard du visiteur. « Faites comme si de rien n'était », imploraient ses yeux. Matthieu se retourna vers elle.

— En quoi consiste le travail ?

Elle parut se détendre, rejeta les épaules en arrière d'un mouvement qui sembla étrangement familier à Matthieu.

— Il y a tout à faire, partout et en même temps ! s'écria-t-elle avec une bonne humeur un peu forcée. Logé, nourri, blanchi.

Elle énonça un salaire correct. De toute manière, Matthieu avait besoin d'un toit. « Ici ou ailleurs », se dit-il avec une pointe de cynisme. Mélanie guettait sa réponse.

— Qu'avez-vous à m'offrir pour le dîner ? demanda-t-il en souriant.

Ils se serrèrent la main, gravement. À cet instant, Adrien se mit à hurler. Le chien nommé Jonas gronda sourdement. Matthieu frissonna. Le vieux mas lui paraissait sinistre tout à coup. Mais il n'avait pas le choix.

Un mois après son arrivée au domaine d'Angèle, Matthieu s'y sentait tout à fait intégré. Mélanie et lui se répartissaient les tâches. Il y avait d'ailleurs fort à faire entre les vignes, le verger et l'entretien des bâtiments.

Mais le plus difficile consistait à s'occuper d'Adrien. Matthieu avait longuement hésité avant de parler de son fils à Mélanie. Il sentait que la jeune femme le supporterait mal. Il ne voulait pas, cependant, lui donner l'impression de faire semblant d'ignorer le problème. Pour avoir eu un petit frère trisomique, Matthieu était sensibilisé au sort des enfants différents. Il trouva le courage d'aborder ce sujet délicat début décembre, alors que Mélanie et lui se trouvaient dans le champ d'oliviers pour observer la maturation des fruits. Lui, l'homme du Nord, ignorait tout des cultures méridionales, mais il apprenait vite en compagnie de Mélanie. Elle avait une passion communicative pour le domaine d'Angèle, hérité de ses parents, qui le tenaient eux-mêmes d'une bisaïeule, Angèle Tellier.

— Je n'aurais jamais pensé vivre ici, expliqua-t-elle à Matthieu. Je voulais être œnologue. Et puis je me suis mariée, Adrien est né. Et ma vie a basculé.

Elle se détourna.

— On ne peut rien faire ? questionna Matthieu.

Mélanie secoua la tête.

— Nous avons essayé plusieurs thérapies, sans succès. Notre couple n'y a pas résisté. Mon mari, Antoine, n'a pu supporter la vie que nous menions. À Lyon, Adrien était un objet de curiosité dans notre quartier. C'était odieux, intenable.

Et, comme les enfants autistes ressentent très fortement ce que leurs proches éprouvent, les crises d'Adrien se faisaient de plus en plus fréquentes. Quand Antoine nous a quittés, je n'ai pu rester seule à Lyon. Je suis venue m'installer sur les terres de mes parents. Ici, je me sentais en sécurité.

Elle se tut, et Matthieu respecta son silence. Il aurait voulu lui poser d'autres questions, sans pour autant s'y résoudre. Il était trop tôt. Mélanie et lui ne se connaissaient pas assez. À moins qu'il ne fût trop tard, se dit-il en se penchant vers l'olivier le plus proche.

— Celui-ci a la mouche, déclara Mélanie d'un ton tranchant. Je vous montrerai comment le traiter à la bouillie bordelaise. C'est notre panacée, dans la région.

Un peu plus loin, Adrien contemplait sans mot dire les rangées de vignes.

— Je me suis souvent demandé, poursuivit la jeune femme, pour quelle raison cette catastrophe nous est arrivée à nous. Je me suis tapé la tête contre les murs, j'ai hurlé ma révolte, en vain. Jusqu'au jour où j'ai compris que je n'avais de secours à attendre de personne. Nous devions nous battre, mon fils et moi. Chaque progrès représentait une formidable victoire. Mais Adrien est retombé dans sa nuit.

Sa voix se brisa.

— C'est une terrible maladie, vous savez. On se sent tellement impuissant... Et seul, si seul...

À cet instant, Matthieu aurait voulu la réconforter, lui rappeler qu'il était là pour elle. Il n'osa pas. Émeric, qui travaillait à la coopérative, klaxonna à la grille. Il livrait des engrais et la fameuse bouillie bordelaise, indispensable pour traiter les arbres.

— Vous voulez bien vous en occuper, Matthieu ? lui demanda Mélanie.

L'instant des confidences était passé. Il se demanda si elle ne regrettait pas d'en avoir autant dit. Peu lui importait, au fond, pensa-t-il. Il repartirait certainement bientôt et elle l'oublierait vite. Parce qu'un seul être au monde comptait pour elle. Son fils, Adrien.

Mélanie, perchée en haut d'une drôle d'échelle triangulaire, héla joyeusement Matthieu qui avait déchargé tout un tombereau de bois dans le bûcher.

— La récolte d'olives va être grandiose ! Regardez-moi ce ciel bleu et ce soleil... On ne se croirait pas en décembre.

— Pourvu qu'il ne gèle pas, murmura-t-il.

Elle lui jeta un regard chargé de reproches.

— Vous ne pouvez pas être un peu plus optimiste ? Que vous est-il donc arrivé pour que vous voyiez tout en noir ?

C'était peut-être le moment rêvé pour lui raconter ce qu'il avait vécu. Il ne put s'y résoudre, cependant. Le jour de son entrée au Club de Luynes, tout le monde lui avait tourné le dos. Famille, fiancée... ils s'étaient tous accordés pour l'ignorer, le rejeter hors de leur existence. Depuis, Matthieu avait appris à se protéger. C'était pour lui le seul moyen de survivre. Il haussa les épaules d'un mouvement empreint de lassitude.

— Ce doit être dans ma nature. Vous savez, je ne suis pas quelqu'un de foncièrement gai.

Ils se regardèrent. Mélanie sourit. Elle était ravissante lorsqu'elle souriait ; tout son visage s'illuminait de l'intérieur.

— Moi, je m'accroche, dit-elle sur le ton de la confidence. Pour Adrien et pour moi aussi. Parce que sinon, autant baisser les bras et tout laisser tomber. Comme mon mari l'a fait.

Ses yeux clairs exprimèrent soudain une souffrance intense.

— Vous l'aimez encore ? osa lui demander Matthieu.

Mélanie secoua la tête.

— Le père d'Adrien ? Non, heureusement pour moi. Le jour où il nous a quittés, il a tout emporté avec lui, les bons comme les mauvais souvenirs. Nous n'avons presque plus de nouvelles de lui et c'est aussi bien.

Mélanie redressa la tête.

— Et vous, Matthieu ? Vous ne téléphonez à personne, vous ne recevez jamais de courrier. Êtes-vous seul au monde ?

— On peut dire ça, en effet, répondit-il de façon évasive.

Son visage s'était fermé. Mélanie n'insista pas.

— Je vais dans les vignes, lança-t-elle par-dessus son épaule. Vous pouvez ramener Adrien au mas ?

Le garçon se laissa entraîner sans protester. Mélanie avait déjà remarqué que son fils s'entendait bien avec Matthieu. C'était assez rare pour qu'elle s'efforçât de protéger le lien ténu qui les unissait. Depuis que Matthieu était arrivé au domaine d'Angèle, Mélanie se sentait moins seule. Elle soupira. Le jour où il repartirait, tout serait à recommencer. Elle savait déjà que ce serait encore plus difficile sans lui.

Il revint au mas alors que les jours raccourcissaient. Mélanie avait sacrifié aux traditions provençales pour son fils. Le 4 décembre, elle avait semé dans des coupelles le blé de la Sainte-Barbe, qui, s'il germait pour Noël, garantissait la prospérité pour l'année à venir. C'étaient sa mère et Réjane, la gouvernante du mas, qui lui avaient appris, longtemps auparavant, à semer les grains de blé symboliques vingt jours avant Noël dans des soucoupes sur un lit de ouate humidifiée. Le lendemain, elle avait installé la crèche au pied de la cheminée. Adrien, très intéressé, avait suivi tous les préparatifs. Il s'était même enhardi à toucher d'un doigt prudent le plus vieux santon, un berger portant son mouton sur les épaules. Il avait fallu calmer les ardeurs de Jonas, qui venait folâtrer un peu trop près de la crèche. Le sapin avait été dressé dans la chambre de Mélanie, car les boules et les guirlandes multicolores aiguisaient la curiosité de l'enfant. Matthieu et Mélanie avaient été profondément émus de voir son visage refléter des émotions, joie et étonnement mêlés.

— Ce qui ne tue pas rend plus fort, avait murmuré Mélanie pour elle-même.

De nouveau, Matthieu avait pensé qu'ils étaient l'un et l'autre étonnamment proches. Lui aussi s'était souvent répété cette célèbre phrase de Nietzsche là-bas, au Club… Mélanie s'était affairée à préparer le gros souper et les treize desserts. Elle avait expliqué à son fils la signification de ce nombre, en souvenir de Jésus et des douze apôtres. Elle n'était pas certaine qu'il ait compris ni même seulement écouté. Mais elle était heureuse d'avoir essayé de transmettre ces traditions.

Adrien avait paru fort intéressé par les trois nappes blanches superposées sur la table ronde. Même si elle savait que c'était trop compliqué pour lui, Mélanie avait raconté à son fils la symbolique de la Trinité.

On frappa deux coups au heurtoir. Matthieu, qui se trouvait près de la porte, alla ouvrir. Le visiteur le considéra avec méfiance.

— Qui êtes-vous ? questionna-t-il d'un ton peu amène.

Matthieu sourit.

— L'homme toutes mains du domaine. Je suppose que vous venez voir Mélanie ?

Il avait tout de suite remarqué la ressemblance existant entre Adrien et l'inconnu.

Mélanie les rejoignit. Elle paraissait tendue, sur la défensive. Son visage avait perdu toute couleur.

— Bonsoir, Antoine, déclara-t-elle simplement.

S'il fut blessé de ne pas être présenté, Matthieu n'en laissa rien voir. Il s'éclipsa en direction du mazet où il avait ses « quartiers », comme il disait, pour arracher un sourire à Adrien.

Mélanie ne protesta pas. Elle semblait pétrifiée. Que s'était-il donc passé entre son mari et elle pour qu'elle réagisse de cette manière ? se demanda Matthieu, songeur. Jonas l'accompagna jusqu'à la porte du mazet. La nuit, froide, était étoilée. « Bon temps pour les vignes », se surprit-il à penser. Il réalisa brusquement qu'il avait eu l'illusion de trouver une famille au domaine d'Angèle.

« Bien fini, tout ça », se dit-il avec un pincement au cœur. Le retour d'Antoine Gallois allait certainement précipiter son départ. Cette certitude le déprimait. Pour la première fois depuis son arrivée au domaine, il s'accorda le droit de fumer une cigarette. Il s'était pourtant promis d'arrêter à sa sortie du Club. Un sourire teinté d'amertume se dessina sur ses lèvres. Cette nuit, il se sentait plus seul que jamais.

Le lendemain, Matthieu alla travailler dans les vignes sans passer auparavant par le mas, comme il en avait l'habitude. Il se fit chauffer un bol de café instantané au micro-ondes, s'habilla chaudement. Il avait gelé blanc. La silhouette du mont Ventoux, chapeautée d'un soupçon de neige, annonçait une journée ensoleillée. Il ne parvenait pas, cependant, à se sentir à l'unisson. Il accomplit le travail prévu la veille mécaniquement, en ruminant de sombres pensées. Cet homme, Antoine Gallois, ne lui avait pas paru sympathique. Tout à fait le genre de personne à perturber Mélanie et, surtout, Adrien.

— Vous n'êtes pas venu prendre votre petit déjeuner ce matin, Matthieu.

La voix de Mélanie dans son dos le fit tressaillir. Il se retourna lentement.

— Bonjour, dit-il avec un soupçon de gêne. Je n'ai pas voulu vous déranger. Vous étiez en famille…

Un rire sans joie échappa à la jeune femme.

— Antoine refuse jusqu'au concept même de famille. Parce qu'il ne supporte pas la différence d'Adrien, tout simplement. Il est déjà reparti. Toute tentative de dialogue avec lui est vouée à l'échec.

Il lut la révolte et le désespoir dans ses yeux clairs.

— Vous l'aimez encore ? questionna-t-il, sur la pointe de la voix.

Elle esquissa un sourire désenchanté.

— Je crois que l'amour est mort en moi le jour où il a traité notre fils de débile. Je crois – non, je suis sûre – que je ne pourrai jamais l'oublier. Ce jour-là, j'ai mis Antoine à la porte.

— Il ne s'est jamais excusé, n'a jamais tenté de se rapprocher de vous deux ?

— Il désire reprendre la vie commune avec moi… à condition que nous placions notre fils dans une institution spécialisée. C'est hors de question, bien sûr. Le fait qu'il ne le comprenne pas révèle l'importance du fossé existant entre nous.

— Il ne faut pas rejeter systématiquement le rôle de certaines structures, glissa Matthieu.

Mélanie secoua ses longs cheveux fauves.

— Certes… Sauf s'il s'agit de nier l'existence de son propre enfant.

Elle avait mal ; Matthieu le perçut. Il ébaucha un mouvement vers elle, retint son geste. De quel droit aurait-il tenté de la consoler ?

Mélanie inclina lentement la tête, reprit :

— À mon avis, il reviendra. Il revient toujours.

Il y avait une sourde désespérance dans sa voix. À cet instant, Matthieu aurait voulu lui dire qu'elle n'était pas seule, qu'il était là pour l'aider, mais son passé pesait encore trop fortement sur lui.

Cet hiver-là fut particulièrement rigoureux. La neige tomba en abondance, conférant un aspect irréel aux vignes. Mélanie tremblait pour ses oliviers. Le spectre du grand gel de l'hiver 1956, qui avait entraîné la disparition de milliers d'arbres en Provence, était encore présent dans toutes les mémoires. Durant une semaine, la température avoisina les moins dix degrés. Adrien était ravi et découvrait les joies de la glissade sur un étang gelé.

— Au moins, pendant ce temps, il est heureux, remarqua Mélanie.

Soucieuse, elle ne cherchait même plus à dissimuler sa fatigue. Ils avaient perdu la moitié de leurs olives, qui avaient gelé sur les arbres avant même d'être cueillies.

— Vous savez, je n'ai pas vraiment besoin d'argent, lui dit Matthieu. J'ai tout ce qu'il me faut ici...

Il jeta un coup d'œil autour de lui. Il aimait le domaine d'Angèle. Il s'y sentait chez lui après cette longue période de désespoir vécue au Club.

Mélanie se récria vivement :

— Je ne m'en serais jamais sortie sans vous ! C'était bien ce qu'Antoine escomptait d'ailleurs...

Elle se rembrunit, comme chaque fois qu'elle évoquait son mari. « Pourquoi l'avez-vous épousé ? » aurait voulu lui demander Matthieu. Antoine Gallois ne lui inspirait aucune sympathie.

Mélanie et lui finirent par se mettre d'accord. Elle lui réglerait son salaire dès que sa situation financière se serait un peu améliorée.

— C'est sans importance, lui dit Matthieu.

Il le pensait. Lui qui avait tout perdu avait retrouvé un foyer au domaine d'Angèle.

Le froid desserra son étau d'un coup. Si le ciel était toujours aussi clair et limpide, la température se radoucit sensiblement. Adrien traversa alors une nouvelle période de crises, comme s'il avait attendu ce répit météorologique pour laisser libre cours à toute la violence qui bouillonnait en lui.

— Je déteste voir mon enfant souffrir ainsi, confia un soir Mélanie à Matthieu.

Elle avait vécu une journée épuisante à empêcher Adrien de se blesser, à tenter de le calmer, sans laisser voir à quel point la violence de ses réactions lui faisait mal. Des cernes profonds soulignaient ses yeux clairs.

— Parfois, je me dis que je ne pourrai pas continuer à mener cette vie-là, avoua-t-elle dans un souffle. Imaginez, s'il m'arrivait un pépin de santé, si je me cassais simplement la jambe… Que deviendrait Adrien ?

Son visage exprimait une détresse intense. Matthieu n'hésita pas.

— Je suis là, Mélanie, je serai toujours là pour vous et pour Adrien.

La jeune femme secoua la tête.

— C'est un fardeau beaucoup trop lourd à porter. Le propre père d'Adrien n'a pas voulu l'assumer.

— Je ne suis pas Antoine. Je suis moi, avec mes forces et mes failles.

À cet instant, il aurait pu lui raconter ce qu'avait été sa vie avant. Il ne le fit pas, cependant. Il redoutait encore la réaction de la jeune femme.

— Laissez-moi prendre le relais, se contenta-t-il de proposer.

Mélanie soupira avec lassitude. Elle était épuisée, même si elle avait de la peine à l'admettre. Matthieu se pencha vers Adrien, roulé en boule contre le mur crépi. « Un petit hérisson qui souffre au moins autant qu'il fait souffrir », pensa-t-il, ému.

— Viens avec moi, dit-il en tendant la main vers l'enfant. Je voudrais te montrer quelque chose.

Adrien ne broncha pas. Rien, dans son attitude, n'indiquait qu'il avait entendu. Sans se laisser démonter, Matthieu changea de tactique. Il alla chercher dans ce qu'il nommait « l'atelier », et qui était en fait une vieille remise, un bloc de terre de Bollène qu'il posa sur un socle. Il aimait à travailler la terre glaise, c'était une activité à laquelle il s'était intéressé au Club. Sans plus se soucier d'Adrien, il entreprit de donner une forme à la boule d'argile. Il travaillait vite, comme pour se débarrasser de la tension qui pesait sur ses épaules. Et puis, alors qu'il avait presque oublié l'enfant, il sentit une présence derrière lui. Sans se retourner, pour ne pas l'effaroucher, il posa une autre boule sur le socle et attendit. De son côté, il façonna lentement son propre bloc.

Il retint son souffle lorsque Adrien se plaça à côté de lui. L'enfant contempla sa boule de terre durant plusieurs minutes avant de lui administrer de grands coups de poing. Matthieu se recula légèrement. Adrien poussait de petits cris sourds, comme s'il avait trouvé un soulagement dans son action. Tous deux s'activèrent ainsi durant un long moment. Jusqu'à ce qu'Adrien, épuisé, regagne le sofa où il se laissa tomber. Il s'endormit d'un coup. Matthieu, attendri, se pencha vers l'enfant. Son visage détendu offrait une ressemblance troublante avec celui de sa mère. Ses longs cils sombres ombraient ses joues pâles.

Il posa délicatement un plaid sur l'enfant. Mélanie le rejoignit dans la salle alors qu'il le contemplait en silence.

— Je vous ai vus tous les deux, chuchota-t-elle. Je n'ai pas osé intervenir, c'était si merveilleux... Comme si vous aviez trouvé un moyen de dialoguer avec mon fils par le biais de cette activité.

Ses yeux étaient emplis de larmes. Matthieu l'attira doucement contre lui. Il désirait simplement la réconforter. Ce fut elle qui se blottit plus étroitement dans ses bras.

— Adrien a seulement besoin qu'on l'aime, et qu'on s'intéresse à lui, souffla-t-elle.

Elle était bouleversée parce que Matthieu venait de lui entrouvrir une porte qu'elle croyait à jamais fermée. Celle de l'espoir.

« Il revient toujours », avait précisé Mélanie au sujet de son ex-mari. Comme pour lui donner raison, ce dernier réapparut fin février. Les amandiers étaient en fleur au bord des chemins, et toute cette région du Haut-Vaucluse avait changé d'aspect en quelques jours. Les fins de journée s'étiraient sous un ciel rosé qui se froissait à peine d'un nuage au-dessus d'un mont Ventoux encore enneigé. Les premiers abricotiers fleurirent d'un coup, ce qui fit dire à Réjane : « Ça n'est guère bon, ça ! Nous risquons de le payer avant Pâques. D'autant qu'on a largement vu l'ombre du loup le jour de la Chandeleur ! » Il avait fallu expliquer cette histoire d'ombre du loup à Matthieu. Si l'on voulait être assuré d'avoir beau temps jusqu'à Pâques, on ne devait pas apercevoir le soleil le 2 février. C'était une règle incontournable ; Réjane l'affirmait avec une telle force que Matthieu finit par le croire.

Réjane était le pilier et la mémoire du mas. Mélanie l'affirmait d'ailleurs : « Je n'aurais jamais pu me débrouiller au domaine d'Angèle sans Réjane. » Gardienne du mas, la vieille dame qui portait allègrement ses quatre-vingts printemps vouait un amour sans faille à Mélanie et à Adrien. « Que serait la vie sans mes petitounes ? » s'exclamait-elle.

Après une période que Matthieu avait qualifiée, en son for intérieur, de « round d'observation »,

Réjane semblait l'avoir adopté. Il n'en allait pas de même, apparemment, pour Antoine Gallois car la vieille dame lui fit grise mine.

— Quel mauvais vent vous amène ? lui lança-t-elle, abrupte.

Il soupira.

— Réjane, voyons ! Ne pouvons-nous pas enterrer la hache de guerre, vous et moi ?

La gouvernante secoua la tête.

— Pas question ! Vous avez fait trop de mal à Mélanie.

Matthieu se demanda s'il devait intervenir en voyant le visage du visiteur virer à l'orage. Mélanie ne lui en laissa pas le temps.

— Ta présence est indésirable ici, Antoine, déclara-t-elle fermement. J'ai consulté mon avocat et...

— Moi aussi, j'ai pris mes renseignements ! la coupa-t-il.

Il se retourna vers Matthieu avant de lancer à son ex-femme :

— Sais-tu au moins que tu héberges un ancien repris de justice ? M. Vaillant est sorti de la prison de Luynes le 25 octobre. Il y a purgé une peine de six ans pour homicide sur la personne de son beau-père. Tu as de drôles de fréquentations, ma chère. Qui risquent fort, de surcroît, d'avoir un effet déplorable sur la santé de notre fils, déjà particulièrement fragile.

Il avait insisté à dessein sur le pronom possessif.

— Dehors ! rugit Mélanie, hors d'elle. Je ne veux plus jamais te voir ici !

Matthieu savait cependant qu'il n'oublierait jamais le regard blessé – incrédulité et effroi mêlés – que la jeune femme avait posé sur lui.

C'était à cause de cette réaction prévisible qu'il n'avait pas osé lui confier la vérité. Il avait eu peur de tout perdre. « Tout quoi ? » se dit-il, soudain amer. Il n'avait rien, hormis le lien ténu qui l'unissait à Adrien.

Durant plusieurs secondes, il éprouva la sensation indéfinissable que le temps était comme suspendu. « Je ne pouvais pas vous le dire, pas encore », pensa-t-il avec force. Comment trouver le moyen de s'expliquer en présence d'Antoine Gallois qui le considérait d'un air railleur ? Découragé, Matthieu tourna les talons.

La porte du mas claqua derrière lui avec un bruit mat. Il eut vite fait de préparer son sac. « Voyageur sans bagages », tenta-t-il d'ironiser. Il n'en avait pas le cœur. Il tira la porte de son mazet sur la nuit en éprouvant un sentiment de déchirement. Il avait laissé derrière lui une boule de terre glaise. Pour Adrien.

Mélanie releva la tête et se frotta les yeux. Elle épluchait des articles de journaux depuis plusieurs heures. Elle avait retrouvé le compte-rendu du procès de Matthieu Vaillant et, après l'avoir lu et relu, se disait qu'une partie de l'histoire devait lui manquer. Matthieu, certes, avait bénéficié de circonstances atténuantes parce que son beau-père était un homme particulièrement violent, mais elle l'imaginait mal poignarder un homme, encore et encore, jusqu'à ce qu'il s'effondre. Elle ne parvenait pas à faire coïncider ce geste avec la personnalité du Matthieu qu'elle connaissait.

« Tu as recueilli chez toi un parfait étranger », avait triomphé Antoine. Ce à quoi Réjane avait répliqué sans se laisser démonter : « Les étrangers réservent parfois de meilleures surprises que les proches. »

Antoine était reparti très vite. « Pardi, à présent que son coup est fait ! » avait commenté Réjane, décidément d'humeur belliqueuse.

Mélanie et lui avaient fini par se mettre d'accord quant à une séparation à l'amiable. Il n'avait plus parlé d'Adrien. Cela valait certainement mieux ainsi, se disait Mélanie, triste et désenchantée.

Elle se reprochait amèrement d'avoir laissé partir Matthieu sans avoir eu avec lui une explication franche. D'autant que Réjane ne se gênait pas pour lui faire part de sa façon de penser. « Tu avais déniché un homme bien et tu n'as même pas été capable de lui faire confiance ! Tout ça parce que ce maudit Antoine est venu cracher son venin... Dis-toi bien que Matthieu le valait cent fois. Il n'a jamais eu honte d'Adrien, lui. »

Depuis le départ de son ami, Adrien avait replongé dans un mutisme boudeur. Mélanie avait l'impression que son fils régressait. Il n'y avait rien d'étonnant : tout comme à elle, Matthieu lui manquait. Réjane, avec son franc-parler habituel, renchérissait de plus belle : « On ne laisse pas partir un homme comme Matthieu, grognait-elle. Mélanie, ma petite, tu es une imbécile ! » Opinion que Mélanie n'était pas loin de partager...

Les glycines étaient en fleur. La vigne « venait » bien ; la vendange était prometteuse. Autant de bonnes nouvelles que Mélanie accueillait avec une certaine indifférence. Elle regrettait de ne pas avoir su trouver les mots ni les gestes pour retenir Matthieu au domaine d'Angèle.

Elle aurait désiré pouvoir revenir en arrière. Elle comprenait mieux certains silences, ainsi que cette manière qu'il avait de se réfugier dans son mazet comme s'il avait besoin de plages de solitude. Il leur avait donné beaucoup de lui, à Adrien comme à elle et, en retour, elle n'avait pas su aller vers lui. Elle l'avait condamné d'un seul regard. Elle avait honte, elle éprouvait le sentiment de s'être comportée en égoïste immature.

Elle lut à nouveau les articles de journaux, nota le nom de la ville où le drame était survenu. Langeais. Elle devait se rendre à Langeais.

Mélanie, songeuse, reprit le chemin de la gare. Elle se sentait perdue, encore sous le choc des révélations de la vieille dame. « Tout le monde, ici, a deviné une partie de la vérité, lui avait confié la grand-mère de Matthieu. Mais il fallait bien un coupable et comme ma fille n'aurait jamais pu supporter la prison… » C'était à la fois choquant et logique. Pour chaque crime commis, il fallait un coupable. Vrai ou faux, peu importait. Mélanie s'essuya les yeux d'un geste rageur. Elle brûlait du désir de retrouver Matthieu, tout en sachant que ce ne serait pas chose aisée. À moins que… L'idée qui venait de lui traverser l'esprit fit naître un sourire sur ses lèvres.

Elle avait peut-être encore une chance.

Matthieu recula d'un pas pour mieux apprécier son travail. Lorsqu'il avait quitté le domaine d'Angèle, il avait éprouvé une impression d'immense gâchis, comme si la vie avait perdu tous son sens pour lui. Et puis, lentement, avec beaucoup de détermination, il avait entrepris de se reconstruire. En sachant que plus rien ne serait pareil. Mélanie et Adrien lui manquaient, désespérément.

Il avait écrit plusieurs lettres à la jeune femme avant de toutes les déchirer. Comment, en effet, lui expliquer qu'il s'était accusé d'un crime qu'il n'avait pas commis simplement pour sauver sa mère ? Mélanie ne connaissait pas la douce et vulnérable Émilie ; elle n'aurait pas compris.

Elle ignorait tout de la violence de son beau-père, du handicap de sa mère qu'un accident cérébral avait fragilisée. Lorsqu'elle avait saisi le couteau posé sur la table et plongé l'arme dans la poitrine de son mari, lui-même avait été sidéré par son geste. Il était mort d'un coup, mais Émilie s'était obstinée, frappant encore et encore. Matthieu avait alors retiré le couteau des mains de sa mère, essuyé lentement l'arme. « Laisse-moi faire », lui avait-il recommandé tandis qu'elle sanglotait contre lui. Il aurait dû, bien sûr, raconter toute l'histoire à Mélanie. À présent, il était trop tard.

Il s'essuya les mains, contempla une nouvelle fois l'œuvre achevée. Le visage ressemblait à celui de Mélanie. La jeune femme l'obsédait. Parce que Matthieu pressentait qu'ils auraient pu être heureux tous les trois, Mélanie, Adrien et lui, au domaine d'Angèle.

Il découvrit le lendemain l'entrefilet dans le journal local. Sous un cliché représentant la boule de terre glaise qu'il avait façonnée avec Adrien, figurait le texte suivant : « Matthieu, nous vous

attendons au domaine d'Angèle. » C'était signé :
« Adrien et Mélanie ».

Il jeta un coup d'œil autour de lui. Il savait que ce ne serait pas facile tous les jours d'aider Adrien à grandir, d'assumer avec Mélanie la charge du petit garçon, mais ils s'aimaient suffisamment pour y parvenir.

Lorsqu'il reprit la route, ce fut pour aller retrouver les siens au domaine d'Angèle.

## Les hommes aux mains d'or

Chaque matin, quoi qu'il arrive, Pierre se réveillait à cinq heures. « L'habitude... », disait-il à Michèle, son épouse, sur un ton d'excuse.

Durant quarante-quatre ans, il était parti pour l'usine à six heures moins le quart. Impossible pour lui de se plier à un autre rythme. « Je suis réglé comme une horloge », ajoutait-il. Michèle faisait la grimace. « Tu es en retraite, à présent. » Et lui, têtu, baissait le nez comme un enfant pris en faute. « Même pas ! Préretraité, mis au rebut. Avec le sentiment de n'être plus bon à rien. »

Dans ces moments-là, Michèle serrait les poings. Pourquoi Pierre réagissait-il de façon aussi négative ? Elle était bien contente, elle, de l'avoir à la maison ! Et les autres, tous ses copains de l'usine, ruminaient-ils eux aussi les mêmes sombres pensées ? Il lui était difficile d'en parler avec ses voisines. À croire que ce sujet de conversation était tabou… De quoi accréditer l'impression de malaise qu'elle éprouvait chaque fois qu'elle tournait le regard vers les bâtiments abandonnés de l'usine. Quelle malchance qu'on les aperçoive depuis la fenêtre de la chambre d'Élodie, leur petite-fille ! Michèle avait surpris son mari à plusieurs reprises perdu dans la contemplation des lieux où il avait passé la plus grande partie de sa vie. Il paraissait avoir tant de peine qu'elle repartait sur la pointe des pieds sans oser lui poser la moindre question. « À quoi bon ? » se disait-elle. Pierre mourait à petit feu de ne plus travailler dans sa chère boulonnerie et elle, Michèle, assistait impuissante à ce naufrage.

Bien sûr, il y avait quelques périodes de répit. Quand Michèle réussissait à entraîner son mari chez leur fils, dans le Nord, ou bien lorsqu'ils partaient en vacances, sur l'île d'Oléron. Mais Pierre tournait vite en rond. « Que veux-tu, ma pauvre femme ? disait-il à Michèle. Je ne sais pas rester inactif. Mes mains ont besoin de travailler. »

Il avait bien essayé de s'inscrire au club Amitié des seniors mais n'avait pas renouvelé l'expérience. « Ils ne parlent que de leurs voyages à Malte ou aux Baléares, disait-il. À croire qu'ils ont tout oublié de notre fierté d'ouvriers. »

Lui, parce qu'il ne parvenait pas à oublier, souffrait doublement.

Il se mit à multiplier les soucis de santé : diabète, hypertension, arthrose invalidante des cervicales... Il courait d'un cabinet médical à l'autre en se demandant ce qui lui arrivait. C'est qu'il en avait connu, des copains qui n'avaient pas eu le temps de profiter de leur retraite ! À croire que, comme les vieux chevaux de labour, ils ne connaissaient que le travail.

Le médecin qui le soignait depuis plus de vingt ans – enfin, avant, il dispensait plutôt ses soins à Michèle, ne voyant Pierre qu'une fois l'an pour son vaccin contre la grippe –, leur médecin, donc, secouait la tête et évoquait à mots prudents l'éventualité d'une dépression. Terme qui faisait rugir Pierre. « Déprimé, moi ? Pourquoi pas fou, pendant qu'il y est ? Il veut peut-être m'envoyer chez le psychiatre ? » Cette perspective faisait monter en lui un sentiment de panique incontrôlé.

Impossible, pourtant, d'en parler avec son copain Dédé. Ce dernier avait « tiré un trait » sur l'usine, comme il disait, la bouche mauvaise. Il se consacrait exclusivement au cyclotourisme désormais. Dommage que Pierre, avec ses problèmes de dos, ne puisse l'accompagner au long des chemins.

Pierre, de toute façon, secouait la tête. Non, merci, il avait passé l'âge.

Et puis, Michèle s'ennuyait. Ils ne s'étaient pas vus tant que ça, au cours de leurs quarante ans de mariage. Pierre travaillait plus de soixante heures par semaine, alors… Pour acheter leur pavillon, il avait multiplié les heures supplémentaires. Une vie rude, exclusivement vouée au travail.

« On ne m'a rien appris d'autre », s'excusait-il presque lorsque ses enfants lui reprochaient de ne pas le voir assez souvent.

Il hésitait à raconter son enfance, les après-midi passés à bêcher le jardin parce que le père avait besoin qu'on l'aide. Sept enfants rapprochés, un salaire plus que modeste… Il fallait travailler, c'était une obligation. En tant qu'aîné, Pierre avait pris en charge l'éducation de ses frères et sœurs. Sa mère était femme de journée pour améliorer l'ordinaire. Il avait appris à repasser et à coudre. Seule la cuisine demeurait pour lui un monde inconnu. Lorsqu'il avait épousé Michèle, sa jeune femme s'était étonnée de ses compétences ménagères. « Je suis incapable de rester sans rien faire », lui avait-il confié.

À présent, pourtant, il ne trouvait même plus le goût de cultiver son jardin. Tout lui paraissait vain, comme si un ressort s'était brisé en lui. Maudite usine… En fermant ses portes, elle lui avait retiré sa fierté d'ouvrier.

Maintenant, il vivait au ralenti. Le matin, il descendait au village chercher le pain et le journal. Sa lecture l'occupait une petite heure, à condition d'éplucher jusqu'aux petites annonces. Ensuite, il traînait dans les jambes de Michèle, comme elle disait avec une pointe d'agacement.

Il s'était mis à regarder des feuilletons stupides à la télévision, au grand dam d'Élodie. « Tu vaux mieux que ça, papi », lui répétait-elle.

Dieu merci, Élodie vivait avec eux. Pour sa petite-fille, il faisait encore un effort. Infirmière au centre hospitalier distant d'une dizaine de kilomètres, elle s'était installée chez eux depuis deux ans. Vive, dynamique, elle considérait de temps à autre son grand-père avec inquiétude.

« Ta vie ne s'est pas arrêtée à la fermeture de ta chère usine », lui disait-elle d'un ton grondeur. Elle ajoutait : « Tu peux faire tant de choses, papi. La balle est dans ton camp, à toi de la saisir au vol. »

La saisir au vol... comme elle y allait ! Elle arrangeait tout à sa manière, du haut de ses vingt-trois ans. La vie... Elle n'en connaissait pour l'instant que le côté rose et bleu de ses rêves d'adolescente. C'était une gentille fille, au minois chiffonné. Elle lui rappelait Michèle au temps de ses vingt ans. Dans le secret de son cœur, elle était la préférée de Pierre.

Ce fut Élodie, curieusement, qui lui offrit un présent inattendu pour son soixante et unième anniversaire. Un disque de Bernard Lavilliers.

Elle vit bien au regard intrigué de son grand-père qu'il ne comprenait pas bien son choix.

Pierre adorait les disques de Maurice André, qu'il possédait tous.

— Tu sais, la musique moderne et moi, ça fait deux…, marmonna-t-il, sans enthousiasme excessif.

Élodie éclata de rire.

— Je sais ! Mais fais-moi plaisir, papi, écoute ce disque. Une chanson m'a fait penser à toi et à tes copains. Non, je ne t'en dirai pas plus ! Écoute-le, c'est tout ce que je te demande.

Il avait dit « oui », sans grande conviction. Et puis il avait pensé à autre chose.

Michèle lui rappela qu'il avait promis de passer voir son père. À quatre-vingt-cinq ans, Charles, qui s'obstinait à vivre seul, avait de plus en plus de peine à se mouvoir. Le médecin parlait d'un placement en résidence médicalisée. Pierre et Michèle proposaient de prendre le vieux monsieur chez eux, tout en sachant que ce serait difficile. Pour l'instant, la situation demeurait bloquée.

Il descendit au bourg, s'arrêta d'abord chez le boulanger et le boucher avant de pousser la porte de la petite maison chapeautée d'ardoises.

— Bonjour, mon gamin ! fit Charles, depuis son fauteuil à haut dossier.

Pierre réprima un sourire attendri. Quoiqu'il s'en défendît, s'entendre appeler « mon gamin » à soixante et un ans, cela lui faisait plaisir. Il savait que le jour où son père partirait, plus personne ne le nommerait ainsi. Charles constituait son dernier rempart. La génération d'avant, qui le protégeait contre ses propres doutes et angoisses.

Il se pencha vers son père, lui donna une brève accolade ; tous deux étaient peu démonstratifs.

Il rangea le pain dans la huche en osier, glissa les tranches de jambon de pays dans le réfrigérateur. La cuisine était bien tenue, tout comme son père, rasé de près, était impeccable dans ses vêtements sombres. « Se tenir »... c'était une règle de vie que ses parents lui avaient transmise. Chez les Parizel, on n'était pas riches mais on « se tenait ». Question d'honneur. De dignité et d'amour-propre. Plus ému qu'il ne voudrait jamais l'admettre, Pierre observait discrètement les mains usées de son père, marquées par des éclats de limaille.

Il lui manquait un doigt à la main droite. Un accident fréquent à l'époque où il avait commencé à travailler. Il n'avait alors que douze ans et venait de passer le certificat. Les gamins étaient fiers d'aller travailler à la fabrique et de rapporter leur première paie. C'était pour eux une sorte de promotion sociale. La boulonnerie rythmait la vie du bourg. Le jour où elle avait définitivement fermé, Charles Parizel avait arboré un brassard noir.

« Je porte le deuil de toute une vie de labeur », avait-il expliqué à son fils.

Sentiment que Pierre partageait pleinement...

— Tu te fais vieux, mon garçon, fit Charles en roulant son tabac.

— Si tu le dis, papa.

L'expérience lui avait appris qu'il ne servait à rien de contrarier Charles. Celui-ci, sentant ses forces décliner, tentait de se rassurer en rabaissant son fils. C'était dans l'ordre des choses. Ce travers excepté, Charles pouvait se montrer charmant. Ils échangèrent quelques mots au sujet du programme télévisé, puis Pierre prit le linge sale de son père dont il remplit un grand sac que Michèle lui avait donné.

— Tu repars déjà ? s'inquiéta Charles. Tu as à peine pris le temps de t'asseoir...

Comment lui dire sans le blesser qu'il paniquait à la perspective de ce qui l'attendait ? S'il n'avait pas de souci de santé majeur, près de vingt-cinq ans à vivre au ralenti derrière sa fenêtre, à guetter le bruit d'une sirène qui ne résonnerait jamais plus... C'était au-dessus de ses forces. Son père lui tendait sans même s'en rendre compte un miroir troublé que Pierre voulait fuir.

Il s'en alla très vite, comme on se sauve. Le sac de linge pesait lourd sur son épaule.

Il écouta le disque offert par Élodie, presque par hasard, environ deux semaines plus tard. Il avait le cœur lourd car Paulo, un bon copain de l'usine, venait de partir d'un accident vasculaire. « Partir », c'était ainsi qu'on disait, comme pour atténuer le côté irréversible du dernier voyage. Michèle avait bien compris le désarroi de son mari. Avec Paulo, un vieux camarade d'école, puis de travail, c'était un peu de Pierre qui s'en allait. Gisèle, sa femme, lui avait demandé de lire un texte au cours de la cérémonie religieuse et, lui qui ne poussait que très rarement la porte de l'église, avait accepté. Pour Paulo.

Il tendit soudain l'oreille. Les paroles du chanteur éveillaient un écho douloureux dans sa mémoire.

*J'voudrais travailler encore [...]*
*Forger l'acier rouge avec mes mains d'or* [1]

C'était ça, exactement ça, se dit-il, bouleversé presque malgré lui.

---

1. Paroles et musique de Bernard Lavilliers et Pascal Arroyo, extrait de l'album *Arrêt sur image*, Barclay, 2001.

Les yeux mi-clos, il se passa le disque de Lavilliers en boucle, avec toujours la même émotion. En lui, une idée commençait à faire son chemin.

Ils étaient tous venus pour l'enterrement de Paulo. Même Charles, appuyé sur sa canne.

L'église était pleine et le prêtre ressentit l'émotion qui parcourait les rangs de l'assistance lorsqu'il évoqua la personnalité de Paulo. Pierre lut le texte choisi par la famille dans un état second. C'était un très beau texte sur la force de l'amour et de l'amitié. Puis Pierre regagna sa place d'un pas mal assuré. Un silence impressionnant planait sur l'assemblée.

Plus tard, après l'inhumation, sous une petite pluie fine et déprimante, les vieux copains se rassemblèrent. Pierre se surprit à compter les absents : Bernard, mort l'an passé d'insuffisance respiratoire, Claude, atteint de la maladie d'Alzheimer, Jacques, qui ne s'était pas remis de ses deux infarctus, et Paulo, son presque frère...

Alors, les paroles de la chanson *Les Mains d'or* lui revinrent en mémoire et il se mit à parler, vite, à ses vieux camarades, pour leur exposer son projet. Il s'attendait à les voir sourire, protester, arguer du fait que c'était impossible mais, contrairement à ce qu'il redoutait, personne ne souffla mot.

— C'est bien joli, tout ça, fit enfin Daniel.

Pierre réprima un sourire. Il était convaincu que l'opposition proviendrait du vieux syndicaliste, toujours prompt à manier la critique.

— Où trouveras-tu l'argent ? poursuivit Daniel. Nous autres, on n'a que notre retraite pour vivre.

Les autres firent chorus. L'argent… éternelle pierre d'achoppement. Pierre leva les bras.

— Je ne sais pas encore comment, mais je me débrouillerai. À condition que vous soyez tous derrière moi.

Leur motivation le surprit. Après tout, quoi d'étonnant ? Ils avaient tous suivi le même chemin, ils étaient frères.

« Frères de fer, frères d'acier… », pensa Pierre.

Il allait se battre. Pour eux tous, les survivants. Et pour Bernard, Claude, Jacques et Paulo. Un peu plus pour Paulo…

— Tu vois, ma chérie, c'est grâce à toi, déclara gravement Pierre à Élodie en lui désignant d'un geste circulaire la grande salle de l'usine remise à neuf.

Près de deux années avaient été nécessaires pour mener son projet à terme. Deux années durant lesquelles il avait bataillé ferme, avec la municipalité, les propriétaires de l'usine, les différents ministères. Car il avait dû en remplir, des dossiers, pour faire accepter son projet ! Prouver que leur savoir-faire faisait aussi partie du patrimoine industriel régional. Tous les copains l'avaient soutenu, proposant de chiner des machines dans plusieurs ateliers des environs. Ils avaient accompli un remarquable travail de réparation et de restauration de l'outillage. Tout le monde avait fouillé dans ses souvenirs. Charles lui-même avait été mis à contribution, ce qui lui avait rendu une seconde jeunesse. Il avait retrouvé dans ses archives personnelles son contrat d'apprentissage, qui avait été encadré avec beaucoup de soin par un ami. Toute la chaîne de production des boulons avait été minutieusement reconstituée sous forme de panneaux explicatifs placés à côté de chaque machine.

— On a fait de la belle ouvrage, murmura Pierre, la gorge nouée par l'émotion.

Demain aurait lieu l'inauguration officielle du musée de la Boulonnerie. Le préfet et le maire seraient présents, bien sûr, ainsi que tout un aréopage de personnalités. Demain, Pierre et ses copains resteraient à l'écart des mondanités. Ils sortiraient de l'ombre pour faire visiter « leur » musée aux groupes de jeunes, scolaires ou extrascolaires, qui en feraient la demande. Parce que, comme l'avait gravement expliqué Pierre au maire : « Vous comprenez, nous, les anciens, nous avons un devoir de mémoire vis-à-vis des jeunes. Il faut qu'ils comprennent comment nous avons vécu et travaillé ici. »

Le message était passé. Pierre se sentait de nouveau utile. Il n'avait même pas besoin de l'expliquer aux siens ; son visage rayonnant témoignait de son mieux-être.

Il s'appuya sur l'épaule d'Élodie.

— Viens petite, nous allons rentrer, sinon mamie va laisser brûler la soupe pour nous punir de notre retard.

— Attends…

Élodie s'immobilisa au milieu de l'atelier, tendit les écouteurs de son baladeur à son grand-père.

Les phrases magiques de la chanson de Bernard Lavilliers emplirent les oreilles et le cœur de Pierre.

> *J'voudrais travailler encore […]*
> *Forger l'acier rouge avec mes mains d'or*

Pierre sourit à Élodie.

— Tu avais raison, petite. C'était un merveilleux cadeau. Sans toi, je ne sais pas ce que je serais devenu…

Épaule contre épaule, Élodie et Pierre quittèrent l'atelier silencieux, peuplé des ombres du passé.

Il avait déjà commencé de revivre.

# Le temps immobilisé

Elle avait toujours détesté son prénom. Mais vraiment détesté. Geneviève... Avait-on idée ? « C'est toi qui as sauvé Paris ? » lui répétait-on au lycée. Elle serrait les dents. Surtout, ne pas montrer son exaspération sous peine d'être bombardée de plaisanteries. Elle s'était promis d'entamer une procédure à sa majorité pour changer de prénom.

Ève. Elle rêvait de s'appeler Ève. Ou Luce. Un prénom court, féminin en diable. Et puis elle y avait renoncé. Parce qu'elle avait rencontré Roland et qu'il l'avait appelée Gin. Ça l'amusait. Elle avait fait de ce surnom sa marque de fabrique. « Les confitures de Gin », annonçait le panneau publicitaire qui ornait son stand sur les marchés. Elle avait travaillé tant que cela lui avait été possible. Et puis elle avait arrêté, d'un coup. Roland avait trop besoin d'elle. Parce qu'elle l'aimait, elle avait refusé de prêter attention aux signes avant-coureurs de la maladie. Ne paraissait-il pas encore si jeune malgré ses soixante-douze ans ? De même, lorsque le diagnostic avait été posé par le médecin, elle avait voulu croire que, pour eux, tout se déroulerait de manière différente. Ils s'aimaient tant... Il ne pouvait pas tout oublier, c'était impossible, intolérable. À eux deux, ils réussiraient bien à repousser cette maladie atroce qu'elle avait surnommée « Daisy » pour ne pas prononcer son nom, Alzheimer.

Elle se voulait indomptable pour deux. Elle avait toujours caché la vérité à Roland dans le but de le protéger. Et puis, brutalement, elle n'avait plus eu la possibilité d'avoir une véritable conversation avec son mari, parce qu'il avait basculé dans la nuit. D'un coup.

Elle avait tenu bon. Jusqu'au jour où Roland, de plus en plus agressif, avait tout cassé dans la maison. Ce jour-là, Geneviève avait compris qu'elle devait se résoudre à placer son époux dans un établissement spécialisé, ainsi que leur médecin et son frère l'y exhortaient. C'était une solution déchirante, un abandon. Elle aurait voulu ne jamais avoir à vivre ça. Mais elle n'avait plus le choix.

Lorsqu'elle avait laissé Roland dans sa chambre trop neuve, impersonnelle, des Pervenches, elle s'était enfuie en pleurant.

Ce jour-là, elle avait bousculé une jeune femme qui sanglotait elle aussi. « Je crois que nous sommes sur le même bateau », avait dit Geneviève après s'être excusée.

Édith venait chaque semaine rendre visite à sa mère. Elle ne parvenait pas à s'habituer à cette nouvelle personne qui ne se souvenait plus d'avoir une fille et l'appelait « mademoiselle » avec une obstination troublante. « Parfois, j'ai l'impression que c'est moi qui deviens folle ! » avait-elle confié à Geneviève. Cette dernière avait secoué la tête. « Votre mère et mon mari ne sont pas fous. Seulement différents. »

Elles avaient pris le pli d'aller boire un café dans le bourg lorsqu'elles quittaient les Pervenches. Histoire de ne pas rentrer tout de suite chez elles, de ne pas affronter seules toutes ces questions sans réponses qui les obsédaient.

« La vie est étrange, avait fait remarquer Édith. Nous ne nous serions jamais rencontrées sans Daisy. » Geneviève n'avait rien répondu. À cet instant, elle aurait donné n'importe quoi pour ne pas connaître Édith. Mais, bien sûr, il était impossible de choisir. À croire que les dés étaient pipés... Geneviève avait fui, quelques jours, en Bretagne, pour tenter de se remettre d'une fatigue persistante. C'était curieux... Tant que Roland se trouvait à la maison, elle avait tenu. Et puis, brusquement, elle avait eu l'impression que son corps l'abandonnait. Peut-être parce qu'elle ne se pardonnait pas d'avoir dû placer Roland aux Pervenches.

Édith lui avait téléphoné deux fois à Carnac où Geneviève avait déniché une chambre d'hôtes des plus sympathiques. « Votre époux a bon appétit, lui avait-elle dit. Il ne semble pas s'ennuyer. Quant à maman, elle a tout cassé dans sa chambre. Elle paniquait car elle ne reconnaissait pas le papier peint. Vous voyez… avait-elle repris. Vous du moins n'êtes pas concernée par l'hérédité. Moi, je me dis qu'un jour plus ou moins proche, je finirai peut-être comme elle. Et cette idée me paralyse. — Ce n'est pas systématique, Édith. — Je sais. Ça ne m'empêche pas de gamberger. » Le mot employé, démodé, évoquait un film de Gabin des années cinquante, dialogué par Michel Audiard. Geneviève, brusquement, avait eu envie de rire. Elle l'avait dit à Édith et toutes deux avaient partagé un sourire complice. C'était un précieux souvenir.

Geneviève se détourna du cadre dans lequel la photographie de Roland lui souriait.

— Nous nous sommes tant aimés…, murmura-t-elle.

Elle supportait de plus en plus mal de se trouver confrontée à cette ombre qui ne se souvenait plus d'elle. Parfois, elle éprouvait une sorte de vertige. Existait-elle encore ? Ou bien avait-elle sombré dans le néant avec la mémoire de Roland ?

— Tu devrais penser un peu à toi, lui recommanda Pierre-Marie, son frère, lorsqu'il vint lui rendre une visite impromptue.

Pierre-Marie était médecin dans le Jura. C'était lui qui avait déniché une place pour Roland aux Pervenches. Geneviève regarda sa maison, la Tour blanche, avec les yeux de son frère. Le ménage était bâclé, un bouquet de roses achevait de se faner dans un vase dont l'eau n'avait pas été changée depuis plusieurs jours. Elle eut honte, soudain, de son laisser-aller.

— Parfois, je n'ai plus envie de lutter, confiat-elle à son frère. Je me suis tellement battue... et tout cela pour rien.

— Non, pas pour rien, la reprit Pierre-Marie. Toi, tu sais ce qui vous a unis, tous les deux. Tu te souviens de tout, Dieu merci !

Elle secoua la tête.

— Peut-être, mais ce n'est pas pareil. Plus rien n'est pareil.

Elle avait envie de pleurer. C'était la faute de Pierre-Marie, aussi. Pourquoi forçait-il ainsi ses défenses, lui recommandait-il de se battre ? Que faisait-elle donc depuis cinq ans ? Elle avait porté Roland à bout de bras avant de se résigner à le faire soigner aux Pervenches. Et elle avait parfois le sentiment de s'être perdue elle aussi en chemin.

— Viens passer quelques jours au moulin, lui proposa Pierre-Marie. Tu te reposeras, Juliette sera ravie de te dorloter.

Elle secoua la tête.

— Je te remercie. Vraiment. Mais je ne peux pas. J'aurais l'impression d'abandonner Roland une seconde fois. Ça a déjà été si dur de le laisser partir pour les Pervenches.

— Je comprends, fit Pierre-Marie, conscient de son impuissance et de sa maladresse.

« Fichue maladie ! » pensa-t-il. Il aurait donné n'importe quoi pour que cela n'arrive pas à Geneviève et à Roland.

Il se contenta de tapoter la main de sa sœur.

— Je suis là, Gin. Nous sommes là, Juliette et moi. Quoi qu'il arrive, tu peux compter sur nous.

Elle savait qu'il était sincère. Mais, même avec son expérience de médecin et son humanisme, il ne pouvait pas se mettre à sa place ni imaginer ce qu'elle éprouvait. Elle avait le sentiment d'assister, depuis le rivage, à un lent et inexorable naufrage. Et elle était clouée sur place, incapable de sauver Roland.

« Je t'aime », lui disait-elle parfois, le visage enfoui dans le creux de son cou. Elle ne voulait pas le regarder à cet instant. Car elle savait qu'il la contemplait d'un air à la fois étonné et perdu. En se demandant qui était cette femme si tendre.

L'hiver vint d'un coup, enveloppant toute la région d'un manteau de neige. Geneviève, qui avait oublié de se faire vacciner, fut l'une des premières victimes de la sévère épidémie de grippe. Elle resta plus d'une semaine sans pouvoir se rendre aux Pervenches. Au téléphone, le directeur la rassurait. Oui, Roland continuait de manger. Mais Édith, venue lui apporter des fruits frais et des revues, finit par lui avouer qu'elle trouvait son mari changé.

— J'ai l'impression qu'il te cherche, lui dit-elle.

Geneviève, encore affaiblie par les complications de sa mauvaise grippe, ne comprit pas tout de suite le sens de la confidence d'Édith. Elle y songea une bonne partie de la nuit, se répétant que Roland avait besoin d'elle du fond de sa nuit. Le lendemain, elle fonça aux Pervenches. Il l'attendait, sous la véranda de l'établissement. Il contemplait le jardin d'une beauté mélancolique sous la neige. Ses cheveux blancs étaient un peu trop longs. Son regard s'éclaira lorsqu'il vit Geneviève.

— Bonjour, Gin. Tu me manquais, lui dit-il avec sa voix « d'avant ».

L'instant d'après, il se retournait vers une infirmière et lui demandait si elle avait vu Cookie. Personne ne connaissait Cookie aux Pervenches. À force de fouiller dans sa mémoire, Geneviève avait fini par se rappeler que Cookie était une petite chienne fox que Roland avait eue dans sa prime enfance. Il avait dû lui montrer une photo. Cookie était morte depuis plus de soixante ans. Pourquoi Roland se souvenait-il d'elle précisément aujourd'hui ? Elle n'avait pas cherché plus loin, s'était contentée de se répéter ces deux merveilleuses phrases : « Bonjour, Gin. Tu me manquais. » Se pouvait-il donc que sa mémoire ne soit pas totalement détruite ? Daisy n'avait pas encore gagné...

Elle était retournée chez elle l'espoir au cœur. Elle n'avait pas téléphoné à Édith. Elle avait envie de rester seule, pour savourer ce petit bonheur. Il lui avait parlé comme avant.

Elle s'endormit vite, d'un sommeil apaisé, sans rêves. La sonnerie du téléphone la réveilla en sursaut. Au bout du fil, elle reconnut la voix du directeur des Pervenches. Il paraissait légèrement embarrassé.

— Madame Taunes ? Oui... Bonjour. J'ai... j'ai une mauvaise nouvelle à vous annoncer. Votre mari s'est éteint dans son sommeil cette nuit.

Elle éprouva une étrange sensation d'irréalité. C'était impossible ! Roland lui avait encore parlé la veille !

— J'arrive, dit-elle simplement.

Il lui semblait que sa vie avait perdu tout son sens.

Geneviève but lentement son café, comme pour puiser de la force avant de se tourner vers Édith.

— Oui, je commence à aller un peu mieux, répondit-elle enfin à la question de son amie. Disons que je survis. Ça a été si horrible… J'ai bien dû faire face à la mort de Roland.

Les deux sœurs de son mari, qui ne s'étaient jamais manifestées durant sa maladie, avaient fait valoir leurs droits. Elles réclamaient leur part, exigeaient que Geneviève vende la Tour blanche… Dieu merci, n'ayant pas d'enfant, Geneviève et Roland avaient pris depuis longtemps leurs précautions et fait enregistrer devant notaire une donation réciproque au dernier vivant. Geneviève se rappelait encore le jugement terrifiant que Roland avait alors porté à l'encontre de sa famille. « Si c'est moi qui meurs le premier, tu n'as aucune compassion à attendre de mes sœurs, ma pauvre chérie. Elles ont hérité du caractère de ma mère. Âpres au gain et froides, terriblement froides. »

Il affirmait avoir tourné la page depuis longtemps, ne plus se soucier d'être tenu à l'écart pour il ne savait quelle obscure querelle. Geneviève en avait longtemps souffert. Jusqu'au jour où elle avait décidé que Roland avait raison ; cela n'en valait pas la peine...

Elle redressa la tête, soutint fermement le regard interrogateur d'Édith.

— D'une certaine manière, ces sordides histoires d'argent m'ont aidée à tenir le coup, expliqua-t-elle à son amie. Il n'était pas question que je m'effondre devant mes belles-sœurs, je devais me battre. Ne serait-ce qu'en souvenir de Roland.

— Tu as obtenu gain de cause, à présent.

— Oui, Dieu merci, je garde la maison. Si j'avais dû me séparer de la Tour blanche, j'aurais eu l'impression de perdre Roland une seconde fois.

Édith hocha la tête. Elle, la célibataire, comprenait beaucoup de choses. Son amitié était précieuse pour Geneviève.

— Tu vois, reprit-elle, à présent, il me semble que le chagrin me rattrape. Plus jamais... Ce sont là deux mots terribles. Nous nous aimions, Roland et moi. Je me dis que la vie nous a fait un cadeau merveilleux en lui permettant de me reconnaître une dernière fois. Cette idée m'aide à tenir. Et toi ? Tu ne me parles pas de ta maman.

Le visage d'Édith se figea.

— Ma mère... Comment te dire ? Il n'y a rien de nouveau. Elle vit dans son monde tandis que je lui adresse en vain des signaux sur l'autre rive.

Un jour, je finirai par ne plus aller aux Pervenches. Cela vaudra peut-être mieux.

— Si tu me permets un conseil, ne fais rien que tu puisses regretter par la suite.

Édith esquissa un sourire teinté de mélancolie.

— Tu sais bien que je ne l'abandonnerai jamais. Comment le pourrais-je ? Mais c'est dur, parfois. Si dur…

— Pourquoi ne prendrais-tu pas un peu de vacances ? suggéra Geneviève. Ça ne poserait pas de problème pour ton travail ?

— Non… Je viens de former une stagiaire et j'ai au moins trois semaines de congés à poser. J'ai d'ailleurs tout intérêt à le faire avant la fin du mois de mai.

— N'hésite pas, dans ce cas. File au soleil. J'irai voir ta maman.

— Vraiment ? Oh ! tu es un ange !

Une ombre voila le regard de Geneviève.

— Tu sais, je n'ai plus personne, à présent.

C'était affreux, lorsqu'elle y songeait. Geneviève secoua la tête, comme pour chasser cette idée.

— Que faites-vous dans la vie, mademoiselle ? questionna la vieille dame en souriant.

« Mademoiselle »… L'appellation ne manquait pas de sel, se dit Geneviève. À cinquante-huit ans passés… Elle rendit son sourire à la mère d'Édith.

— Je ne travaille plus, madame, répondit-elle enfin.

Cette idée lui sembla brusquement intolérable. Elle se surprit à songer que sa vie n'était pas finie. Malgré tout.

Elle commença par lancer l'idée d'une chorale aux Pervenches. Contrairement à ce qu'elle craignait, le directeur ne s'y opposa pas.

Elle était heureuse d'avoir une excuse toute prête pour revenir dans l'établissement spécialisé. C'était pour elle une façon de ne pas abandonner Roland.

L'idée était « intéressante », selon Servane, l'animatrice, mais il fallait dénicher l'oiseau rare : un professeur de musique enchanté à la perspective de venir au moins une fois par semaine aux Pervenches, nichées au fin fond de la campagne du Vaucluse. Ce fut Édith qui mit la main sur la personne idéale : une jeune femme suffisamment dynamique et passionnée pour s'enthousiasmer et accepter de faire un essai. Les pensionnaires et leurs proches étaient cordialement invités à venir dans le réfectoire transformé en salle de musique chaque mardi soir. Geneviève, Édith et Servane s'étaient chargées de tout organiser. Des chaises avaient été placées en demi-cercle devant un espace central aménagé pour le professeur, Élise. Elle arriva à dix-sept heures quarante-cinq, avec son synthétiseur sous le bras. La poignée de main directe et chaleureuse, le cheveu indiscipliné, le sourire aux lèvres, elle plut tout de suite à Geneviève. Elle avait une voix claire et gaie. Elle fit le tour de l'assistance, saluant chacun d'une phrase aimable.

— Nous allons chauffer notre voix, lança-t-elle. D'abord, effectuons quelques mouvements respiratoires.

Il y avait plus d'accompagnants que de résidents dans la salle de musique, comme si les proches des patients avaient éprouvé le besoin de chercher un dérivatif.

— Nous allons commencer par *Plaisir d'amour*, annonça Élise.

Lentement, le plaisir de chanter envahit Geneviève. Elle avait déjà fait partie d'une chorale au temps lointain du lycée. Autant dire dans une autre vie ! Elle redécouvrit les notes, la délicieuse sensation d'avoir réalisé un exploit chaque fois qu'Élise encourageait le groupe d'un « Très bien ! »

À la fin du cours, elle se sentait régénérée de l'intérieur. Prête à relever d'autres défis.

Geneviève tourna un petit moment autour de ses bassines, dans l'office qu'elle avait autrefois baptisé « l'atelier ». Roland, qui illustrait des albums pour enfants, l'avait incitée peu après leur installation à la Tour blanche à avoir sa propre activité. Elle adorait cuisiner. Des desserts, des confitures. Elle possédait le cahier de recettes de sa grand-mère. Elle avait commencé, d'abord timidement, à vendre ses confitures sur le petit marché de leur village. Initiative vite couronnée de succès. Roland lui avait alors dessiné des étiquettes originales et trouvé ce nom : Les confitures de Gin. Les touristes hollandais et allemands, nombreux dans le Vaucluse, appréciaient sa production exempte de colorants et de conservateurs. Le quotidien régional lui avait consacré un article, on lui avait même proposé d'écrire un livre de recettes, illustré par Roland. Et puis… Et puis il y avait eu Daisy, et Geneviève avait tout arrêté pour se consacrer exclusivement à son époux.

Et maintenant…, se dit-elle en éprouvant un désagréable pincement au cœur. Il y avait à présent un peu plus d'une année que Roland était parti, et elle ressentait le besoin de réaliser quelque chose de ses mains. Elle n'avait pas oublié sa réponse teintée de regret à la mère d'Édith : « Je ne travaille plus. »

C'était à ce moment précis qu'elle avait commencé à prendre conscience de ses désirs inavoués et de la force de vie qui montait en elle. Elle avait perdu Roland et plus rien ne serait pareil, jamais. Mais elle n'avait pas soixante ans et pouvait encore réaliser quelque chose. Si elle le désirait vraiment.

Elle passa une main prudente sur le chaudron de cuivre dans lequel elle avait confectionné tant de confitures. Qui donc chantait *L'Envie d'avoir envie* ? Johnny Hallyday peut-être. C'était exactement ça. Brusquement, elle éprouva le désir de recommencer : retrousser ses manches, contacter ses amis maraîchers, humer à nouveau le parfum des confitures. Après tout, qu'est-ce qui l'en empêchait ? Son âge ? Broutilles ! Elle n'était pas si vieille. Et, dans sa tête, elle avait encore vingt ans.

— Génial ! nous avons un homme de plus ! s'écria Élise avec sa bonne humeur contagieuse.

La chorale tout entière sourit. Les voix masculines manquaient cruellement aux Pervenches. « La chorale est d'abord une affaire de femmes », déplorait Élise. Les messieurs hésitaient avant de sauter le pas. Seuls les patients venaient se mêler au groupe, souvent pour accompagner un voisin d'étage.

« Le soir, j'ai moins peur quand je chante », confiait ingénument Marcel, un alerte septuagénaire. À le voir, rien ne pouvait laisser penser qu'il souffrait de Daisy. Et puis, au bout d'une conversation décousue de quelques minutes, son regard basculait vers un ailleurs auquel les autres n'avaient pas accès. Geneviève aimait bien Marcel. Il l'émouvait. Même s'il chantait obstinément faux. Le nouveau, âgé d'une soixantaine d'années, était venu rendre visite à sa tante, ainsi qu'Édith le chuchota à Geneviève.

— Joli ! commenta Élise lorsqu'il entonna *La Java du diable*[1] d'une belle voix de basse.

Geneviève fit la moue. Le nouveau détonnait un peu. « Il n'est pas d'ici », avait résumé Élise. Quelle importance ? Il repartirait comme il était venu et tout le monde l'oublierait très vite.

La chorale répéta *La Java du diable* à trois voix, avec plus ou moins de bonheur. À un moment, tout le monde éclata de rire parce que les voix partaient dans tous les sens. Élise redressa la situation avec son savoir-faire habituel. L'espace d'un instant, Geneviève éprouva le désir de tout laisser tomber. Que faisait-elle là ? se demandat-elle avec une acuité douloureuse. Son obstination à revenir aux Pervenches ne dissimulait-elle pas une incapacité à tourner la page ? C'était du moins ce qu'on lui suggérait dans son entourage, avec plus ou moins de précautions oratoires.

Élise les encouragea. Chacun eut à cœur d'appliquer ses consignes. Et puis… miracle ! les

---

[1]. Paroles et musique de Charles Trenet, Éditions Raoul Breton, 1955.

trois voix s'unirent pour un émouvant point d'orgue.

— C'était… pas mal du tout ! approuva Élise, fatiguée mais radieuse. À la semaine prochaine.

Le nouveau se retourna alors vers Geneviève.

— Je reviendrai, lui dit-il, comme s'il s'agissait d'une évidence. Et vous ?

— Je ne sais pas, balbutia Geneviève.

Elle avait peur, soudain, du trouble qui montait en elle. Le nouveau venu la mettait mal à l'aise, peut-être tout simplement parce qu'elle se défiait des inconnus. Les Pervenches constituaient un petit monde clos, refermé sur ses problèmes. On y était entre soi. C'était bien, d'ailleurs, ce qu'Édith lui reprochait. « Tu n'y as plus ta place, disait-elle à Geneviève. Évade-toi donc ! »

— Je croyais que vous étiez seulement de passage ? lança une voix narquoise dans le dos de Geneviève.

Il n'y avait qu'Édith pour faire preuve d'un tel culot ! Geneviève fronçait déjà les sourcils mais le « nouveau », nullement intimidé, s'inclina légèrement.

— Détrompez-vous, madame. Je m'installe dans votre région. J'ai pris ma retraite et me consacre désormais à mon violon d'Ingres, la sculpture. Enfin, il s'agit de sculptures un peu particulières…

Un mouvement se produisit autour d'eux, interrompant les explications de celui que Geneviève s'obstinait à appeler le « nouveau ». Élise distribuait de nouvelles partitions. Lorsque Geneviève se retourna vers leur interlocuteur, il avait disparu.

— Encore un drôle de type, marmonna-t-elle. Je me demande bien ce qu'il a voulu dire avec son histoire de sculptures un peu particulières !

— Attends la semaine prochaine, tu pourras lui poser la question toi-même, répliqua Édith.

— À condition qu'il revienne, grommela Geneviève.

Elle était irritée, sans savoir pourquoi. Pourtant, elle avait encore dans la tête et dans le cœur ce merveilleux instant d'harmonie, durant le point d'orgue. Pour cette seule raison, elle reviendrait.

— Il y avait longtemps que nous n'avions pas exposé vos confitures, Gin, remarqua la responsable de l'office de tourisme.

Geneviève se troubla.

— J'avais d'autres soucis en tête. Plus le cœur à l'ouvrage. À présent, ça va mieux.

— C'est ce qu'il me semble en effet. Vous offrez de nouveaux parfums ? Oranges au whisky, abricots au rhum, voilà qui risque fort d'intéresser nos clients étrangers !

Les deux femmes échangèrent un sourire complice.

— J'avais envie de changement, lui confia Geneviève d'une voix timide.

Elle avait longuement hésité avant de reprendre contact avec l'office de tourisme, vitrine des produits régionaux. À son âge, n'était-ce pas une folie que de se lancer dans cette aventure ? Cela ressemblait à un saut dans le vide, sans la moindre protection. Les clients la suivraient-ils ? Édith, consultée, avait balayé d'un geste de la main toutes les interrogations de son amie.

— Si tu en as envie, fais-le donc ! Tu n'as pas soixante ans. Que diable ! tu n'es pas si vieille. D'abord, l'âge, c'est avant tout dans la tête. Regarde ma mère…

Elle s'était alors souvenue de certaines phrases de Roland.

« Tu es si… vivante, Gin, lui avait-il dit un jour. Jusqu'à ton dernier souffle, il faudra que tu entreprennes, que tu t'actives. Je t'envie, parfois, tu sais. »

Presque furtivement, elle caressa l'étiquette dessinée par son mari.

— J'avais besoin de ce dérivatif, avoua-t-elle.

Elle secoua la tête, comme pour chasser cette pensée.

— Nous comptons sur vous pour participer à la fête du Goût, reprit Martine, son interlocutrice.

Une semaine auparavant, elle aurait refusé. Aujourd'hui, elle ressentait le besoin de se replonger dans le monde. Cette idée lui faisait du bien.

Elle contempla d'un autre œil le paysage en regagnant la Tour blanche. La ferme qu'ils avaient restaurée ensemble, Roland et elle, dominait les vignes du voisin. Geneviève aimait les couleurs de l'automne. Les roux et les jaunes, flamboyants sous le soleil, paraissaient estompés en fin de journée sous le ciel virant au mauve. Elle songea brusquement qu'on était mardi. Elle avait juste le temps de se rendre à la chorale. Elle fredonna les premières mesures de *La Java du diable*. « Un jour, le diable fit une java... » Elle se sentait autre, tout à coup.

Prête à relever de nouveaux défis.

Elle n'avait pas pensé à lui durant la semaine ; de cela au moins, elle était certaine, mais elle se surprit à chercher du regard sa haute silhouette dans le réfectoire. Il n'était pas là ; elle en éprouva de la déception, bientôt remplacée par le soulagement. De toute manière, il n'avait pas sa place dans la chorale, cela se voyait tout de suite. Bien qu'il ait affirmé s'être installé dans la région, elle le considérait toujours comme un homme de passage.

Elle sut qu'il était arrivé en entendant sa voix profonde et grave. Elle ne put s'empêcher de tourner la tête dans sa direction. Il lui adressa un petit signe complice de la main. Elle aimait bien ce mot – complicité –, comme s'ils avaient partagé quelque chose.

De nouveau, elle éprouva un sentiment de joie intense durant le point d'orgue. Édith, toujours volubile, lança :

— On devient drôlement bons !

— C'est bien pour cette raison que nous allons nous produire, répliqua Élise, prompte à saisir la balle au bond.

Elle leur expliqua qu'elle avait organisé, avec l'accord de la direction, quelques déplacements dans des maisons de retraite. Certains accompagnants firent la moue.

— L'important, c'est d'être heureux de chanter ensemble, intervint le nouveau. Si l'on peut, de surcroît, apporter un peu de bonheur autour de nous...

Cela correspondait si bien à ce que Geneviève ressentait qu'elle le considéra d'un autre œil. Il la rejoignit aussitôt après.

— Bonsoir, dit-il en lui tendant la main. J'ai passé une bonne partie de la semaine à me demander quel était votre prénom.

— Geneviève, avoua-t-elle d'un air sombre. C'est terriblement démodé, n'est-ce pas ?

Il sourit.

— Moi, je m'appelle Bernard. Cela vous date un homme ! C'est très joli, Geneviève. Un peu long, peut-être, mais joli.

— Mon mari m'appelait Gin, glissa-t-elle.

Son sourire s'élargit.

— C'est amusant. Et cela vous va bien.

— C'est pour cette raison que j'ai appelé ma production Les confitures de Gin.

Ils s'éloignèrent du groupe en devisant. Bernard lui confia qu'il avait vendu son restaurant, situé au cœur de Paris, pour se consacrer à sa passion pour la sculpture. Il s'était spécialisé dans la stabilisation des végétaux.

Geneviève fronça les sourcils, perplexe.

— Vous viendrez chez moi. Je vous montrerai comment je procède.

Il habitait dans la plaine, au pied de Séguret. Geneviève connaissait-elle cet endroit ?

— Oui, bien sûr. De mon côté, je vis à Cairanne depuis des années et des années. Une vieille ferme qui s'appelle la Tour blanche, au milieu des vignes.

— Ce n'est pas trop isolé ?

Le regard clair de Geneviève se voila d'ombre.

— Je n'ai jamais souffert de l'isolement tant que mon mari habitait la Tour blanche avec moi. Depuis... oui, bien sûr, il m'arrive de me cogner aux murs, mais je ne supporte pas trop mal ma solitude. L'absence, en revanche, est plus pesante.

Bernard hocha la tête.

— Votre époux...

— Il est mort il y a maintenant près de deux ans. Ici, aux Pervenches, en hiver. Il avait neigé.

Sa voix se fit lointaine.

— Ce jour-là, je suis morte aussi. Plus rien, jamais, ne sera pareil. Et, pourtant, j'ai continué à vivre. Tant bien que mal. Plutôt mal que bien, d'ailleurs.

Confuse, elle détourna la tête.

— Pardonnez-moi. Je ne sais pas ce qui m'a pris. D'habitude, je suis plus discrète. Je réponds que tout va bien lorsqu'on me demande de mes nouvelles.

— Vous trichez, fit remarquer Bernard.

Il posait sur elle un regard indéfinissable, comme s'il avait voulu la percer à jour.

Geneviève acquiesça.

— Peut-être que, ce faisant, je compose avec la réalité.

Elle avait un peu peur, soudain, des confidences qu'elle venait de lui faire. Il recula d'un pas, comme s'il désirait lui épargner cet embarras.

— À mardi, dit-il simplement.

Elle s'éclipsa sans répondre.

Édith courut derrière elle.

— Nous n'avons que quatre hommes dans la chorale et il faut que tu en accapares un ?

— Ne dis pas de bêtises, répliqua Geneviève.

Elle ne viendrait plus. Voilà. C'était décidé. Rassérénée, elle sourit à son amie.

— Je t'appelle avant dimanche.

Elle prétexterait un coup de froid, un surcroît de travail... Elle ne se sentait pas le courage d'expliquer à Édith pour quelle raison elle renonçait à la chorale. Elle ne le savait pas elle-même. Peut-être avait-elle peur...

Geneviève, exaspérée, cessa de tourner en rond dans son salon et s'assit au piano. Cela faisait deux semaines qu'elle n'avait pas assisté au rendez-vous hebdomadaire de la chorale et elle le supportait de plus en plus mal. De façon machinale, ses doigts effleurèrent les touches.

*Un jour, le diable fit une java*
*Qu'avait tout l'air d'une mazurka.*

Elle plaqua un dernier accord et se leva. Elle jeta un coup d'œil à la pendule. En se hâtant, elle avait peut-être encore le temps.

Il y avait des travaux dans Vaison. Elle perdit un temps fou pour traverser la ville. Lorsqu'elle atteignit enfin le parking des Pervenches, il était vingt heures. Les membres de la chorale étaient rentrés chez eux ou dans leur chambre.

Les mains de Geneviève se crispèrent sur le volant.

« Tu reviendras la semaine prochaine, voilà tout ! » s'admonesta-t-elle. Rien n'y faisait, elle était profondément déçue. Sans parvenir à s'expliquer la raison de cette déception.

Elle reprit le chemin de la Tour blanche sans même aller saluer la mère d'Édith. Elle n'avait pas envie de parler, de dissimuler son mal-être. Chez elle, au moins, elle se sentirait à l'abri.

Elle découvrit au dernier moment, dans le pinceau des phares, la voiture sombre sagement rangée au pied du perron. Elle n'eut pas peur. Peut-être parce qu'elle s'était toujours sentie en sécurité à la Tour blanche.

Elle descendit de sa Polo, sa lampe-torche à la main. Une haute silhouette s'avança vers elle.

— J'avouerai tout mais, de grâce, ne m'envoyez pas votre fanal dans les yeux ! s'écria Bernard.

Geneviève ne chercha pas à cacher son étonnement.

— C'est vous ? Comment m'avez-vous trouvée ?

— « Je vis à Cairanne depuis des années et des années », cita-t-il. Vous avez même précisé : « Une vieille ferme qui s'appelle la Tour blanche, au milieu des vignes. »

— Je ne savais pas que vous m'écoutiez avec une telle attention. Rentrez, le mistral est impétueux ce soir. Vous souriez ?

— J'aime bien ce mot, « impétueux ».

— Nous avons parfois tendance à assimiler le mistral à une personne, je le reconnais. (Geneviève sourit.) Vous n'êtes pas originaire du Vaucluse ?

— Je suis né à Valence.

— Hou ! Le Nord, pour nous !

Ils éclatèrent de rire puis elle l'invita à la suivre.

— Ne faites pas attention au désordre, lui recommanda-t-elle.

Roland et elle avaient toujours vécu de façon bohème. Quelques amis leur suffisaient.

Geneviève marqua une hésitation avant d'ouvrir toute grande la porte de la Tour blanche. On pénétrait directement dans la salle, qui avait gardé ses tomettes et son appareillage de pierres sèches d'origine. Le mobilier provençal s'harmonisait avec le tapis bleu et blanc et les indiennes d'Orange dans les mêmes tons servant de rideaux.

— Je peux ? questionna Bernard en s'approchant du piano.

Il se pencha au-dessus de la partition restée ouverte, se retourna vers Geneviève.

— Pourquoi n'êtes-vous pas venue ? Vous nous avez manqué.

De nouveau, elle hésita. Après tout, que risquait-elle ? Ils n'étaient pas destinés à se revoir.

— Retourner chaque semaine aux Pervenches devenait trop pesant, répondit-elle enfin.

— Élise s'inquiétait.

La voix, le visage de Bernard avaient changé. Était-il blessé ? Pourquoi donc ? Elle ne voulait pas prendre d'habitudes avec lui.

— Thé ou café ? proposa-t-elle, en se dirigeant vers la cuisine américaine.

— Je n'ai pas l'intention de m'attarder.

Il l'enveloppa d'un regard indéfinissable.

— Vous n'avez rien à redouter de moi, Geneviève.

— Ne m'appelez pas Geneviève, protesta-t-elle. Je déteste ce prénom. Gin. Seulement Gin.

C'était une façon de ne pas répondre ; ils le savaient tous deux. Elle leva vers lui un regard perdu.

— Partez, souffla-t-elle.

Il s'inclina.

— Séguret se trouve à moins de quinze kilomètres de la Tour blanche. Le jour où vous aurez envie de découvrir mes sculptures, n'hésitez pas. Je serai toujours là pour vous.

Il partit, sans qu'elle esquissât un geste pour le retenir. N'était-ce pas mieux ainsi ? Dès le premier soir, elle avait deviné qu'elle ne lui était pas indifférente et elle ne se sentait pas prête. Pour elle, cela équivalait à trahir Roland. Et cela, elle ne le voulait à aucun prix.

Songeuse, elle referma la porte, s'y adossa. C'était un geste instinctif, comme pour mieux se protéger. De quoi, grands dieux ? Elle entendait encore la voix grave de Bernard lui affirmer : « Vous n'avez rien à redouter de moi. »

Elle soupira, se passa la main dans les cheveux.

« Ce n'est pas le moment de flancher, ma vieille », se dit-elle.

Elle aurait tant aimé appuyer sa tête sur une épaule masculine, s'asseoir sur le canapé devant la cheminée et contempler la danse du feu pendant qu'au-dehors le mistral se déchaînerait.

« Rêve, ma vieille Gin, rêve… », pensa-t-elle.

Ses presque soixante ans lui pesaient, tout à coup.

Ce second hiver sans Roland fut plus difficile que le premier. Pourtant, Geneviève ne chôma guère et réalisa des ventes fort satisfaisantes. Ses confitures furent même primées, ce qui lui valut un article dans le journal local. Édith ne manqua pas de la brocarder à ce sujet, lui prédisant qu'elle allait attraper la grosse tête. Geneviève se contentait d'en sourire. Sa solitude lui pesait plus cruellement, bien qu'elle se fût inscrite à différentes activités. Elle suivait des cours de remise à niveau en anglais, participait à un club de

Scrabble et à des tournois de belote. Cela ne suffisait pas, cependant, à compenser l'immense sentiment de vide qui l'habitait. Édith, qu'elle voyait toujours, prétendait qu'elle supportait mal ses soixante ans. Geneviève savait qu'il y avait autre chose, sans parvenir à mettre un nom dessus. Elle n'était plus retournée aux Pervenches, mais chantait dans une autre chorale, à Vaison, animée elle aussi par Élise. Certains soirs, elle s'avouait que la voix, profonde et grave, de Bernard lui manquait.

C'était étrange... Elle aurait été incapable de décrire son visage mais, en revanche, elle aurait reconnu tout de suite sa voix. Elle aurait aimé le revoir.

Édith l'entraîna à Séguret au début du printemps.

— On donne un concert dans les vignes, tu ne vas pas manquer ça !

Elle ne trouva pas les mots pour refuser. D'ailleurs, elle avait envie d'y aller. Bernard n'allait tout de même pas l'attendre au milieu des vignes ! Il devait avoir oublié leur rencontre. Bien qu'elle n'y soit pas parvenue elle-même.

Séguret, accroché à son piton rocheux, donnait l'impression de garder les vignes, dans la plaine. Les jeunes pousses étaient encore fragiles. Dieu merci, il n'y avait pas eu de gelées tardives. Le temps sec garantissait une belle floraison. On joua Mozart, bien sûr, qui s'imposait sous ce ciel bleu et puis aussi *Le Printemps* de Vivaldi. Un moment de pur bonheur.

Ensuite, Geneviève et Édith montèrent jusqu'à la chapelle par les ruelles caladées.

— Vous venez admirer l'exposition ? leur demanda en chemin une de leurs connaissances. Il paraît qu'elle attire des Anglais et même des Japonais.

Rien n'avait préparé Geneviève à la surprise qu'elle éprouva en découvrant un pin sylvestre stabilisé devant la porte de la chapelle.

— Vous aimez ? questionna une voix familière dans son dos.

Elle se retourna pour se trouver face à face avec Bernard.

— Comment procédez-vous ? demanda-t-elle sans le saluer.

— Ah non ! protesta-t-il, vous n'allez pas encore jouer à cache-cache avec moi. Je vous ferai visiter mon atelier, je suis même prêt à vous dévoiler tous mes secrets de fabrication, mais dites-moi au moins si vous aimez mes sculptures.

Il paraissait furieux. Geneviève éprouva tout à coup une irrésistible envie de rire.

— Pourquoi donc ? répliqua-t-elle.

Bernard la regarda gravement.

— C'est important pour moi.

Et, brusquement, Geneviève ne trouva plus rien à dire. L'émotion nouait sa gorge.

— Je vous ai attendue tout l'hiver, poursuivit-il. Élise m'a dit que vous chantiez dans une autre chorale.

Elle inclina la tête.

— Cet arbre est superbe, murmura-t-elle enfin. Comme un instant d'éternité.

Bernard sourit.

— C'est pour cette raison que j'ai choisi cette forme d'art. Je suis un amoureux de la nature. J'avais le désir sinon d'arrêter le temps, du moins de l'immobiliser.

— Pouvez-vous me conduire à votre atelier ?

— Là où je coupe, taille, cire et calcine au chalumeau ? Bien sûr. J'espère que vous ne serez pas déçue par l'envers du décor. J'ai eu l'impression que mon âge me rattrapait, cet hiver, Gin. Vous permettez que je vous appelle Gin ?

— C'est moi qui vous l'ai suggéré.

Tout lui paraissait simple soudain. Elle ne trahissait pas Roland. La vie continuait. Un autre amour, différent.

Bernard l'arrêta au bas du village.

— Vous savez, Gin, que je désire vous épouser...

— Chut !

Elle lui sourit.

— Ne prononcez pas encore de mots définitifs.

Elle n'avait plus peur. Elle savait que Bernard l'aimait et qu'elle l'aimait.

Et Édith, qui les regardait, le savait elle aussi.

Lèvres mi-closes, face au soleil, elle fredonna : « Un jour, le diable fit une java », et la voix grave de Bernard se joignit à la sienne.

# La fontaine au masque

*1978*

Le préfet allait inaugurer une stèle commémorative à la ferme de la Combe. Camille, qui avait participé aux événements pendant la guerre, ne pouvait se dispenser d'y assister. Et d'aller à la rencontre de ses souvenirs.

Elle avait pourtant longuement hésité avant de se rendre à la cérémonie. Ce fut sur l'insistance de Geoffrey, son petit-fils, qu'elle s'y résolut.

— Ta place est là-haut, mamita, lui avait-il répété à plusieurs reprises.

Elle avait accepté de monter à la ferme de la Combe à la condition expresse que Geoffrey soit le seul à l'accompagner. Elle ne tenait pas à partager ses souvenirs avec toute la famille. Geoffrey, lui, saurait se taire. Elle n'avait pas envie non plus qu'on lui pose des questions ou qu'on remue le passé. Elle voulait seulement être présente et se souvenir.

Pendant le discours des officiels, Geoffrey et elle se tinrent en retrait. Camille observait la scène d'un air qui se voulait indifférent. Elle avait toujours eu ce genre de manifestations en horreur. Le mistral se leva à l'instant où le préfet dévoila la stèle, une simple pierre de marbre dont la beauté austère séduisit tout de suite Camille. Elle se retourna légèrement pour partager ses impressions avec son petit-fils. Elle croisa alors un regard étonnamment bleu – couleur de lavande, pensa-t-elle – sous le poids duquel elle se troubla. Brusquement, les souvenirs qu'elle avait tenté de repousser loin, très loin, depuis plus de trente ans, la submergèrent.

*1943*

Camille, appuyant fortement sur les pédales, gravit en un ultime effort la côte particulièrement raide menant à Rousserol. Elle essuya d'un revers de main son front en sueur, avant de poser son vélo contre le mur de l'école. Chaque fois qu'elle revenait au village après avoir passé le mercredi soir et une grande partie du jeudi dans la ferme familiale, sa solitude lui pesait davantage. Elle avait laissé derrière elle André et Mariette, ses parents, ainsi que son fils âgé de trois ans et demi, Cyrille. Lorsqu'elle le contemplait, Camille se répétait que Fabrice reviendrait. Ne le lui promettait-il pas dans chacune de ses lettres ?

*Courage, mon amour. Chaque jour qui passe nous rapproche de ma libération. Dis-le bien à notre Cyrille : son papa rentrera bientôt. Cette guerre ne peut tout de même pas durer éternellement.*

Parfois, elle désespérait. Dans ces moments-là, elle enfourchait son vélo et filait chez Fernand. Les missions que son vieil ami lui confiait lui donnaient l'impression d'être utile. À vingt-quatre ans, Camille refusait de penser aux dangers encourus. Si elle commençait à avoir peur, elle cesserait tout bonnement de vivre. Elle ne pouvait se le permettre ; Cyrille avait besoin d'elle.

Elle pénétra à l'intérieur de la petite école, vérifia que Léone, l'aînée de ses élèves, avait bien rempli les encriers, conformément à ses instructions. Elle écrivit au tableau « Leçon de choses » et se demanda si l'idée de Fernand n'était pas trop risquée. Pourtant, elle savait que personne n'irait voir ce que l'institutrice de Rousserol et ses quinze élèves partaient faire dans la montagne. Sous couvert d'étudier la flore et la faune en ce début juillet, elle s'arrêterait quelques instants à la ferme de Fernand et lui remettrait les plis qu'elle était allée chercher à la gare de Valréas. Dissimulés au fond du sac de sa nouvelle élève, Arlette, les documents avaient passé sans problème les différents contrôles. Camille hébergeait Arlette dans l'appartement situé au-dessus de l'école, ce qui lui valait quelques réflexions aigres-douces de la part de sa belle-mère. « Vous vous occupez d'une parfaite inconnue alors que vous laissez votre enfant et celui de Fabrice à la garde de vos parents ? C'est un peu fort ! – Il s'agit d'une situation provisoire, répondait alors Camille sans se démonter. » Alice Vilar n'aimait guère sa bru et ne se privait pas de se mêler de sa façon de vivre. Dans ces moments-là, Camille faisait la sourde oreille pour éviter de répliquer vertement, ce qui aurait fatalement envenimé encore davantage leurs relations.

Elle grimpa à l'étage. Arlette avait désiré rester dans l'appartement pour étudier. C'était une adolescente volontiers solitaire qui se passionnait pour la lecture et l'histoire. Elle intimidait un peu Camille qui se sentait gauche et trop extravertie face à elle. Elle l'avait cependant accueillie chez elle de bon cœur.

— Bonsoir, Arlette. As-tu passé une bonne journée ? s'enquit-elle en pénétrant dans l'appartement. J'espère que tu es allée te promener par ce beau temps.

— Me promener ? Oh ! Il faisait un peu trop chaud pour moi. J'étais bien, installée sous le préau, à lire. Je vous ai emprunté un roman anglais, *Jane Eyre*. L'aimez-vous, vous aussi ?

Les yeux verts de Camille brillèrent.

— J'aimerais tant le redécouvrir avec l'enthousiasme de mes treize ans !

Arlette était plus calée que n'importe quelle autre élève de Camille. La jeune femme se disait souvent que l'adolescente n'était pas à sa place dans la petite école de Rousserol. Elle ne cherchait pas, cependant, à la questionner. Camille et son invitée dînèrent sur la terrasse qui surplombait la vallée. La chaleur était douce, une lumière chaude patinait d'or les maisons aux pierres apparentes. Arlette regarda Camille.

— On dirait que la guerre n'existe pas, murmura-t-elle brusquement.

Un sourire incertain éclairait son visage grave. Camille se pencha vers elle, lui pressa la main.

— Oui, ma grande. C'est tout à fait ça.

Dans moins d'une semaine, un avion anglais larguerait des armes destinées aux maquisards. Arlette ne devait l'apprendre à aucun prix. Camille était bien décidée à préserver la tranquillité d'esprit de son invitée.

Le sentier montait parmi les touffes de thym et les chênes verts. Camille prenait soin d'indiquer à sa jeune troupe les différentes plantes découvertes au hasard de leur ascension. Les enfants, ravis, s'élancèrent en apercevant d'immenses champs de lavande, du côté de la Roche-Saint-Secret. Camille les laissa cueillir de gros bouquets sous la garde d'Arlette. Coupant à travers champs, elle gagna la ferme de Fernand.

Il l'attendait à côté de son puits. Ils se saluèrent d'un simple sourire. Elle lui tendit les papiers qu'elle avait glissés au fond de son sac. Il les fit disparaître prestement sous sa chemise, toucha de deux doigts le bord de sa casquette.

— À vous revoir, mademoiselle Camille.

Tout le monde l'appelait ainsi, « mademoiselle Camille », comme si l'existence de Fabrice s'était peu à peu estompée au cours de ses trois longues années de captivité. Cela faisait parfois peur à la jeune femme. Quels souvenirs pourrait-elle transmettre à leur fils ? Elle-même devait faire un effort pour se remémorer les traits de son époux.

Fernand la héla alors qu'elle repartait par le sentier.

— Dans deux jours, vous êtes en vacances ?
Elle opina du chef.
— Vous pourrez monter me voir, après le 14 juillet ? J'aurai sûrement besoin de votre aide pour remplir des papiers.

Elle savait à quoi il faisait allusion. Elle était déjà allée chercher des inconnus derrière la chapelle de Taulignan avant de les conduire jusqu'à la ferme de Fernand. Chaque fois, elle s'était bien gardée de poser la moindre question. N'était-ce pas la règle du jeu ? En savoir le moins possible, pour ne pas risquer de mettre en danger les camarades dans le maquis. Camille sourit.

— Je viendrai.

Elle rejoignit ses élèves le cœur un peu plus léger. Chacun de ses actes la rapprochait, lui semblait-il, de Fabrice.

À son habitude, Fernand s'était montré peu bavard. « Demain, à l'endroit habituel, lui avait-il recommandé. À vélo, bien sûr. Il portera une chemise blanche, un pantalon gris et un chandail noir sur les épaules. » Elle avait enregistré ces détails de façon presque machinale, comme pour mieux se protéger contre l'excitation qui s'emparait d'elle à chaque mission.

Elle pédala paisiblement jusqu'à Taulignan. Le village enserré dans son corset de murailles dominait la plaine. Elle avait pris la précaution de cueillir un gros bouquet, lavande et tournesols mêlés, qu'elle déposerait sur une tombe, au hasard, dans le cimetière. Derrière la chapelle, elle aperçut une autre bicyclette, noire. Elle s'en approcha. Une main se plaqua sur sa bouche. Elle se retourna lentement, croisa le regard le plus étonnant qu'elle ait jamais vu. Des yeux couleur de lavande. Non pas le lavandin, si commun dans la région, et tirant sur le violet, mais la nuance exacte de la lavande fine, indigo.

Saisie, Camille recula d'un pas.

— Je…, balbutia-t-elle.

L'inconnu n'avait pas retiré sa main et ce simple contact la troublait. Il était jeune, de haute taille et son visage avait quelque chose de dur. « Implacable », pensa-t-elle, en sentant un frisson courir le long de son dos, malgré la chaleur de fin juillet. Elle se reprit. Sous prétexte que cet homme avait les yeux trop bleus, elle n'allait tout de même pas oublier les règles élémentaires de sécurité !

— Il faut connaître cet endroit pour y venir, murmura-t-elle.

— J'ai à faire dans la région, répondit-il très vite, comme s'il se débarrassait d'une formalité importune.

Cet échange de phrases servait à établir le contact avec les envoyés de Londres qui transitaient par la ferme de Fernand.

— Eh bien, en route, conclut Camille.

Elle rougit sous le regard de l'inconnu. Elle posa ses fleurs sur la tombe la plus proche, remonta en selle. Elle se sentit soudain jeune et désirable dans sa jupe fleurie et son chemisier blanc. Il y avait si longtemps qu'un homme ne l'avait pas contemplée de cette façon, avec une sorte d'avidité. Elle appuya un peu plus fort sur les pédales, sans se retourner pour vérifier s'il la suivait. C'était là une autre règle qu'elle s'était imposée.

Camille repoussa d'une main impatiente ses boucles emmêlées. Il faisait chaud, beaucoup trop chaud, sur la route poudrée de poussière. Il lui semblait que le parfum entêtant de la lavande l'imprégnait toute. Elle avait hâte de quitter la route et d'emprunter le sentier au-dessus de la Roche-Saint-Secret menant à la ferme de Fernand. Derrière elle, l'inconnu pédalait sans mot dire. Elle se sentait tendue, aux aguets.

Elle poussa un soupir de soulagement en posant sa bicyclette au pied d'une fontaine. C'était une fontaine comme on en voyait parfois dans cette région située entre Provence et Dauphiné, au point de rencontre de ces deux influences. En pierre presque blanche surmontée d'un mascaron. Camille l'avait surnommée la « fontaine au masque ». Les mains en coupe, elle se pencha pour se désaltérer. Elle ignorait tout de cet homme, et il ignorait tout d'elle. Lorsqu'elle se retourna vers lui, elle eut l'impression que son regard la brûlait.

— Buvez ! jeta-t-elle d'un ton sec.

Il s'exécuta avec beaucoup d'aisance. Qui était-il réellement ? D'où venait-il ? Autant de questions qu'elle n'avait pas le droit de lui poser pour leur sécurité mutuelle.

Ce fut lui, pourtant, qui transgressa la règle alors qu'ils s'engageaient sous le couvert des chênes et des sapins.

— Je m'appelle Guillaume. Et vous ?
— Camille, souffla-t-elle.

Les cigales s'étaient tues. Un bref instant de répit dans la touffeur de l'été. Camille, son vélo à la main, accéléra le pas. Elle avait hâte d'arriver chez Fernand. Elle avait peur. Non pas de Guillaume. Mais d'elle-même.

La nouvelle éclata comme un coup de tonnerre dans la chaleur de l'été. Les maquisards avaient lancé une opération d'envergure contre plusieurs objectifs. L'occupant, fou de rage, multipliait les arrestations et les représailles. Ce n'était pas encore le moment de rejoindre ses parents et son fils, décida Camille, qui se rongeait d'inquiétude dans son école.

Arlette était repartie deux jours auparavant, de façon aussi soudaine qu'elle avait surgi dans la vie de Camille. Une simple phrase de Fernand – « Il est temps pour la petite de retrouver sa famille » – avait suffi. Camille, toujours suivant les instructions de Fernand, avait conduit l'adolescente dans la montagne dominant Nyons. Là, dans un grangeon servant de refuge aux bergers, elle avait pris congé d'Arlette dès que Daniel, un viticulteur de Mérindol, était arrivé pour « prendre livraison de la petite ». Camille savait que tout un réseau d'hommes et de femmes aiderait Arlette à gagner, par les chemins escarpés de la région, un abri plus sûr. Il n'empêchait... Elle avait fondu en larmes lorsqu'elle avait serré Arlette contre elle, Arlette qui emportait pour seul bagage un sac dans lequel Camille avait glissé *Jane Eyre*. Elle secoua la tête. Cyrille lui manquait. Elle avait besoin d'embrasser son fils, de le câliner, pour tenter d'oublier l'angoisse qui lui serrait le cœur et l'âme. En même temps, elle avait peur. Si jamais elle avait été suivie ? Elle tenait avant tout à préserver Cyrille et ses parents. Elle se tournait et se retournait dans son lit, cherchant en vain un sommeil qui la fuyait, quand elle entendit un bruit inhabituel. Elle courut sur le balcon. Une haute silhouette se détacha de l'ombre.

— Camille ? chuchota une voix masculine qu'elle reconnut aussitôt. Venez vite. Nous avons besoin de vous.

Quelques minutes plus tard, vêtue et coiffée à la diable, sa trousse de secours à la main, elle suivait Guillaume le long du sentier grimpant vers la montagne. Il lui expliqua la situation en quelques phrases rapides. Plusieurs maquisards avaient été blessés. Toute la région était sur le qui-vive. Fernand avait dû improviser une infirmerie dans une chapelle, dissimulée au creux d'une combe. Camille pouvait-elle les aider ?

Elle soutint un instant le regard interrogateur de Guillaume.

— Vous connaissez ma réponse.

Il inclina la tête sans mot dire. Tous deux marchaient d'un pas rapide et assuré, au même rythme. Camille se dit, de façon fugitive, qu'ils allaient bien ensemble et sentit ses joues s'empourprer. Malgré la précarité de leur situation, les responsabilités qui pesaient sur eux, elle se sentait heureuse, profondément, de partager ce moment avec Guillaume. Si elle éprouva un choc en découvrant les trois jeunes blessés, allongés sur des civières de fortune dans la chapelle, Camille s'efforça de n'en rien laisser voir.

Fernand, le visage grave, s'avança vers elle.

— Pouvez-vous nous ramener le docteur Pichon, du Pègue ? Il faudrait...

Elle le coupa.

— Je trouverai bien un moyen. En attendant...

Elle avait apporté des ampoules de morphine, qu'un pharmacien de ses amis lui avait confiées pour les cas d'urgence, de l'éther et une solution antiseptique. L'un des résistants, touché au ventre, ne pouvait être transporté.

— Laissez-moi faire, dit Guillaume.

Il injecta lui-même la morphine, tout en guettant les réactions du blessé. Les deux autres, moins gravement atteints, seraient descendus au village le plus proche durant la nuit.

— Ne commettez pas d'imprudence, surtout, recommanda Guillaume à Camille alors qu'elle repartait.

Il avait posé la main sur son bras. Elle tressaillit de tout son être, comme si elle n'avait pu supporter son contact. Il recula d'un pas, sans détourner les yeux.

— Je déteste l'idée qu'il puisse vous arriver du mal.

Elle redressa la tête.

— Je suis prudente. Et forte. Lorsqu'il m'arrive d'avoir peur, c'est pour mon fils, Cyrille. Il n'a que trois ans. Mon mari est prisonnier en Allemagne.

Elle avait jeté son fils et son époux dans la conversation comme une sorte de garde-fou. Tous deux le comprirent. Guillaume la contempla gravement sans prononcer une parole. Elle s'enfuit.

Elle ne put revenir accompagnée du médecin qu'après la tombée de la nuit. Les Allemands ratissaient la région. Tout le pays vivait dans la crainte des représailles. Chauvin, le jeune homme blessé au ventre, fut opéré dans la chapelle sombre. Guillaume et Camille assistèrent le docteur tandis que

Fernand tenait la lampe à pétrole. Malgré leurs efforts, Chauvin mourut pendant l'intervention.

Camille ne broncha pas mais, aussitôt après le départ du médecin, à l'aube, elle quitta la chapelle en courant. Des images insoutenables la hantaient. Trop de sang, trop de larmes... Elle courut longtemps, droit devant elle, sans même avoir conscience de la direction qu'elle prenait. À bout de fatigue, épuisée, elle s'abattit dans un champ de lavande. Bleue, la terre sous elle. Bleu, le ciel au-dessus de sa tête. Et bleus, si bleus, les yeux de Guillaume, qui plongeaient dans les siens.

Plus tard, elle se dirait que c'était dans l'ordre des choses. Dès leur première rencontre, elle s'était senti attirée par ce séduisant inconnu. Ce jour-là, dans la chaleur grésillante de l'été, elle avait eu besoin des bras de Guillaume autour d'elle, de ses mains sur son corps, pour se persuader que la vie avait encore un sens, qu'ils étaient toujours vivants, malgré la mort de Chauvin, âgé d'à peine vingt-deux ans.

Lorsqu'il se détacha d'elle, après avoir effleuré ses lèvres chaudes d'un dernier baiser, Guillaume et Camille n'échangèrent pas de serment, ni même de paroles. Tous deux savaient qu'ils ne se reverraient plus. Camille ne se le serait pas pardonné. Elle garderait de cette étreinte le souvenir inoubliable d'un moment volé à la guerre. C'était déjà beaucoup.

## 1978

L'homme aux yeux bleus fit deux pas vers elle, s'inclina légèrement. Il devait avoir dépassé la soixantaine mais il était toujours séduisant. Il s'arrêta à la hauteur de Camille et de son petit-fils.

— Camille ? questionna-t-il.

Elle rougit. N'était-ce pas stupide, à cinquante-neuf ans, de s'empourprer ainsi ?

Elle hocha la tête. Les mains de Guillaume s'accrochèrent aux siennes.

— J'étais certain que je vous retrouverais ici. Il y a longtemps, mais je n'ai rien oublié.

— Moi non plus, murmura-t-elle, la gorge serrée.

Elle n'avait pourtant jamais cherché à le revoir. Par fidélité au souvenir de Fabrice, qui n'était pas revenu de captivité. Camille et son fils avaient appris, longtemps après, qu'il était mort en Allemagne au cours des bombardements alliés. Camille avait porté en elle le remords de cette heure éblouissante dans le champ de lavande. Et puis elle avait fini par se persuader qu'elle n'était pas coupable. C'était le destin, rien ni personne n'aurait pu le changer.

Elle leva les yeux vers Guillaume.

— Qu'êtes-vous devenu ?

Il eut un haussement d'épaules.

— J'ai beaucoup bourlingué après la guerre. Il était difficile de mener à nouveau une vie normale. Et puis... Eh bien, je crois pouvoir dire que je vous ai longtemps attendue.

Ils échangèrent un regard incertain. Geoffrey secoua la main de sa grand-mère.

— Tu as vu ? Ils ont mis une plaque pour Fernand.

Fernand, qui avait coordonné l'action des maquisards et dirigé les opérations jusqu'à ce jour funeste où il avait été arrêté à Valréas. Il s'était donné la mort dans sa cellule pour ne pas trahir ses camarades.

— J'ai acheté un mazet à restaurer, au Pègue, déclara Guillaume. Si...

Camille l'interrompit.

— Je veux bien, acquiesça-t-elle.

Ses yeux brillaient. Elle avait cinquante-neuf ans mais, à cet instant précis, peu lui importait. Ils avaient, surtout, toutes ces années à rattraper.

## Le Voleur de temps

Jeanne-Laure contempla le téléphone d'un air indécis. Elle appuya sur la touche « lecture » du répondeur. La voix de sa mère emplit le studio.

« Jeannie, ma grande, si tu savais ce qui vient d'arriver à ton père ! Il est tombé de son tracteur. Tibia fracturé, immobilisation forcée pendant trois mois, tu imagines ? Ma chérie, ce serait bien si tu venais nous dépanner. Il n'y a que toi pour sauver le Voleur de temps. Nous t'embrassons bien fort. »

Elle avait envie de pleurer. Son père... Elle l'entendait encore répliquer sèchement à ses protestations : « Le Voleur de temps est une affaire d'hommes. Ce n'est pas un travail pour toi, ma fille. Poursuis tes études, deviens fonctionnaire. Au moins, tu mèneras une vie plus tranquille. »

Horriblement blessée, elle l'avait pris au mot. Leurs relations n'étaient jamais redevenues les mêmes. Jeanne-Laure avait établi une certaine distance avec ses parents. Sa nomination comme professeur de lettres lui avait facilité les choses. Sa mère était la seule à savoir que ce métier n'était pour elle qu'un pis-aller. Ce dont elle rêvait depuis toujours, c'était de travailler la vigne, comme son père, comme son grand-père et son arrière-grand-père l'avaient fait avant elle.

Tous des hommes. C'était bien pour cette raison que Baptiste Toussaint l'avait écartée du Voleur de temps, un domaine situé aux abords de Vaison-la-Romaine. « J'ai d'autres ambitions pour toi, ma fille. De toute manière, Florian est là pour me succéder. »

Jeanne-Laure ne le lui avait jamais pardonné. Elle avait eu de la peine pour son père, cependant, lorsque son fils aîné, Florian, avait choisi de se consacrer à la médecine humanitaire et d'aller travailler en Afrique. Baptiste avait très mal supporté ce qu'il avait considéré comme une trahison. Comment lui faire entendre raison, alors qu'il se refusait à comprendre les caractères si différents de ses deux enfants ? Pour lui, Florian était le seul capable de prendre sa succession.

Jeanne-Laure s'approcha du téléphone. Ses mains tremblaient. Retourner au domaine ? Sa mère n'y pensait pas ! De plus, elle faisait bon marché de son métier d'enseignante. Elle n'allait tout de même pas tout abandonner pour répondre à son appel au secours ! Son père était-il seulement d'accord ?

Elle réécouta avec soin le message de sa mère. « Il n'y a que toi pour sauver le Voleur de temps... » Si c'était vrai ?

Elle regarda par la fenêtre. Il pleuvait sur la ville. Les pavés luisaient sous l'éclairage jaune des réverbères. Un sentiment poignant de nostalgie l'envahit. Dans le Vaucluse, les amandiers devaient être en fleur. Elle avait essayé, un jour, d'expliquer à Nicolas ce qu'elle éprouvait pour le domaine mais n'avait pas su trouver les mots. Précisément parce que cela ne s'expliquait pas. Son compagnon n'était jamais venu en Provence. Il ignorait tout de la beauté lumineuse des petits matins volés au sommeil, quand le ciel d'un bleu laiteux éclairait les Dentelles de Montmirail. Brusquement, le ciel du domaine lui manqua de façon aiguë, intolérable. Elle sut alors qu'elle allait partir. Sans réfléchir plus avant.

Parce qu'il fallait bien quelqu'un pour s'occuper du vignoble. Et qu'elle en rêvait depuis l'enfance.

Jusqu'à Montélimar, la brume et la grisaille s'accrochèrent à ses basques. Montélimar... la frontière pour les Provençaux. Il suffisait de la franchir pour que le ciel se dégage, qu'un soleil insolent vous réchauffe le cœur. Elle en avait bien besoin pour oublier les paroles très dures prononcées par Nicolas. « Ma pauvre fille... Tu es complètement folle d'avoir demandé un congé ! Qu'est-ce que tu crois ? Que ton père va changer d'avis parce que tu voles à son secours ? Dès qu'il ira mieux, il te renverra à tes élèves et tu te retrouveras les mains vides. Tu es d'une naïveté ! » Elle lui en avait voulu d'exprimer tout haut ce qu'elle redoutait au fond d'elle-même.

Ils s'étaient quittés fâchés, avec un arrière-goût d'amertume dans la bouche et au cœur. Jeanne-Laure avait rappelé sa mère. Elle avait peu parlé, comme pour contenir l'émotion qu'elle ressentait. « Maman, j'arrive, lui avait-elle dit. – C'est bien, ma grande », l'avait approuvée Annie Toussaint.

Et maintenant... Jeanne-Laure tourna à droite avant Saint-Maurice, emprunta la route du col de Buisson. Là, elle se sentait de nouveau chez elle. Son cœur battit un peu plus vite en apercevant les vignes. La maison, solidement plantée sur une butte, alternait murs de pierre sèche et volets d'une délicate couleur vert amande.

Le nom du domaine, « Le Voleur de temps », était toujours gravé sur une plaque en ferronnerie. C'était son arrière-grand-père, Gabriel, qui l'avait baptisé ainsi. Gabriel, le poète amateur de beauté et amoureux de ses vignes, qui s'était attaché à développer le domaine.

Jeanne-Laure rangea sa voiture sous l'auvent abrité par une haie de cyprès. Raffy, le colley, vint se frotter contre ses jambes. Elle se pencha, enfouit le visage dans son pelage soyeux. Et puis elle aperçut sa mère sur le seuil et ses dernières appréhensions s'évanouirent.

— Bienvenue chez toi, ma chérie, lui dit Annie Toussaint.

— C'est curieux…, s'étonna Jeanne-Laure à voix haute.

Elle n'avait rien oublié. Elle se revoyait, enfant, arpentant les vignes en compagnie de son père qui bougonnait pour la forme, affirmant que ce n'était pas la place d'une fille, mais finissait toujours par lui expliquer le pourquoi de chaque geste effectué.

Il y avait eu quelques instants de gêne lorsque la jeune femme était entrée dans la maison et s'était retrouvée face à son père. C'était la première fois qu'elle le voyait immobilisé. Le plâtre était impressionnant, ses traits tirés. Baptiste avait vieilli d'un coup. Jeanne-Laure oublia les rancœurs du passé lorsqu'il la serra contre lui avec force.

— Je suis heureux de te voir de retour au Voleur de temps, ma fille.

Ce n'était pas le moment de lui rappeler combien elle avait souffert de l'éloignement. Il fallait s'occuper du vignoble, reprendre le domaine en main, développer la politique de commercialisation, d'autant que le Voleur de temps avait obtenu son appellation d'origine contrôlée. Jeanne-Laure savait que son père rêvait de promouvoir sa production. Elle était fermement décidée à se battre.

Ludovic, le régisseur qu'elle avait toujours connu, était parti en retraite depuis un an. Baptiste ne l'avait pas remplacé.

— Que veux-tu, lui expliqua sa mère, personne ne trouvait grâce à ses yeux ! À croire qu'il attendait un miracle... De quel genre ? Il n'a jamais consenti à me le dire. Tu connais ton père...

Cette dernière remarque fut accompagnée d'un soupir éloquent. Oui, Jeanne-Laure connaissait son père, et pour cause ! Il lui avait légué son obstination, son amour de la vigne et son attachement à la terre. Dommage qu'il n'ait jamais voulu la reconnaître pour héritière...

Elle avait repris possession de sa chambre de jeune fille avec une facilité déconcertante. Nicolas l'avait appelée à deux reprises sur son portable.

« Tu me manques », lui avait-il dit d'une voix basse, un peu rauque. Elle n'avait rien répondu. Elle ne parvenait pas à lui expliquer ce sur quoi elle ne pouvait mettre de mots. L'appel de sa mère lui avait offert l'occasion de s'accorder une pause dans une existence qui ne la satisfaisait plus vraiment. Elle ne se sentait pas à sa place dans son travail d'enseignante. Après deux années passées à tenter de passionner ses jeunes élèves pour la littérature, elle avait perdu une bonne partie de ses illusions. Elle ne croyait plus en la fièvre communicative ni en l'amour des beaux textes partagé. De son côté, Nicolas traversait lui aussi une période difficile dans son agence de publicité. Enfin, c'était ce qu'elle avait déduit des quelques informations qu'il avait consenti à lui distiller au compte-gouttes. De son propre aveu, Nicolas appartenait à une famille de « taiseux », comme on disait dans ses Vosges natales. Il ne se livrait pas facilement, et encore moins lorsque cela allait mal !

Jeanne-Laure secoua la tête, comme pour chasser cette pensée. Elle avait trop à faire pour se soucier de Nicolas ! Elle devait terminer la taille, en fonction du vieil adage qui proclamait : « Taille tôt, taille tard, rien ne vaut la taille de mars. »

« Je te donne carte blanche, Jeannie », lui avait déclaré gravement son père. Vite, elle s'était détournée pour lui dissimuler son émotion. Pas question, en effet, de lui laisser voir à quel point elle avait besoin de son estime. Elle avait toujours été trop dépendante de son père.

À présent, elle se trouvait au pied du mur. Et elle était fermement décidée à lui prouver ce dont elle était capable.

Elle passa un gros pull, un jean, chaussa ses bottes qu'elle avait retrouvées à leur place dans le local à outils. Elle avait alors ressenti une impression bizarre, comme si tout le monde avait su, au Voleur de temps, qu'elle finirait par revenir.

Elle travailla toute la matinée dans les vignes. Le mistral avait chassé les nuages ; les silhouettes des Dentelles de Montmirail se découpaient sur le ciel d'un bleu irréel. Pendant ce temps, à Paris, Nicolas planchait sur un projet qu'il ne parvenait pas à élaborer. Du moins, c'était ce que Jeanne-Laure avait compris. Au cours des dernières semaines, son compagnon s'était encore davantage refermé sur lui-même. Ils s'aimaient pourtant. Alors qu'elle sombrait dans l'ennui après avoir passé plusieurs mois seule à Paris, Jeanne-Laure avait rencontré Nicolas chez des amis communs, originaires d'Avignon. Nicolas arrivait de Lyon, où il avait terminé ses études. Il avouait être possédé par une ambition forcenée. Il avait intrigué la jeune femme, séduite par sa silhouette juvénile qui contrastait avec son regard bleu mélancolique. Tous deux s'étaient revus, découvert de nombreux points communs. Comme Jeanne-Laure, Nicolas aimait l'opéra, les romans policiers et les peintres fauves. Leur amour s'était peu à peu imposé comme une évidence, même si Jeanne-Laure se refusait à tout engagement. Comme si, au fond d'elle-même, elle avait toujours su que son installation à Paris serait temporaire.

Jeanne-Laure se redressa, massa son dos endolori.

« Tu t'encroûtes, ma fille ! » se dit-elle. Elle contempla le ciel clair, traversé de rose. Le mistral s'était levé. Elle ne se rappelait pas à quel point il pouvait couper le souffle. Ses mains étaient gelées ; elle avait dû tailler trois cents pieds. Elle savait que son père, excellent tailleur, traitait cinq cents à six cents pieds par jour. Elle était loin de l'égaler !

Elle regagna le domaine à pas lents. Raffy se précipita à sa rencontre. Sa mère l'attendait dans la vaste cuisine aux meubles patinés par plusieurs générations.

— Je t'ai préparé du thé bien chaud, lui dit-elle en lui tendant une tranche de gâteau aux amandes.

— Merci. Comment va papa ?

Annie Toussaint fit la grimace.

— Il souffre beaucoup, et le mistral n'arrange rien. Il s'est endormi sous l'effet des médicaments.

Annie marqua un temps d'arrêt avant de poursuivre :

— Tu sais, entêté comme il peut l'être, il ne te l'avouera jamais, mais il est terriblement fier et heureux que tu sois revenue.

— C'est pourtant lui qui m'avait incitée à partir.

Il y avait une pointe d'amertume dans la voix de Jeanne-Laure. Annie soupira.

— Ton père cherchait à te protéger, ma grande. Le domaine demande beaucoup de travail pour un revenu aléatoire.

— Et, surtout, papa espérait toujours que Florian lui succéderait, glissa Jeanne-Laure.

Il y eut un silence. Annie effleura la main de sa fille.

— Tout cela appartient au passé, désormais. C'est peut-être le moment d'oublier.

« Mais après ? avait envie de crier Jeanne-Laure. Que se passera-t-il après ? » Au fond d'elle-même, elle avait peur de trop s'impliquer. Et, cependant, elle savait qu'elle ne pouvait s'occuper du Voleur de temps en dilettante. Le domaine exigeait d'elle une disponibilité totale. À ce prix seulement, elle aurait une chance de relever le défi que Baptiste lui avait lancé, de façon plus ou moins implicite. « Prouve-moi de quoi tu es capable, ma fille… »

Elle y était bien décidée.

— Jeannie ? C'est bien toi ?

La jeune femme qui venait de l'interpeller sur le marché de Vaison était vaguement familière, mais Jeanne-Laure ne parvenait pas à mettre un nom sur son visage.

— C'est moi, voyons ! reprit-elle. Nathalie. Nous étions ensemble à l'école de Sablet. Tu t'en souviens, tout de même ?

Elle paraissait si déçue que Jeanne-Laure se décida à lui donner l'accolade.

— Oui, bien sûr, acquiesça-t-elle, avant de s'écrier tout à coup : Oh ! ma pauvre Nathalie, ne crois pas que je t'ai oubliée. Je ne t'avais pas reconnue, voilà tout !

— Tu es restée partie trop longtemps. J'ai donc changé à ce point ?

Il y avait une pointe d'inquiétude dans la question de son ancienne camarade de classe. Jeanne-Laure esquiva.

— Nous avons toutes les deux tellement changé que je me demande comment diable tu as réussi à me reconnaître.

— Ta mère m'avait annoncé ton retour. Je t'ai donc cherchée, persuadée que tu ne raterais pas ton premier marché à Vaison.

— Tu penses ! Ça me manquait.

Chaque mardi, la petite ville du Haut-Vaucluse drainait une foule invraisemblable qui se pressait devant les étals. Produits du terroir, tissus provençaux, fruits et légumes, fleurs fraîches et séchées, vêtements, bijoux artisanaux se côtoyaient dans un aimable fouillis.

— Viens boire un café, proposa Nathalie en entraînant Jeanne-Laure vers une terrasse ensoleillée. Dis-moi, auras-tu assez de personnel pour les vendanges ?

— Il faut que j'en discute avec mon père.

Jeanne-Laure n'en dit pas plus. Elle n'avait pas l'intention de confier ses états d'âme à Nathalie. Pas pour l'instant. Il lui fallait du temps pour reprendre ses marques, trouver sa place au Voleur de temps. Sa place... C'était étrange. Depuis cinq ans, elle n'osait plus y croire.

Elle écouta Nathalie lui parler de sa vie. Elle produisait de l'olive avec son mari, Roland.

— Es-tu heureuse ? lui demanda Jeanne-Laure tout à trac.

Nathalie n'hésita pas.

— Heureuse ? Bien sûr ! Nous vivons au pays. Et figure-toi que j'attends un petit. Tu es la première à qui je le dis. En dehors de Roland, naturellement.

Il émanait d'elle un bonheur paisible. Brusquement, Jeanne-Laure se surprit à l'envier.

— Je suis heureuse pour toi, dit-elle, sincère.

Sa propre vie lui paraissait chaotique en comparaison. Pourquoi avait-elle toujours refusé de s'engager définitivement vis-à-vis de Nicolas ?

Parce qu'elle attendait autre chose de la vie ? Quoi, exactement ?

— Tu sais que la région bouge beaucoup, reprit Nathalie. Nos vins se vendent mieux. L'effet Peter Mayle, peut-être... Son livre, *Une année en Provence*, a connu un tel succès que les touristes sont nombreux à vouloir découvrir nos crus.

— Nous ne sommes pas le Luberon, pourtant.

— Ce n'est pas loin. Et puis nos vins sont les meilleurs, toi et moi le savons depuis longtemps !

Elles rirent toutes deux avec un bel ensemble.

— C'est bien que tu sois revenue, déclara gravement Nathalie.

Jeanne-Laure acquiesça d'un signe de tête.

« Pour combien de temps ? » avait-elle envie de répondre.

La jeune femme huma l'air du petit matin et poussa un soupir de bien-être. Les oiseaux l'avaient réveillée. Elle s'était levée aussitôt, comme son père avait coutume de le faire, s'était habillée et avait chaussé ses bottes afin d'aller parcourir ses vignes. « Ce ne sont pas les miennes », rectifia-t-elle.

Cette certitude lui donnait parfois l'envie de tout abandonner. Son père l'observait, elle le savait, et cela l'exaspérait. La prenait-il donc pour une incapable ? Mais alors, pourquoi avait-il fait appel à elle ?

Elle n'aimait pas ruminer ainsi alors qu'il eût été si agréable de marcher entre les rangées de ceps bien ordonnées. Son père avait toujours entretenu ses vignes de façon remarquable. Elle avait appris à aimer la terre en le regardant la travailler. Elle avait à peine cinq ans qu'elle accompagnait déjà Baptiste Toussaint au pied des Dentelles de Montmirail. Elle avait appris très jeune à surveiller le degré de maturité des grappes, à caresser du plat de la main les vieux galets venus de la Durance qui gardaient la chaleur du soleil pour la rendre au sol durant la nuit.

Le soir, elle rentra fourbue à la maison. Sa mère l'attendait dans la cuisine. Elle sourit lorsque Jeanne-Laure lui annonça que la vigne pleurait. N'était-ce pas le signe que la sève remontait ?

— Viens vite te réchauffer, lui proposa-t-elle. Le mistral est glacial ce soir. D'ailleurs, ton père a passé une très mauvaise journée. J'ai appelé le docteur Aubert.

— Je vais le voir.

— Bois quelque chose de chaud avant.

Baptiste somnolait sur la chaise longue installée dans son bureau, devant la cheminée. Jeanne-Laure s'éloigna doucement après avoir remonté le plaid sur ses épaules. Elle souffrait de voir son père, d'habitude si actif, ainsi contraint à l'immobilité.

Raffy vint poser la tête sur ses genoux après qu'elle se fut assise à la table.

— Tu n'as pas l'habitude de travailler aussi dur, remarqua sa mère.

Jeanne-Laure, piquée au vif, se redressa.

— Vous ne m'avez jamais laissée faire mes preuves, papa et toi ! Pour vous, le Voleur de temps ne pouvait revenir qu'à Florian. Point final.

Le visage d'Annie Toussaint s'altéra.

— Nous avons essayé de te protéger, Jeannie. Le travail de la vigne est rude, tu le sais. Ton père estimait que tu valais mieux que ça…

— Il n'a pas à décider à ma place ! se révolta Jeanne-Laure.

La blessure était toujours là. Intacte, malgré les apparences.

Sa mère soupira.

— Ma grande, c'est difficile d'élever des enfants. On espère pour eux le meilleur de la vie et, fatalement, on commet des sottises. Il ne sert à rien de nous en vouloir, tu sais…

C'était vrai. Jeanne-Laure ne devait pas se laisser submerger par l'amertume. L'arrivée du médecin l'empêcha de répondre. Le docteur Aubert avait vieilli. Il donna une affectueuse bourrade à la jeune femme.

— Jeanne-Laure, tu es belle comme un cœur ! Revenue au pays, c'est bien. Tu sais, il ne se passe pas une journée sans que ton père ne parle de toi.

Confuse, elle rougit. Sa mère s'empressa d'entraîner le médecin vers le bureau. Jeanne-Laure, indécise, s'immobilisa à la porte. Elle ne voulait pas se montrer indiscrète. En même temps, elle s'inquiétait au sujet de Baptiste. Elle n'avait jamais vu son père alité. Rude à la peine, aussi exigeant avec lui-même qu'avec les autres, il partait du principe qu'il ne fallait surtout pas « s'écouter », comme il disait. Forte de cet exemple, Jeanne-Laure avait pris le pli de ne rien laisser voir de ses états d'âme.

Elle resta sur le seuil de la pièce une vingtaine de minutes, tandis que le médecin procédait à un examen approfondi.

— Je vais devoir t'hospitaliser, Baptiste, annonça-t-il enfin en se redressant, le visage soucieux. J'ai bien peur que tu nous fasses une phlébite. Je dois procéder à toute une batterie d'examens complémentaires.

Au Voleur de temps, on détestait le mot « hôpital ». Baptiste Toussaint foudroya du regard son vieil ami.

— M'hospitaliser, comme tu y vas ! Chez nous, on reste au domaine jusqu'au bout. Tu ne peux pas te débrouiller ici ?

— Tu es plus entêté qu'une paire de mules ! soupira le médecin. Oui, je peux t'envoyer Valentin, l'infirmier, pour les prises de sang, mais tu n'échapperas pas à la radiographie. Je dois vérifier s'il n'existe pas de risque d'embolie pulmonaire.

Annie pâlit. Jeanne-Laure se rapprocha de sa mère, entoura ses épaules d'un bras protecteur.

— Ne t'inquiète pas, papa est solide, lui souffla-t-elle.

Elle voulait le croire. Pour se rassurer, elle aussi.

Au téléphone, la voix de Nicolas était lointaine. Jeanne-Laure força la sienne, comme pour tenter de se rapprocher de lui.

— Non, je ne peux pas revenir, répéta-t-elle avec une pointe d'impatience. Mon père a été hospitalisé à Carpentras. Il a tempêté si haut et si fort que notre médecin de famille a fini par se rendre à ses raisons et l'a laissé rentrer au domaine. Mais l'infirmier vient deux fois par jour lui faire ses piqûres d'anticoagulant.

— Comment t'en sors-tu ?

— Je ne sais pas, avoua-t-elle. Je n'ai même pas le temps de me poser la question. Nous avons eu de la pluie, trop de pluie, d'un coup. Je commence à comprendre pourquoi mon grand-père Gabriel accordait une telle importance aux variations du temps. C'est vital.

Il y avait eu un blanc. Nicolas s'était raclé la gorge.

— Tu es certaine de ne pas exagérer un peu ?

Elle résista au désir de répliquer vivement.

— Comment vas-tu, toi ? questionna-t-elle.

Nicolas éluda. Du travail, toujours, par-dessus la tête, et un projet qui piétinait. La routine, affirma-t-il avec une certaine désinvolture.

Jeanne-Laure raccrocha après lui avoir souhaité bon courage. Elle le sentait loin, terriblement. Et se demandait s'ils parviendraient jamais à combler le fossé qui les séparait.

Elle n'avait pas menti en disant qu'elle s'inquiétait beaucoup au sujet du vignoble. Elle avait à cœur de réussir les vendanges du Voleur de temps. Elle se l'était promis, pour rendre son sourire à son père qui se rongeait les sangs.

Malgré les efforts qu'il déployait pour faire bonne figure, Baptiste Toussaint ne parvenait pas à dissimuler son anxiété. Il avait investi dans du matériel moderne ; le domaine était lourdement grevé de dettes. « Nous n'avons pas le droit à l'erreur, petite, répétait-il à sa fille. Un seul faux pas et le vieux Valaurie met le grappin sur le Voleur de temps. »

Depuis qu'elle était enfant, Jeanne-Laure avait entendu parler de cette rivalité entre les deux familles. L'origine de la querelle était incertaine, comme souvent, et remontait à la période de la première guerre. Grand-père Gabriel, lui, savait. Et proclamait haut et fort que les Valaurie n'obtiendraient jamais une seule vigne du Voleur de temps. Cela faisait sourire Jeanne-Laure, alors. Elle avait appris à ignorer leurs voisins, à les considérer avec défiance. Parfois, elle se confiait à Nathalie, lui avouait en riant qu'elle ne se sentait pas le moins du monde concernée par ces vieilles histoires.

— Ma pauvre Jeannie, tu as beau prôner la tolérance, tu seras obligée de prendre parti un jour ou l'autre, lui répétait Nathalie, avant d'ajouter, avec un sourire complice : Après tout, tu es de ce pays, même si tu t'es exilée durant quelques années !

Précisément, c'était bien là le problème. Les années passées dans la région parisienne se diluaient dans sa mémoire, au point que Jeanne-Laure avait parfois l'impression de les avoir rêvées. Nicolas lui-même ne donnait de ses nouvelles que de loin en loin. La distance géographique ne favorisait pas les confidences, d'autant moins que Nicolas avait un caractère introverti. Cela faisait peur à Jeanne-Laure, mais elle n'avait pas le loisir de s'interroger à son sujet. De plus en plus souvent, elle se demandait ce qu'il allait advenir de leur relation. Nathalie, à qui elle avait parlé de son tourment, avait répondu avec son fatalisme habituel : « Ce qui doit arriver arrivera. Cela ne sert à rien de te ronger la rate, ma belle ! Pour l'instant, tu as d'autres soucis en tête ! »

Curieusement, l'état de dépendance dans lequel se trouvait Baptiste avait rapproché le père et la fille. Baptiste s'intéressait à ce qu'elle faisait. Jeanne-Laure se hasarda un soir à solliciter ses conseils. Il lui fit alors cette réponse qui la remplit de fierté : « Le Voleur de temps est ton domaine, à présent, ma fille. À toi de jouer ! » Elle s'était détournée pour dissimuler ses larmes. Baptiste ne pouvait lui faire plus beau cadeau !

À cet instant, pourtant, elle avait songé à son frère Florian. « Le jour où il reviendra, avait-elle pensé, tout sera remis en question. »

Sa lucidité lui faisait mal. Elle savait, pourtant, qu'elle avait raison.

Il arriva alors qu'une pluie aussi violente qu'inattendue tambourinait sur les feuilles des vignes. Jeanne-Laure était tendue. Quand elle reconnut sa Golf noire, elle s'élança dans la cour.

— Qu'est-ce que tu fais là ? lança-t-elle sans aménité.

Nicolas changea de visage. Elle nota avec un sentiment de culpabilité croissant qu'il avait maigri et avait mauvaise mine.

— Je peux repartir tout de suite, jeta-t-il d'une voix durcie.

Confuse, elle lui sauta au cou.

— Idiot ! Ce n'est pas ce que je voulais dire, tu le sais bien. J'étais tellement surprise...

— C'est moi qui ai invité Nicolas, annonça Annie en les rejoignant.

Jeanne-Laure, interloquée, se retourna vers sa mère.

— C'est une excellente idée, déclara-t-elle d'une voix contrainte.

Elle se sentait perdue. Le fait de ne pas maîtriser le cours des événements l'avait toujours déstabilisée. Cela faisait sourire Nicolas, au début de leur relation.

« Fais-moi confiance, lui disait-il. Tu peux t'appuyer sur moi. »

Ne s'était-il pas senti abandonné lorsqu'elle était partie pour répondre à l'appel de sa mère ?

— Jeannie, conduis donc Nicolas à la chambre à donner, intervint Annie. Il a fait une longue route, il doit avoir besoin de se reposer.

— Nicolas, se reposer ? On voit que tu le connais mal, maman ! C'est l'exemple même de l'hyperactif !

Annie soupira en levant les yeux au ciel.

— Eh bien, voilà qui nous promet des étincelles ! Nicolas, vous boirez bien un jus de fruit ?

Amusée, Jeanne-Laure l'observa tandis qu'il s'installait sous la treille. Elle reconnaissait avec émotion sa haute silhouette dégingandée, son sourire incertain, qui dissimulait sa timidité. Il rejeta ses cheveux en arrière d'un geste familier et elle eut envie de se glisser dans ses bras.

— Tu m'as manqué, murmura-t-elle.

Elle mesurait soudain à quel point leur séparation lui avait été douloureuse. En allait-il de même pour lui ? Tous deux étaient beaucoup trop orgueilleux pour le reconnaître.

Le visage de Nicolas s'éclaira.

— Ce fameux projet ? s'enquit-elle.

Il haussa les épaules.

— J'ai jeté l'éponge. L'ambiance était devenue irrespirable à l'agence. Le genre coups de poignard dans le dos. À partir du moment où Coster a parlé d'un fabuleux contrat avec les Américains, tout a basculé. De vieux copains comme Loubirac et Sorgues se sont entre-déchirés, c'en était lamentable ! Décidément, je ne dois pas être fait pour le monde de la publicité !

— Ne dis pas ça, voyons ! Tu aimes jouer avec les mots, les images. C'est ton domaine de prédilection.

De nouveau, il haussa les épaules. Son geste était empreint d'une telle lassitude que le cœur de Jeanne-Laure se serra.

— Viens, enchaîna-t-elle en l'entraînant vers le mas. Tu vas voir, ta chambre est superbe !

— Un vrai décor pour *Côté Sud* ! approuva Nicolas en découvrant les murs crépis, le lit en cuivre recouvert d'un boutis couleur de soleil, la table en bois de citronnier, le carrelage ancien réchauffé par un tapis rond en jonc de mer.

La fenêtre ouvrait sur les vignes.

— Tu es heureuse d'être revenue chez toi, remarqua Nicolas.

Ce n'était pas une question. Une simple constatation. Elle lui sourit.

— Ça se voit tant que ça ? C'est ce que j'ai toujours rêvé de faire, comprends-tu ?

Six mois auparavant, il avait refusé de comprendre, précisément. À présent, c'était différent.

Il ne chercha pas à l'embrasser. Elle s'efforça de lui cacher sa déception. Ils étaient restés trop longtemps séparés ; les retrouvailles risquaient de s'avérer décevantes...

Elle s'éclipsa pour le laisser s'installer, partit faire un tour dans ses vignes.

Une légère brise agitait les rosiers-sentinelles. Le Ventoux, bien dégagé après la pluie, promettait plusieurs jours de beau temps.

Jeanne-Laure, le sourire aux lèvres, contempla son domaine.

— Tu les aimes, nos vignes, déclara une voix familière derrière elle.

Elle se retourna vivement. Son père se tenait au bord du chemin. Il s'appuyait lourdement sur ses cannes anglaises.

— Papa ! s'écria Jeanne-Laure en se précipitant vers lui. C'est de la dernière imprudence. Le docteur Aubert t'a recommandé de ne pas franchir les limites de la cour.

— Aubert est un âne ! trancha Baptiste, péremptoire. Je sais encore de quoi je suis capable, non ? Et je tenais à admirer nos vignes.

« Il va mieux », pensa Jeanne-Laure. Elle s'en réjouissait, bien sûr, tout en se sentant menacée. Son père, en effet, n'affirmait plus que le Voleur de temps était son domaine. « Nos vignes », avait-il dit à deux reprises, comme s'il avait tenu à défendre des droits que Jeanne-Laure ne cherchait pas à lui arracher. Les phrases que Nicolas lui avait jetées au visage, plusieurs mois auparavant, lui revinrent en mémoire avec une acuité douloureuse. « Qu'est-ce que tu crois ? Que ton père va changer d'avis parce que tu voles à son secours ? Dès qu'il ira mieux, il te renverra à tes élèves et tu te retrouveras les mains vides. » Jeanne-Laure l'avait très mal pris. Pourtant, n'était-ce pas Nicolas qui était dans le vrai ? Elle avait assuré l'intérim. Dès que Baptiste irait mieux, il reprendrait en main le Voleur de temps.

Elle se détourna pour ne pas lui laisser voir son visage défait. La perspective de devoir céder la place la déchirait ; elle savait qu'elle était faite pour ce métier, pour cette vie et pour aucune autre. Pourquoi donc son père ne parvenait-il pas à le comprendre et à l'accepter ?

Elle s'éloigna à grands pas, sans vouloir écouter Baptiste qui criait :

— Jeanne-Laure ! Reviens ! Il faut qu'on parle, tous les deux...

— Il faudrait...

Nicolas s'interrompit. Jeanne-Laure l'encouragea d'un sourire. Elle connaissait bien cet éclat soudain qui faisait briller ses yeux gris-vert, cette fébrilité dans sa voix.

Il prit la bouteille, l'éleva dans la lumière.

— Vous disposez d'un atout inestimable, reprit-il à l'adresse de Baptiste. Le nom de votre domaine, le Voleur de temps... Imaginez-vous le potentiel ? La plupart des publicitaires se damneraient pour trouver un nom pareil.

Baptiste Toussaint plissa les yeux.

— Eh bien, qu'attends-tu donc, mon garçon, pour nous faire la démonstration de ce que tu avances ? Je suis curieux de voir ce que tu peux faire.

C'était la première fois qu'il tutoyait Nicolas. Jeanne-Laure, amusée, se dit qu'il l'appréciait peut-être. Comment savoir, avec son père, si rude à la peine, si avare de confidences ?

Nicolas redressa la tête.

— Je relève le défi, déclara-t-il gravement.

À cet instant, Jeanne-Laure comprit qu'il allait rester au Voleur de temps. Elle s'en réjouit, sans toutefois parvenir à se défendre d'un sentiment diffus d'inquiétude. Elle n'aimait pas l'idée de dépendre du bon vouloir de Baptiste. Elle avait trop longtemps souffert de ses idées arrêtées, de son entêtement.

Un peu plus tard, elle essaya d'expliquer à Nicolas ce qu'elle ressentait, alors que tous deux discutaient dans le chai voûté. Il secoua la tête, avec un soupçon d'irritation.

— Je sais tout cela. Pour résumer, nous jouons aux funambules sur une corde raide. Mais, en même temps, ce défi me passionne. Je suis certain qu'on peut réaliser une opération fantastique avec le vin de ton père.

« Le vin de ton père... » Avait-il conscience, ce disant, de lui infliger une cruelle blessure ?

Il remarqua l'expression de douleur sur son visage, l'attira contre lui.

— Oh ! Laurie, ma chérie, ce n'est pas ce que je voulais dire. Enfin, tu l'as peut-être mal interprété. C'est le vin de ta famille, le tien comme celui de ton père, de ton grand-père...

— Et de mon frère, conclut Jeanne-Laure d'une voix mate. Même si Florian ne s'y est jamais vraiment intéressé.

Elle détestait se sentir ainsi, amère et injuste. Elle rejeta les épaules en arrière, comme pour repousser, loin, le fardeau de ses soucis.

Nicolas se pencha pour l'embrasser. Elle détourna la tête.

— Il faut que j'aille à Suze-la-Rousse, dit-elle.

Le fossé entre eux était palpable. Comment Nicolas aurait-il pu partager ce qu'elle éprouvait ? Il n'était pas né au Voleur de temps. Elle s'efforça de lui sourire.

— Désolée, Nicolas. Je n'ai rien contre toi. C'est seulement… Une vieille histoire entre mon père et moi.

Il lui pressa l'épaule.

— Je crois que je comprends, tu sais, même si je ne suis pas de cette terre. Et je persiste à dire que nous vendrons très bien ton vin.

Cette fois, il avait insisté sur le pronom possessif. Jeanne-Laure ne répondit pas. Elle avait peur.

L'orage éclata en fin de journée, au terme d'un après-midi particulièrement lourd.

— Oh non ! gémit Jeanne-Laure en entendant les grondements de tonnerre se succéder à un rythme soutenu.

Elle avait reculé la date des vendanges dans le but d'obtenir un vin à la personnalité plus marquée. « Tu joues à la roulette russe, lui avait reproché son père. Moi, à ta place... » Elle s'était retournée vers lui, avait répliqué d'une voix coupante : « Mais tu n'es pas à ma place. Tu m'as donné carte blanche, rappelle-toi... » Le père et la fille s'étaient affrontés du regard en présence d'Annie, impuissante. Baptiste avait fini par céder, à contrecœur. « Ma foi, si tu te trompes, tu seras la seule responsable ! »

À cet instant, elle avait éprouvé une folle envie de les planter là, lui et son vignoble, et de s'en aller, loin. Si seulement elle avait été moins attachée au Voleur de temps... Si Nicolas n'était pas venu la rejoindre... Elle se sentait prisonnière et détestait ce sentiment.

Elle était restée, cependant. Et, à présent, tandis que les coups de tonnerre se répercutaient dans la montagne, elle regrettait amèrement son obstination.

Elle courut dans les vignes. Une pluie drue lui fouettait le visage. Les éclairs zébraient le domaine. La foudre tomba, toute proche. Jeanne-Laure hurla. Elle fut soulagée de découvrir Nicolas à ses côtés.

— N'aie pas peur, lui recommanda-t-il en entourant ses épaules d'un bras protecteur.

Elle tourna vers lui un visage baigné de larmes.

— Mes premières vendanges... C'est trop injuste ! Je me suis trompée, moi qui croyais, qui espérais produire un vin exceptionnel.

Nicolas la secoua sans ménagement.

— Cesse donc de gémir ! Tu as plus de cran d'habitude. Ton vin n'est peut-être pas perdu. Attendons demain…

Elle leva les yeux vers le ciel couleur d'encre.

— S'il ne grêle pas, nous aurons beaucoup de chance.

Elle avait dit « nous », sans même en avoir conscience. Nicolas la serra contre lui sans se soucier de la pluie qui continuait de tomber.

— Tu verras, nous sauverons ta récolte.

Elle voulait y croire. Le baiser qu'ils échangèrent avait un goût de larmes et de défi.

Il arriva fin septembre, alors que les vendanges battaient leur plein. Il avait beaucoup changé, mais Jeanne-Laure le reconnut tout de suite.

— Le voyageur sans bagages, ou presque, dit-il en désignant le sac de marin jeté sur son épaule.

Il observa sa sœur avec attention.

— Les vignes te vont bien, dit-il, sans poser de question quant à sa présence sur le domaine.

Elle inclina la tête. Sa gorge était horriblement serrée.

— Viens voir papa, se contenta-t-elle de suggérer.

Des querelles homériques avaient opposé le père et le fils, autrefois. Florian paraissait désormais plus calme.

— Tu te débrouilles bien, on dirait.

— Nous avons eu très peur avec les orages de début septembre. Finalement, nous avons eu beaucoup de chance. Nous n'avons même pas été inondés. En revanche, du côté de Sainte-Cécile, Tulette, Bollène, la catastrophe est générale.

— Moi, tu sais, les vignes…, fit Florian avec un haussement d'épaules.

— Pourquoi es-tu revenu, dans ce cas ? eut-elle le cran de lui demander.

Il ne répondit rien. Pourtant, il fallait bien que l'abcès éclate. L'incertitude lui rongeait le cœur. En même temps, elle avait peur de lui poser la question cruciale. Quelle serait sa réaction ?

Elle se contenta donc de l'accompagner jusqu'au bureau de leur père. Baptiste Toussaint pâlit brutalement en apercevant son fils sur le seuil.

Jeanne-Laure s'éclipsa. Elle ne pouvait pas se confier à Nicolas qui était parti chercher ses étiquettes dans une imprimerie d'Orange. Elle ne voulait pas importuner sa mère, risquer de troubler la joie des retrouvailles avec Florian. Sifflant Raffy, elle s'éloigna en direction des vignes.

Jeanne-Laure leva son verre, savoura le vin, couleur grenat, aux arômes forts et corsés du Voleur de temps avant de chercher des yeux la silhouette trapue de son père. Il la rejoignit sur la terrasse alors qu'elle reposait son verre.

— Il a du corps, et un supplément d'âme. C'est un vin qui aurait plu à grand-père Gabriel.

Il n'en dirait pas plus ; elle le savait. C'était déjà beaucoup. Depuis que Florian avait déclaré à son père que le vignoble ne l'intéressait pas, Jeanne-Laure avait le sentiment d'être à sa place, enfin. Du bon vin, elle était fermement décidée à en produire chaque année. Elle se sentait assez heureuse, avec Nicolas à ses côtés, pour relever le défi.

Son vin serait puissant, d'une force communicative. Il aurait aussi un côté charnel, parce que c'était un vin fait par une femme.

Depuis le temps qu'elle en rêvait...

## Couleur lavande

Thibaut marqua une hésitation, caressa de la main le crépi doucement patiné du mas de l'Olivier avant de tirer les volets d'un geste décidé, presque brutal.

Dans sa tête résonnaient, obsédantes, les paroles d'une chanson qu'il venait d'entendre à la radio.

> *Fermer les volets [...]*
> *Oublier qui tu étais*
> *Et ne plus jamais avoir peur* [1].

« C'est tout à fait ça », se dit-il, le cœur étreint d'un horrible sentiment d'échec. Tout l'hiver, il avait espéré que leur retour au mas de l'Olivier

---

1. Extrait de la chanson *Le Canoë rose* de Viktor Lazlo, Polydor, 1986.

aiderait Elsa à surmonter son mal et, finalement, il devait s'avouer qu'il n'en était rien.

Il fit le tour de la vieille demeure et vérifia qu'ils n'avaient rien oublié. Il était décidé à mettre en vente le mas ; il ne voulait plus y revenir. Elsa et lui y avaient trop de souvenirs. Toute une vie...

Réfugiée à l'intérieur de leur voiture, Elsa donnait l'impression de dormir. Il n'en était rien. Ses yeux grands ouverts ne remarquaient plus la beauté du paysage.

C'était elle pourtant qui, la première, était tombée sous le charme de ce village de la Drôme provençale évoquant la Toscane.

Ils avaient longtemps loué le mas de l'Olivier avant de l'acquérir. L'année où ils en étaient devenus propriétaires, ils avaient organisé une grande fête pour leurs amis. Elsa avait accroché des lanternes vénitiennes aux branches basses des chênes verts, disposé des brassées de genêts dans des pots en terre de Dieulefit. Ils avaient dîné dehors, sous la charmille. En face du mas, le clocher du vieux village se détachait sur le ciel, couleur lavande, au soleil couchant. Ils avaient beaucoup ri, cette année-là. Elsa n'avait que trente-quatre ans et espérait encore avoir un enfant. Elle avait joué du piano, longuement, alors que le jour baissait.

Son amie Pénélope chantait à ses côtés. Elle avait lancé l'idée de fonder une communauté d'artistes dans ce pays de soleil et de fruits. Pénélope faisait toujours des suggestions extravagantes. Elsa l'aimait beaucoup. « Elle m'amuse », confiait-elle à Thibaut avec son délicieux sourire.

La première fois qu'il avait rencontré Elsa, Thibaut était tombé amoureux de son sourire. Elle dessinait, assise sur une chaise pliante, dans le parc de Versailles. Thibaut s'était arrêté, avait jeté un coup d'œil par-dessus son épaule. « Oh ! pardon. Je suppose que ce doit être irritant, tous ces curieux qui se permettent de vous regarder travailler, s'était-il excusé, confus, avant d'ajouter : Mais ça a été plus fort que moi. » Elle s'était retournée vers lui et avait souri. « Cela ne me dérange pas. »

Sa voix allait bien avec son sourire. Douce et chaleureuse. Elle était ravissante avec ses yeux gris en amande, son petit nez retroussé et son menton décidé. Des cheveux mousseux, dorés, encadraient un charmant visage en forme de cœur. Il l'avait aimée aussitôt. C'était aussi simple que cela !

Ils s'étaient mariés très vite. La France d'après-guerre avait soif de vivre. Thibaut occupait un poste à responsabilités dans l'administration. Il était heureux de choyer sa délicate jeune femme qui jouait du piano aussi bien qu'elle dessinait. Ils s'aimaient.

Thibaut consulta sa montre. La chaleur montait déjà. « Inutile de s'attarder au mas », pensa-t-il en éprouvant l'impérieuse nécessité de tailler dans le vif. Il ferma la porte et mit la clef rouillée dans sa poche. Il se pencha pour parler à Elsa, toujours réfugiée à l'avant de leur voiture.

Quelles angoisses irraisonnées la faisaient donc tant souffrir maintenant ? Parfois, à l'approche de la nuit, elle se mettait à gémir et à crier avant de sombrer dans une léthargie inquiétante. Le médecin qui avait diagnostiqué la maladie d'Alzheimer tant redoutée avait prévenu Thibaut, un jour viendrait où il ne pourrait plus assumer seul la charge d'Elsa.

Pour l'instant, il parvenait à se débrouiller, bien que le poids de sa lassitude et de sa solitude l'accablât de plus en plus souvent.

— Je suis bien, dit Elsa.

Chaque fois qu'elle lui adressait la parole, Thibaut avait l'impression qu'elle ne le voyait pas. Il lui tapota la main avec tendresse tout en se disant que c'était plutôt lui qui avait besoin d'être réconforté.

Il fit le tour de la voiture, marcha jusqu'au portail. Les vignes, gardées par des rosiers postés en sentinelles, ondulaient doucement sous la légère brise qui rendait la chaleur un peu plus supportable.

Valérie, leur plus proche voisine, cueillait du tilleul dans la cour de sa ferme. Elle se retourna sur son échelle et sourit à Thibaut qui s'approchait d'elle.

— Bonjour, lança-t-elle avant de descendre les premiers barreaux.

— Non, Valérie, ne vous dérangez pas, je vous en prie !

Thibaut avait le visage tendu. Un drôle de tic agitait sa paupière droite.

Valérie eut mal, tout à coup, pour cet homme discret et pudique qui n'aimait pas parler de ses soucis.

— Laissez-moi tout de même vous dire au revoir ! protesta-t-elle. C'est bien aujourd'hui que vous partez, n'est-ce pas ?

Thibaut hocha la tête. Vus du haut de l'échelle, ses cheveux blancs commençaient à se clairsemer. Il paraissait âgé et fragile. De nouveau, le cœur de Valérie se serra. Pendant combien de temps encore pourrait-il tout assumer ?

— Je voulais vous dire...

Thibaut baissa la tête.

— Enfin... Nous avons été ravis, Elsa et moi, de vous avoir pour voisins durant toutes ces années. Je peux vous confier la clef du mas ? L'agence immobilière vous contactera avant de le faire visiter aux acheteurs éventuels. Dites bien à Romain...

La voix de Thibaut se brisa. Il reprit, un ton plus bas :

— Dites bien à Romain que j'appréciais beaucoup le vin de sa vigne. Elsa aimait à répéter que nous avions tout ici : les oliviers, les vignes, le soleil et de merveilleux amis. Tout...

Valérie, d'un bond, sauta au bas de son échelle.

— Vous reviendrez, n'est-ce pas, Thibaut ? Avec Elsa, bien sûr. Il faut me le promettre. Vous avez trop de souvenirs, ici...

Thibaut secoua la tête. Il semblait très las.

— Les souvenirs n'existent plus, ma pauvre Valérie. Trop fragiles, trop fugaces... D'ailleurs, Elsa n'a-t-elle pas choisi de tout oublier ?

Valérie protesta avec force :

— Elsa n'a rien choisi du tout et vous le savez fort bien !

Confuse, elle regretta tout de suite son éclat. Elle aurait tant voulu aider le couple.

— Je ne sais plus rien, avoua Thibaut d'une voix très basse.

Il redressa les épaules aussitôt après, comme s'il se reprochait cette brève défaillance.

— Nous ne reviendrons plus, jeta-t-il d'un ton définitif. Cela vaut mieux pour Elsa. Il lui faut un environnement stable. Elle doit subir des examens à intervalles réguliers. À Paris, ce sera plus simple.

— Peut-être…, fit Valérie.

Elle restait persuadée que ce dont Elsa avait le plus besoin, c'était de l'amour de son mari. Tant que tous deux resteraient ensemble… Elle le regarda sans parvenir à articuler une parole. Elle aurait voulu trouver les mots pour exprimer ce qu'elle ressentait.

Houri, sa chienne, vint frotter sa tête contre le genou de Thibaut en une caresse familière. Il se pencha pour flatter le berger allemand.

— Nous penserons à vous, dit-elle platement, réprimant une furieuse envie de pleurer.

Thibaut inclina la tête et glissa la clef du mas dans la main de Valérie avant de s'éloigner à grands pas.

Elle s'aperçut alors qu'elle tenait un brin de tilleul serré entre ses doigts. Elle aurait voulu l'offrir à Thibaut, pour Elsa, en guise de souvenir de ces années passées au mas de l'Olivier.

Mais Elsa avait tout oublié. Même combien Thibaut et elle s'aimaient… Valérie s'essuya les yeux, d'une main rageuse.

— Tu n'as pas trop chaud, ma douce ?

C'était plus fort que lui… Même si elle n'y prêtait plus attention, Thibaut ne pouvait s'empêcher d'user de ces petits mots tendres qui avaient tissé un merveilleux réseau d'amour entre eux deux durant tant d'années.

Elsa tourna la tête vers lui, le gratifia de ce regard vide, un peu étonné, qui lui donnait envie de hurler sa peur et sa révolte.

— Il fait très beau, dit-elle en se laissant aller contre l'appuie-tête et en fermant les yeux.

Thibaut n'avait plus qu'une chose à faire. Il démarra brutalement, s'interdisant de regarder dans le rétroviseur. Cependant, il ne put s'empêcher de jeter un coup d'œil en arrière lorsque la voiture se rapprocha du premier virage. Il aperçut un toit de tuiles décolorées par le soleil, un morceau de volet d'un délicat ton de vert.

À soixante-huit ans, Thibaut Lestrange était toujours amoureux fou de la femme assise à ses côtés et dont la mémoire s'effilochait. Pourquoi avait-il si peur ? Ils avaient été tellement heureux ensemble… Il devait bien exister un espoir !

Il secoua la tête. Il croyait donc encore aux miracles, à son âge ? Pauvre fou !

Il marqua une hésitation à la sortie de Nyons, finit par obliquer à droite. N'avaient-ils pas tout leur temps ? Personne ne les attendait.

Il décida de ne pas emprunter l'autoroute et de profiter encore une fois de ces paysages si changeants qu'ils aimaient tant.

Elsa et lui avaient parcouru à pied, à vélo puis, l'âge venant, en voiture, une bonne partie de ces routes et de ces chemins. Elle avait alors une prédilection particulière pour la route de Dieulefit où elle aimait installer son chevalet.

Elle ne touchait plus à ses pinceaux à présent. Chaque fois que Thibaut avait sorti son matériel, elle était restée docilement assise sur une chaise pliante à contempler la toile vide, croisant et décroisant ses mains. Le cœur déchiré, il avait fini par se résoudre à tout ranger.

Lorsque la maladie s'était déclarée, il avait lutté, de toutes ses forces, persuadé qu'il parviendrait à la sauver.

Il avait emmené Elsa à la galerie des Offices de Florence, à Giverny et à Amsterdam. Il lui avait semblé qu'en réveillant ses émotions d'artiste, il parviendrait à enrayer la progression du mal. Il s'illusionnait.

Désormais, il était sans espoir. Le cœur vide, lui aussi.

Muette à ses côtés, Elsa ne bronchait pas. Ils traversèrent Rousset-les-Vignes dans un silence morne. Thibaut accéléra, bien que la route fût assez dégradée à certains endroits. Le paysage, déjà, se modifiait. Ce n'était plus tout à fait la Provence, pas encore le Dauphiné. Et pourtant... Son cœur se serra lorsqu'il aperçut les premiers champs de lavande dévalant des collines boisées vers la route.

Il s'étonna d'avoir oublié qu'au début du mois de juillet, la lavande s'offrait dans toute sa splendeur, en longues coulées violettes, s'opposant au vert profond des bois. Quelques champs de tournesols ajoutaient la touche finale à cette palette naturelle.

Il arrêta la voiture un peu avant la Roche-Saint-Secret, le long d'un champ de lavande. Elsa n'avait pas bougé. Remarquait-elle seulement quoi que ce soit désormais ?

— Viens faire quelques pas, ma chérie, proposa-t-il en saisissant sa main.

Elle lui obéit docilement, sans se départir de ce regard vide qui le mortifiait et lui donnait envie de hurler.

« Nous ferions mieux de repartir », pensa-t-il, le cœur étreint d'une colère sourde. Dirigée contre il ne savait quoi. Le destin, peut-être ?

— Oh ! fit soudain Elsa en se baissant.

Elle cueillit plusieurs brins de lavande, les huma à longs traits, comme enivrée de leur parfum. Elle tourna alors un visage radieux vers Thibaut.

— La lavande...

Elle avait articulé ce mot avec difficulté, se concentrant visiblement pour y parvenir, avant de poser cette question qui acheva de désarmer son mari :

— Tu te rappelles ?

Thibaut plongea son regard dans les yeux gris d'Elsa qui ne se dérobèrent pas.

— Nous venions souvent par ici, reprit-elle avec vivacité. Tu me disais toujours que j'aimais trop la lavande. Moi, je riais...

De nouveau, elle huma les brins qu'elle tenait.

— Qu'est-ce qui se passe, Thibaut ? On dirait que tu as croisé un fantôme !

— Ce n'est rien, ma chérie. La chaleur, certainement...

Il la serra contre lui avec passion, puis, tenant son visage contre le sien, questionna d'une voix vibrante :

— J'ai seulement besoin que tu me dises si tu m'aimes.

— Bien sûr, que je t'aime !

Il y avait tout à coup un soupçon d'inquiétude dans ses yeux gris.

« Ne me laisse pas ! eut envie de crier Thibaut. Si tu m'aimes comme je t'aime, ne retourne pas dans ta nuit ! »

Mais il savait que, ce faisant, il aggraverait le trouble et le sentiment d'insécurité d'Elsa. Il se contenta donc de l'embrasser avec ferveur, priant pour que cette embellie dure le plus longtemps possible.

— Nous reviendrons, n'est-ce pas ? questionna Elsa d'une voix incertaine en pressant la lavande contre son visage.

Thibaut marqua une hésitation avant de remonter dans la voiture. Il embrassa d'un regard le paysage d'une beauté irréelle et le visage rayonnant d'Elsa. Dans son esprit se bousculaient des images du vieux mas, superposées à celles de la détresse de Valérie.

— Oui, nous reviendrons, répondit-il enfin.

Et il se détourna très vite pour qu'Elsa ne remarque pas les larmes qui ruisselaient sur ses joues.

## Courir contre le vent

Elle avait pris la route après avoir confié les clefs de la maison à l'agence immobilière. Elle ne voulait plus y revenir. Jamais. Seule Jocelyne aurait pu la comprendre. Mais son amie se trouvait à des milliers de kilomètres, au beau milieu de l'Australie. Elle n'avait pas été là pour l'épauler au moment du drame. Qui aurait pu le faire, d'ailleurs ?

Marion avait serré les dents sur sa honte, son désespoir et sa révolte. Faire face. Cet impératif l'avait aidée à tenir.

Elle avait tout vendu, donné ce qui ne pouvait l'être aux chiffonniers d'Emmaüs. Elle avait vidé la maison de façon méthodique, refusant de s'attarder sur les souvenirs que différents objets évoquaient.

Dieu merci, Adeline était trop petite pour prendre conscience de ce qui se passait ! Marion avait choisi ses mots pour lui expliquer qu'elles allaient vivre une aventure merveilleuse, elle ne savait encore où, toutes les deux.

— Avec Monsieur le Chat ? avait glissé Adeline.

Marion s'était penchée, avait serré sa fille contre elle avec emportement. Sa fille, son amour. Pour elle, elle se sentait de taille à lutter contre tous les démons du passé.

— Bien sûr, ma chérie. Comment pourrions-nous partir sans lui ?

Monsieur le Chat était une véritable merveille. Félin aristocratique de la race des persans, il avait une fourrure épaisse, couleur sable, les pattes vison et une sorte de loup sombre autour de ses yeux bleu pâle. C'était Jérémie qui l'avait offert à Marion avant ce qu'elle avait résolu de nommer pudiquement « les événements ». Pour cette raison, il lui était doublement cher.

Elles avaient donc emmené Monsieur le Chat ainsi que trois valises, et le matériel de peinture de Marion. C'était fou, quand on y pensait… Comment avait-elle réussi à faire tenir dix ans de sa vie dans trois valises ? Adeline serrait contre elle Faby, son doudou élimé, et Monsieur le Chat trônait sur la plage arrière. De temps à autre, il venait s'enrouler autour du cou de Marion comme pour lui dire : « Ne t'inquiète pas. Je suis là. Je ne t'abandonnerai jamais, moi. »

Était-elle stupidement sentimentale ? La présence de Monsieur le Chat lui donnait de la force et du courage.

Elles avaient roulé toute la journée. Parties de Langres dans un brouillard tenace, elles avaient trouvé le soleil à Montélimar. Un soleil insolent dans le ciel bleu dur de février, comme un défi.

Adeline avait commencé à s'agiter durant la traversée de Vaison-la-Romaine. Elle avait faim, soif, sommeil. Et, surtout, terriblement besoin d'un câlin pour évacuer toute la tension accumulée au cours des dernières semaines. « Attends, ma puce, lui avait recommandé Marion. Je ne peux pas m'arrêter tout de suite mais dans la prochaine ville, promis. » C'était ainsi qu'elle avait trouvé une place de parking sur le cours de Malaucène. La petite ville fortifiée située au pied du Ventoux possédait un charme paisible, rassurant. La mère et la fille avaient bu un thé et une tasse de chocolat à une terrasse, alors que le soleil déclinait lentement.

— Vous avez de la chance, leur annonça le serveur comme s'il leur faisait part d'une nouvelle exceptionnelle. Le mistral s'est assagi durant la journée. Hier, vous n'auriez pas tenu ici plus de deux minutes !

Il avait fallu expliquer à Adeline en quoi consistait le mistral, ce vent venu du nord, « le maître », en provençal, qui se renforçait à partir d'Orange.

La petite fille avait plissé ses yeux clairs, étonnamment semblables à ceux de Monsieur le Chat.

— Je veux voir le mistral !

Le serveur avait souri.

— Le voir, ce n'est pas le plus facile. En revanche, tu le sentiras et tu l'entendras si tu restes quelques jours ici. Le mistral est inséparable de la Provence. Sans lui, pas de soleil.

— Maman, on peut rester ? avait demandé Adeline, pleine d'espoir.

C'était ainsi que tout avait commencé. Ou plutôt recommencé.

Dominique, le serveur, leur avait parlé d'une maison à louer. Marion, hésitante, avait eu un véritable coup de cœur pour la maison de village bâtie tout de guingois. Deux atlantes supportaient un balcon ouvragé. À l'intérieur, trois niveaux se succédaient. L'ensemble avait besoin d'un bon lessivage mais les meubles provençaux étaient beaux et chaleureux et les rideaux en indienne créaient une atmosphère surannée.

Sans trop savoir comment, Marion s'était retrouvée en train de signer le bail de la maison. « Elle s'appelle la Prieuresse », lui avait indiqué le notaire. Marion n'avait pas jugé bon de lui expliquer qu'elle ignorait si elle pourrait payer le loyer jusqu'à la fin de l'année. C'était le genre de détails auquel elle préférait ne pas penser.

Finalement, elle avait eu raison car, deux semaines après leur installation, elle avait déniché un travail. Cela s'était fait de façon soudaine, alors que Marion se trouvait dans une agence immobilière de Vaison. Elle avait résolu de démarcher les différentes entreprises ainsi que les commerces de la région. Une jeune femme brune l'avait reçue. Elle était souriante mais paraissait débordée.

— Vous savez vous débrouiller avec un télécopieur et maîtrisez le traitement de texte ? Oui ? C'est le Ciel qui vous envoie ! Je vous laisse la boutique, ma chère, je dois faire visiter un appartement à des clients potentiels. Je serai de retour dans une bonne heure et demie !

— Mais..., avait balbutié Marion, éberluée, vous ne me connaissez pas, vous ignorez jusqu'à mon nom...

La jeune femme avait balayé ses objections d'un geste désinvolte de la main.

— Question de confiance ! Je sais que vous êtes quelqu'un de bien, voilà tout. Mon intuition ne m'a jamais trompée. Ciao !

« Quelqu'un de bien... » Cette remarque avait réconforté Marion. Tout n'était donc pas perdu ?

Au fil des jours, elle s'était liée d'amitié avec Isabelle, la jeune femme brune. Celle-ci avait repris l'agence de son père, parti en retraite sur les hauts de Menton. Le marché de l'immobilier était en pleine expansion dans la région de Vaison. Sans le savoir, Marion était arrivée à point nommé pour assister Isabelle. Ce nouveau travail lui avait plu d'emblée. D'abord parce qu'il lui permettait de ne pas remâcher sans cesse ses problèmes. Ensuite parce qu'elle s'entendait fort bien avec Isabelle et que celle-ci avait accepté sans problème d'aménager ses horaires. Le matin, Marion déposait Adeline à l'école de Malaucène avant de parcourir la dizaine de kilomètres la séparant de Vaison. Une voisine, Appolline, s'était proposée pour garder la petite fille à la sortie de l'école, solution qui les ravissait toutes les deux. Adeline était aux anges de découvrir ce que pouvait être la tendresse d'une grand-mère, elle qui ne connaissait pas les siennes, et Appolline, une charmante vieille dame à l'accent chantant, ne se privait pas de gâter la petite fille.

Monsieur le Chat lui-même acceptait de venir faire un tour dans la maison d'Appolline, sans arborer cet air suprêmement condescendant qu'il réservait d'ordinaire aux étrangers.

Lentement, Marion et Adeline s'intégraient à la vie de la petite ville. Marion se surprenait à rêver. Elle avait eu raison de partir, de fuir. Ici, personne ne les connaissait ; elles entamaient une page vierge. Loin de l'ombre de Jérémie.

L'été survint, chaud et lourd. Adeline avait pris un teint couleur d'abricot. Elle riait plus souvent, s'était liée avec deux autres petites filles. Toutes trois se réunissaient fréquemment. Lorsqu'elle surprenait l'écho de leurs chuchotements et de leurs fous rires, Marion se sentait heureuse.

La Prieuresse possédait une terrasse dallée, abritée du mistral par un muret surmonté de canisses. Sur une table de fer qu'elle avait repeinte en vert amande, à l'ombre de la treille, Marion dessinait ou réalisait des aquarelles délicates.

Appolline leur faisait découvrir la flore du Ventoux. Le plateau de Sault recouvert à l'infini de lavande avait arraché des cris de joie à la petite fille. « C'est beau ! » répétait-elle en enfouissant son visage dans les touffes de lavande. C'était Appolline, toujours, qui leur avait appris à tresser des fuseaux de lavande entrelacés de rubans.

Marion et Adeline apprivoisaient tout doucement le bonheur.

Au cours d'une de leurs promenades, alors que Marion dessinait à grands traits une esquisse de paysage, une ombre s'intercala entre le soleil et elle. Elle releva la tête, croisa un regard très clair, semblable à celui d'Adeline et de Monsieur le Chat.

— Bonjour, lui dit l'inconnu.
— Bonjour, répondit-elle.

Elle n'avait pas envie de parler ; il s'en rendit compte tout de suite. Il s'assit cependant à ses côtés sur un rocher.

— Je peux jeter un coup d'œil ? Je n'aime pas, d'ordinaire, poser cette question mais vous paraissiez si inspirée, je dirais presque habitée, que je n'ai pas pu résister.

Il avait un visage ouvert, une voix posée. Marion lui tendit son carton à dessin sans réticence.

— Je suis seulement un amateur, dit-elle, comme pour s'excuser.

Il plissa les yeux.

— J'aime bien le mot « amateur ». Littéralement, « celui qui aime ». La passion, l'amour de son métier, voilà le vrai moteur...

Elle se troubla, parce que sa dernière phrase lui rappelait des souvenirs désagréables. Jérémie avait été passionné, lui aussi. Tout cela pour quoi ?

— Je m'appelle Gabriel, Gabriel Lafarge.

— Marion, répondit-elle simplement, sans préciser son nom.

Appolline et Adeline venaient de les rejoindre. Marion les laissa faire la conversation avec Gabriel, se replongea dans son dessin. Les échos de la discussion menée à bâtons rompus lui parvenaient mais elle n'y prêtait qu'une attention distraite. Elle voulait achever son esquisse avant que les ombres ne s'allongent. Aussi fut-elle surprise de voir que Gabriel était toujours là lorsqu'elle releva enfin la tête. Il racontait des légendes du Ventoux à Adeline et sa fille riait aux éclats. Il y avait trop longtemps que sa petite fille n'avait pas ri ainsi, pensa Marion.

Il les raccompagna jusqu'à leur voiture. Lui-même était venu à vélo.

— J'organise des ascensions nocturnes du Ventoux, confia-t-il à Marion. Je suis sûr que cela vous plairait.

Elle n'aimait pas que l'on prenne des décisions à sa place. Elle détestait cela, même, depuis l'époque où Jérémie lui répétait : « Ne t'inquiète pas. Je gère la situation. » Elle avait vu où sa confiance aveugle les avait menés…

Gabriel remarqua la réticence de la jeune femme. En homme discret, il n'insista pas et Marion lui en sut gré.

— La fraîcheur tombe, il faut rentrer pour la petite, suggéra Appolline.

D'ordinaire, Marion aimait tout particulièrement ce moment où les ombres enveloppaient le Ventoux. Le « géant de Provence » avait un côté mythique et en même temps rassurant. C'était peut-être pour cette raison qu'elle avait choisi de s'établir à Malaucène. Elle s'y sentait à l'abri.

Gabriel lui serra gravement la main pour prendre congé.

— Nous nous reverrons, lui dit-il. Les passionnés du Ventoux se retrouvent toujours.

Elle ne répondit pas. Elle avait un peu peur, tout à coup.

Il se présenta à l'agence immobilière un lundi après-midi, jour creux par excellence.

Marion le baptisa tout de suite ainsi – « Il » –, comme pour le différencier des autres clients.

Il était grand, blond et avait un sourire incertain.

— Tout à fait le genre d'homme dont je pourrais tomber folle amoureuse si je n'étais pas déjà nantie d'un mari et de deux fils ! chuchota Isabelle en riant.

— Je n'ai pas ce problème : je suis immunisée contre l'amour ! répliqua Marion.

Elle avait tant aimé Jérémie... Cela ne l'avait pas empêché de les abandonner lâchement, Adeline et elle.

Elle crispa les mâchoires. Parfois, elle se sentait tellement en colère qu'elle éprouvait une folle envie de hurler. Comme ça, pour décompresser.

« Il » se rapprocha d'elle.

— Bonjour, dit-il en se penchant vers son bureau. Olivier Marquet. Je suis à la recherche de la maison de mes rêves. Vous allez m'aider, n'est-ce pas ?

Elle se surprit à l'écouter avec attention tandis qu'il lui racontait ce qu'il attendait d'elle. Une maison en pierre, à la fois solide et pleine de charme. Un jardin dans lequel il devrait y avoir un olivier. Il était formel, la surface du jardin pouvait ne pas dépasser deux cents mètres carrés, mais il lui fallait un olivier. Il tenait à porter ses olives au moulin à huile de Beaumes-de-Venise.

Elle connaissait ? Non ? Il pouvait l'y emmener si elle le désirait. Elle leva la main, dans un geste illusoire de protection.

— Doucement, je vous en prie ! Êtes-vous toujours aussi bavard ?

Son sourire s'accentua.

— Seulement en votre présence. Il me semble que si je parle sans cesse vous ne parviendrez pas à vous enfuir.

— Je n'ai pas la moindre envie de m'enfuir, répondit calmement Marion.

C'était vrai. Olivier était gai, charmant. Tout ce dont elle avait besoin pour se changer les idées. Et tant pis si Isabelle la contemplait d'un air médusé !

Olivier sourit.

— Eh bien, on y va ?

Marion ne demanda pas où. Elle se retourna simplement vers Isabelle.

— Je peux ? J'en profiterai pour montrer la maison Lachaume à M. Marquet.

Isabelle sourit.

— Pas de problème.

Elle suivit son amie d'un regard amusé. Au fil des semaines, elle avait de plus en plus apprécié la discrétion et la combativité de la jeune femme. Marion constituait une bonne recrue pour l'agence ; elle savait mettre en confiance aussi bien les vendeurs que les acheteurs potentiels. Grâce à elle, Isabelle pouvait profiter un peu plus de sa vie de famille. Elle rentrait chaque soir à Orange où elle habitait une vieille bâtisse. Son mari, Pierre, était architecte. Ils s'aimaient.

Marion avait besoin d'un homme dans sa vie, selon Isabelle. Cependant, chaque fois qu'elle avait essayé d'aborder avec elle ce sujet, elle avait perçu les réticences de son amie. Marion refusait de se raconter, elle ne tenait pas à évoquer le passé. « Cela me fait du mal », affirmait-elle, et Isabelle n'avait pas osé insister. Plus tard, peut-être, se disait-elle. Quand Marion aurait retrouvé suffisamment confiance en elle…

La sonnerie du téléphone la fit tressaillir. C'était Pierre. Il lui annonça qu'ils auraient deux invités au dîner, des amis des Beaux-Arts qui descendaient dans le Midi.

— Ils ne mangeront pas grand-chose, tu sais, lui dit son mari.

Isabelle adressa une horrible grimace au combiné.

— Entendu. Je me contenterai d'ouvrir une boîte de sardines supplémentaire ! ironisa-t-elle.

C'était le plus gros défaut de Pierre : il lui fallait toujours des hôtes à table alors qu'il ne s'était jamais préoccupé des questions d'intendance. Parfois, Isabelle se disait qu'elle devrait le planter là, avec ses copains d'école, de régiment ou des Beaux-Arts et le laisser se débrouiller. Mais elle ne parvenait à s'y résoudre.

Réprimant un soupir, elle appela Pascaline, son aide-ménagère, et lui donna ses instructions. Tout serait prêt, comme d'habitude.

Olivier s'arrêta devant la maison Lachaume et fit « non » de la tête.

— Beaucoup trop isolé ! Je veux de la vie autour de moi !

Brusquement, elle eut envie de lui parler de son refuge à Malaucène, de sa maison toute de guingois dans laquelle elle avait retrouvé un semblant d'équilibre.

— J'habite au pied du Ventoux, lui dit-elle, une maison de village qui a beaucoup de charme, même si elle n'est pas très pratique.

— Vous me la ferez visiter ?

— Elle n'est pas à vendre. Elle ne m'appartient même pas d'ailleurs. Je la loue depuis près d'un an.

C'était la première fois qu'elle se confiait ainsi. Olivier n'était pourtant qu'un inconnu.

Il consulta sa montre.

— Je vous emmène déjeuner ? Je connais une auberge, à quelques kilomètres de Vaison...

Elle hésita une, deux secondes. Elle savait déjà qu'elle allait accepter son invitation. Parce qu'elle en avait envie.

Il savait écouter. À moins qu'elle n'ait eu terriblement envie de partager avec lui les souvenirs qui lui pesaient sur le cœur. Elle l'avait déjà remarqué dans son enfance. Certains jours, il lui fallait parler, se raconter, sous peine d'étouffer.

Elle se retrouva en train d'évoquer Jérémie sans même savoir comment, après avoir goûté les papetons d'aubergines. Olivier savait poser les questions pertinentes. Marion lui raconta ce qu'elle avait vécu quand son mari s'était retrouvé inculpé pour abus de biens sociaux et escroquerie. Elle n'avait jamais cru à la culpabilité de Jérémie. Certes, il avait fait preuve d'imprudence. Et, surtout, il avait accordé sa confiance à Raoul, son associé, qui avait disparu sans prévenir. Jérémie n'avait pas supporté son inculpation. Il avait faussé compagnie aux policiers, s'était enfui au volant d'une voiture « empruntée ». Il y avait du verglas ce jour-là, la voiture avait glissé à la sortie d'un village. Jérémie n'avait pas survécu.

Adeline n'avait pas trois ans. Marion avait tout vendu pour rembourser les créanciers avant de quitter la ville où elle avait vécu heureuse avec son mari et sa fille.

Olivier hocha la tête.

— Ce fut certainement une période effroyable. N'aviez-vous pas de famille ?

— Jérémie était orphelin. C'était pour cette raison, je crois, qu'il éprouvait un tel désir de revanche sur le destin. Quant à mes parents, ils m'avaient fait savoir qu'ils ne voulaient plus entendre parler de moi quand les ennuis de Jérémie ont commencé. Vous comprenez, mon père était militaire de carrière. Une inculpation, pour lui, c'était le déshonneur.

— Comment avez-vous pu survivre à un drame pareil ? questionna doucement Olivier.

Marion secoua la tête.

— Grâce à ma fille. Elle avait besoin de moi. Il fallait que je tienne.

Marion regarda autour d'elle, comme si elle découvrait le paysage. L'auberge, nichée sur la route de Beaumes-de-Venise, offrait une vue superbe sur les Dentelles de Montmirail. Olivier lui sourit.

— Je n'ai fait que parler de moi, murmura-t-elle, confuse.

— Quelle importance ? Nous nous reverrons. Vous devez me trouver la maison de mes rêves.

— Avec un olivier, précisa-t-elle.

À cet instant, elle n'éprouva pas le moindre doute. Sa déception et sa colère n'en furent que plus intenses lorsqu'elle découvrit l'article de journal, quelques jours plus tard. Le journaliste y décrivait par le menu son histoire, en y ajoutant quelques commentaires de son cru. L'article, bien entendu, était signé Olivier Marquet.

C'était terriblement simple. Elle s'était fait piéger comme une sotte et ne parvenait pas à se le pardonner. Seigneur ! Elle qui avait tout fait pour mener une vie des plus discrètes se retrouvait exposée en pleine lumière. Tout comme Adeline. Elle frémit à cette perspective.

— Je déteste cet Olivier Marquet, annonça-t-elle à Isabelle. Si jamais il a le front de se représenter à l'agence, donne-moi, je t'en prie, la permission de le jeter dehors avant de l'étrangler. Il m'a lâchement piégée.

Isabelle sourit à son amie.

— Si cela peut te soulager de me raconter...

Marion hocha la tête.

— Je ne pense pas que Jérémie, mon mari, ait réellement voulu nous abandonner, Adeline et moi. Je crois plutôt qu'il s'est senti pris au piège et qu'il a d'abord pensé à s'en sortir, lui. Il était ainsi fait... Assez égoïste. Mais je l'ai aimé.

La blessure n'en avait été que plus profonde lorsque Marion s'était retrouvée seule face aux créanciers. Elle rejeta ses cheveux en arrière d'un geste empreint de lassitude.

— Ça a été terrible, tu sais, murmura-t-elle d'une voix à peine audible. Les appels anonymes à toute heure du jour et de la nuit, les insultes... Comme si une femme seule avec une enfant pouvait représenter le bouc émissaire idéal. C'est pour cette raison que j'ai décidé de partir, de recommencer ma vie ailleurs. Et maintenant...

Elle jeta un regard traqué autour d'elle, comme si elle s'attendait à voir surgir une armée de paparazzi. Isabelle ne put réprimer un sourire.

— Les années ont passé, tu l'as dit toi-même. Tu ne devrais pas rencontrer trop de problèmes.

— Je le souhaite tant, d'abord pour Adeline. Si tu savais comme je m'en veux de m'être laissé piéger par ce sale type !

— Je suppose que tu avais besoin de parler. Il s'est servi de toi. Cela arrive tous les jours.

Marion secoua la tête.

— J'étais tellement défiante ! Tiens, il y a quelques mois, je me suis montrée distante avec un homme charmant, dont j'ai déjà oublié le nom d'ailleurs. Gabriel...

— Gabriel Lafarge ? demanda Isabelle avec un intérêt visible.

— Oui, ce doit être ça. Le connaîtrais-tu par hasard ? Il m'a dit être un amoureux du Ventoux.

— Nous parlons bien du même Gabriel. C'est un lointain cousin. Quelqu'un de bien, vraiment. Il est apiculteur, mais aussi ébéniste et fabricant de girouettes. Ne ris pas ! C'est très sérieux, les girouettes, par chez nous.

— Je ne ris pas, se défendit Marion. Je trouve ça sympathique.

Pourquoi donc avait-elle éprouvé quelque chose ressemblant à de la peur lorsqu'il lui avait affirmé qu'ils se reverraient ? Finalement, leurs chemins ne s'étaient pas recroisés et elle le regrettait presque.

— Ne sois pas obsédée par cet article, reprit Isabelle en tapotant le journal d'un geste négligent de la main. Les gens d'ici ont eu le temps de t'apprécier. On condamnera plutôt Marquet pour avoir exhumé cette histoire. À condition que ça se sache. Il travaille pour un journal national, moins lu par ici que *La Provence* ou *Vaucluse matin*.

— Il faut que je parvienne à m'en convaincre, murmura Marion.

Elle avait encore de la peine à surmonter son émoi. Elle s'était sentie trahie. Pourtant, il ne s'était rien passé entre Olivier Marquet et elle. Rien d'autre qu'un après-midi volé, l'illusion que la vie pouvait recommencer...

— Tiens, ajouta Isabelle en lui tendant une feuille de papier. Si cela peut te remonter le moral... Regarde ce que j'ai reçu ce matin par fax.

— Mais c'est la Prieuresse ! s'écria Marion en blêmissant.

— Elle est à vendre ! annonça triomphalement Isabelle. C'est le moment ou jamais de l'acheter, non ?

Les épaules de Marion s'affaissèrent.

— Isa, tu n'as pas dû bien comprendre, tantôt. J'ai à peine quelques milliers d'euros devant moi. J'ai tout vendu pour rembourser les dettes de Jérémie. Tout. C'était pour moi une question d'honneur. Si bien que je suis incapable d'acheter la Prieuresse.

Cette fois, elle ne cherchait même pas à dissimuler son désarroi. Cette maison, c'était leur refuge, à Adeline et à elle. Qu'allait-il se passer à présent qu'elle était mise en vente ?

— Je peux te prêter de l'argent, proposa Isabelle, presque timidement.

— Que je te rembourserai dans cinquante ans ? ironisa Marion. Non, merci bien. Je dois me débrouiller seule.

« Se débrouiller », oui, mais comment ? soliloquait-elle en reprenant la route de Malaucène. De nouveau, elle se sentait traquée.

Comme d'habitude, elle se composa un visage avant d'aller chercher Adeline chez leur voisine et amie. Attitude qui, cependant, ne trompa pas Appolline.

— Marion, Marion, la gourmanda la vieille dame, oubliez un peu vos soucis lorsque vous rentrez. Vous êtes fatiguée ?

— Parfois, j'en ai assez de me battre, avoua la jeune femme d'une toute petite voix. Chaque fois que je crois apercevoir le bout du tunnel, il me semble qu'une nouvelle catastrophe me menace.

Elle expliqua à mots prudents la situation à Appolline qui, curieusement, ne parut pas s'affoler.

— Nous trouverons bien une solution, répondit-elle calmement.

Marion se sentit tout de suite réconfortée par l'emploi du pluriel. Elle n'était plus tout à fait seule ; elle devait se faire à cette idée.

— J'ai préparé une pissaladière pour le dîner, reprit Appolline, avec une bonne salade de mesclun. Il fait bon, nous pourrons profiter de la terrasse.

Marion serra contre elle sa vieille amie.

— Oh ! Appolline, que deviendrions-nous sans vous ? J'ai peur… tellement peur. Je ne sais pas si j'aurais le courage de tout recommencer à zéro une nouvelle fois.

— Il n'en est pas question ! s'écria Appolline avec force. La Prieuresse est votre domaine, à Adeline et à vous. Il faut y rester.

Mais comment ? se demanda Marion avec une sourde angoisse. Le Ventoux pourrait-il la protéger encore longtemps ?

Marion croisa de nouveau le chemin de Gabriel Lafarge le jour de la fête votive de Malaucène. Ce dimanche-là, les artistes de la région s'étaient donné rendez-vous sur le cours pour une exposition de leurs œuvres.

Après quelques hésitations, Marion avait suivi les conseils d'Appolline et d'Isabelle et présenté ses aquarelles. Elle se retrouva tout près de Gabriel qui tenait un stand décoré avec beaucoup de goût. Ses pots de miel de lavande étaient posés sur une nappe en tissu provençal bleu et jaune. À côté, deux girouettes révélaient son savoir-faire. L'une d'elles, plus particulièrement, attira l'attention de Marion. Elle représentait un homme qui paraissait courir contre le vent.

— Elle me rappelle Jérémie, mon mari, murmura-t-elle d'une voix ténue en effleurant la girouette en fer forgé. Il voulait tout, tout de suite.

Gabriel soutint son regard.

— Parlez-moi de lui seulement si vous le désirez ou si vous en éprouvez le besoin.

Marion esquissa un sourire.

— Je sais que je peux vous faire confiance. Isabelle m'a dit que vous étiez cousins.

— De façon assez lointaine, en effet. Oh ! regardez, il me semble que vous avez deux acheteurs potentiels en pâmoison devant vos œuvres. Vu leur nombre de coups de soleil, ils doivent être britanniques ou hollandais.

— Je fonce !

Elle vendit cinq tableaux dans l'après-midi. De quoi voir venir pour deux ou trois mois, se dit-elle, un peu lasse de toujours devoir compter. Appolline et Adeline l'avaient rejointe en fin d'après-midi, alors que la chaleur était devenue plus supportable.

— Venez, je vous invite toutes les trois, proposa Gabriel.

Le regard de sa fille s'était mis à briller. Marion n'eut pas le cœur de refuser. Tous quatre se retrouvèrent autour d'une pizza en terrasse.

— Il y a presque un an et demi que nous habitons ici, Adeline et moi, déclara brusquement Marion d'une voix rêveuse.

La journée écoulée lui avait prouvé que les Malaucènois lui gardaient leur confiance et la considéraient comme une des leurs. Personne n'avait fait allusion à l'article de Marquet.

— Maman... je peux avoir une glace ? questionna Adeline.

— Bien sûr, ma chérie.

Les ombres s'allongeaient sur le cours. Marion déclina l'offre de Gabriel.

— Pas de sorbet pour moi, merci. J'ai déjà trop mangé.

Elle ne parvenait pas à oublier ses tourments. La veille, des touristes étrangers étaient venus visiter la Prieuresse. Elle avait tout de suite compris que sa maison leur plaisait. Sa maison... Ce n'était pas la sienne et c'était bien là le problème. Que deviendraient-elles, sa fille et elle, si elles devaient quitter la Prieuresse ? Elle préférait ne pas y penser.

— J'aimerais vous emmener au Ventoux, reprit Gabriel. C'est mon domaine.

Il habitait une vieille ferme située près de la fontaine du Groseau. « Sur la route du Ventoux », précisait-il avec un sourire gourmand.

— Je ne sais pas combien de temps nous resterons ici, murmura Marion.

Appolline venait de raccompagner Adeline à la Prieuresse pour la coucher. La petite fille s'était endormie sur son siège juste après avoir fini de déguster sa glace.

— Expliquez-moi, dit Gabriel.

— Je n'ai pas de quoi acheter la Prieuresse, avoua simplement Marion. Pourtant, Dieu sait combien je tiens à cette maison ! C'est grâce à elle que je suis restée debout durant l'année écoulée.

Gabriel plissa les yeux.

— Il doit bien exister une solution.

— Convaincre le propriétaire de renoncer à une somme substantielle ? Il paraît qu'il est assez attaché à l'argent.

— C'est un euphémisme ! À mon avis, la seule façon de l'amener à revenir sur sa décision, c'est de lui faire miroiter des gains plus élevés.

— Comment cela ?

— Vous peignez. Je réalise des girouettes ainsi que des jouets en bois. J'ai une amie céramiste qui fabrique des crèches à l'ancienne. Il serait assez facile de transformer le rez-de-chaussée de la Prieuresse en galerie d'art.

Il remarqua tout de suite que Marion était tentée.

— Je ne sais pas, murmura-t-elle.

Il posa la main sur son épaule.

— Écoutez, Marion, je connais bien son fils. Je pourrais peut-être essayer de le convaincre...

— Vraiment ?

Elle ne cherchait même plus à dissimuler à quel point sa suggestion la séduisait.

— Cette maison, c'est mon refuge. J'ai essayé de recréer un cocon protecteur pour Adeline après...

Il était inutile d'en dire plus. Gabriel lui sourit.

— Je crois que je comprends.

Et, bizarrement, elle sut qu'elle pouvait lui faire confiance.

Marion recula de deux pas pour mieux contempler le panneau peint en gris bleuté qui annonçait l'entrée de la galerie de la Prieuresse.

— Ça a de l'allure ! lui confirma Isabelle, venue en amie donner son avis.

Marion avait réalisé plusieurs trompe-l'œil destinés à décorer la pièce un peu trop sombre, à orner un paravent ou encore la vitrine de la boutique. Chacun de ses panneaux ouvrait la porte d'un monde imaginaire, sympathique, étrangement vivant ou troublant. « De la belle ouvrage », avait estimé Gabriel, et cette appréciation avait ravi Marion.

— Vous attendez du beau monde pour l'inauguration de ce soir, reprit Isabelle. Tu sais que mon père a battu le rappel de ses relations ? Il y aura aussi un article dans la presse régionale.

Marion fit la grimace.

— Je n'aime pas beaucoup cette idée.

— Il faut jouer le jeu, ma grande ! À notre époque, tout le monde est médiatisé. Dis-toi que c'est pour la galerie. Plus vous aurez de visiteurs et de clients, plus vite tu pourras racheter la Prieuresse.

— Je n'aurais jamais imaginé que les choses tourneraient ainsi... Je me suis arrêtée à Malaucène parce que Adeline était fatiguée, je ne pensais pas...

Elle s'interrompit, désigna de la main la maison aux atlantes qui semblait dissimuler quelque secret derrière les volets mi-clos des étages.

— J'aimerais… Comment dit-on, déjà ? Passer ici le reste de mon âge. Je m'y sens chez moi.

Sa mère lui avait enfin répondu la veille. Une lettre dénuée de chaleur mais c'était tout de même un premier pas. Pour Adeline, Marion était prête à faire des concessions.

— En attendant « le reste de ton âge », n'oublie pas la réception de ce soir. Le buffet est prêt ?

— Il y a de quoi nourrir et désaltérer un régiment ! Appolline a même confectionné un myro géant. Je ne connaissais pas cet apéritif avant de venir dans la région.

— C'est une spécialité comtadine : liqueur de myrtille et vin rosé, mélangés avec soin et servis bien frais. Lorsque j'étais « exilée » à Paris, je réclamais à mon père des caisses de rosé du Ventoux chaque fois que j'organisais une petite fête. La gardienne de mon immeuble me considérait d'un œil de plus en plus suspicieux !

— J'imagine la scène.

Marion sourit à Isabelle.

— C'est bon de t'avoir comme amie.

Elle se sentait apaisée. Finalement, Gabriel et Isabelle avaient peut-être raison. La trahison d'Olivier lui avait permis de faire face aux souvenirs les plus désagréables des années passées. Adeline et elle avaient survécu. N'était-ce pas l'essentiel ?

L'inauguration de la galerie de la Prieuresse fut à la fois chaleureuse et émouvante. Les amis de Marion et de Gabriel étaient tous venus, ainsi que des touristes. Le correspondant local du journal s'était déplacé ; il promettait un article élogieux. Le propriétaire de la Prieuresse était là lui aussi. Il paraissait satisfait.

— Ça va ? s'inquiéta Gabriel en relevant d'un geste preste de la main le menton de la jeune femme. Vous semblez soucieuse.

Marion lui adressa un sourire d'excuse.

— Cela se voit donc tant que ça ? Figurez-vous que la soirée s'est trop bien passée. Je me demande quelle catastrophe va nous tomber sur la tête, à présent. Parce que c'est ça, l'histoire de ma vie... Dès que je sortais la tête de l'eau, je recevais une nouvelle tuile.

Elle s'essuya les yeux d'un geste rageur.

— Ne faites pas attention, Gabriel. C'est l'émotion.

— Ne parlez pas tant. Venez plutôt avec moi. La soirée est douce.

Marion accompagna Gabriel sur la route menant à la source du Groseau.

— Je vous emmène, tantôt, lui dit-il devant sa ferme. Le temps est idéal.

Elle hésita.

— Tout est arrangé avec Appolline, reprit-il. Elle estime aussi que vous avez bien mérité de vous changer les idées. J'ai même pensé aux chaussures de randonnée. Du trente-huit, c'est bien ça ?

Marion marqua une nouvelle hésitation.

— J'ai peur, avoua-t-elle.

— Peur de quoi ?

Elle esquissa un geste de la main.

— Peur, tout simplement. Je n'ai pas eu tant de raisons de faire confiance à la vie, ces dernières années.

— Mais vous me faites confiance, non ? Venez, nous allons prendre un peu de repos. Nous nous mettrons en route d'ici à deux ou trois heures.

— Je peux rentrer à la Prieuresse.

— J'ai dit : « confiance » ! L'un des plus jolis mots de la langue française. Suivez-moi.

La ferme, trapue, pour offrir moins de prise au mistral, était meublée de bois blond. Une impression de chaleur et d'intimité douillette s'en dégageait.

— C'est une maison très aimée, remarqua Marion.

Elle ne parvint pas à réprimer un bâillement.

— Pardonnez-moi, Gabriel. C'est horrible, mais la fatigue me tombe dessus, d'un coup.

Il sourit.

— Cela se comprend après la tension des derniers jours. Allongez-vous sur ce lit-bateau et dormez un peu. Je vous promets de vous réveiller avant l'aube.

Elle obéit. Elle était bien chez Gabriel. En confiance. C'était peut-être cela qui lui manquait depuis si longtemps. La confiance éprouvée à l'égard d'un homme droit.

Elle plongea dans un sommeil sans rêves.

Ils étaient partis à trois heures du matin. Marion avait humé l'air.

— Ça sent le poivre d'âne, avait expliqué Gabriel.

Marion ne disait rien. Elle respirait l'air piquant à longues goulées, en se disant qu'elle n'oublierait jamais ce petit matin où Gabriel lui avait offert ce qu'il avait de plus précieux, sa montagne.

Gabriel la regarda. Il souriait.

— Certains affirment qu'ils n'ont plus jamais été les mêmes après l'ascension du Ventoux. Moi, je n'ai pas envie que vous changiez, Marion. Ni vous, ni Adeline. Parce que j'ai bien l'intention de vous garder toutes les deux. Pour la vie.

Elle rit, pour dissimuler son émotion.

— J'ai bien peur que vous n'ayez oublié Appolline et Monsieur le Chat ! Je vis en tribu, vous savez.

Il la contempla avec une infinie douceur.

— Je vous aime, Marion. Depuis le premier jour. Pouvez-vous comprendre cela ?

Elle fit « oui » de la tête.

Là-haut, l'aube nimbait de rose le sommet du Ventoux.

Comme un symbole éternel d'espérance.

# Le vieux relais de poste

Frédéric arrêta la voiture au sommet de la côte pour contempler la silhouette du Colombet. Depuis combien de temps n'était-il pas revenu au village ? Cinq, six ans ? Il téléphonait, de loin en loin, à Léon et Bernadette, ses grands-parents, les voyait aux fêtes de famille. Pour l'occasion, sa mère venait les chercher à Mirande et les installait dans leur grande maison grenobloise. C'était plus commode pour tout le monde et, de cette manière, ses grands-parents prenaient quelques jours de vacances.

« Et maintenant ? » se dit-il, avec un pincement au cœur.

Grand-père Léon avait succombé à un arrêt cardiaque. « Une belle mort, avait sangloté son épouse avant d'ajouter d'une voix brisée : Mon Dieu, qu'est-ce que je vais devenir à présent ? »

La main en visière devant les yeux, Frédéric s'imprégnait du paysage autrefois si familier. Collines se transformant peu à peu en montagnettes, ciel lumineux... Il y avait là comme un avant-goût de Provence.

Chaque été, lorsqu'il était enfant, il venait passer ses vacances au Colombet, aidait sa grand-mère à servir l'essence à la pompe installée devant les anciennes écuries, courait les collines en compagnie de ses camarades Arnaud, Gilles et Adrien. Des vacances de rêve, dont il avait gardé une certaine nostalgie. C'était pour cette raison qu'il avait voulu revoir le Colombet une dernière fois.

Il redémarra en soupirant. Le temps était superbe, après une semaine grisâtre et sans couleur. Il en allait souvent ainsi dans les premiers jours de mai, tant que les saints de glace n'étaient pas passés, disait grand-père Léon. Il lui manquait.

Frédéric négocia un virage difficile, crispa les mâchoires. Il appréhendait l'instant où il se retrouverait face à sa grand-mère. Il savait qu'elle refusait de toutes ses forces l'idée de quitter le relais de poste. « On ne déracine pas les vieux arbres », affirmait-elle.

Ses enfants, pourtant, avaient insisté. Nadette, comme toute la famille l'appelait, ne pouvait rester seule au Colombet. À quatre-vingt-cinq ans passés, avec sa vue qui baissait et ses problèmes de tension, c'était de la folie. Non, Nadette serait beaucoup mieux aux Romarins, une maison de retraite située près de Grenoble. Seul bémol : il fallait faire admettre cette décision à la vieille dame. Frédéric s'était dévoué, sous la pression de ses parents. Il avait toujours entretenu les meilleures relations du monde avec sa grand-mère.

Sa vieille Renault remonta la côte, s'arrêta devant les anciennes écuries. L'ensemble avait bien besoin d'être retapé, pensa-t-il, avec un serrement de cœur. Grand-père lui avait parlé du projet de la municipalité : abattre le vieux relais de poste pour élargir la route nationale. Il n'osait imaginer la réaction de Nadette si par malheur elle l'apprenait.

— Bonjour, petit.

Nadette avait gardé de ses racines grenobloises une pointe d'accent chantant. Elle avait vieilli d'un coup. Frédéric observait à la dérobée la silhouette plus tassée, les gestes comme ralentis. Le regard lui-même, demeuré très bleu, semblait avoir perdu tout éclat.

Il embrassa tendrement sa grand-mère, la serra contre lui.

— Tu es bien la plus belle ! s'écria-t-il, reprenant une vieille plaisanterie familiale.

Dans ces moments-là, son grand-père enchaînait : « Pour ça, oui. Mais tu ne connais pas comme moi son sale caractère ! » Ce à quoi

Nadette, superbe, répliquait : « Pas du tout. J'ai du caractère. Point. »

La vieille dame échangea un regard complice avec son petit-fils.

— Il me manque, tu sais. Chaque jour un peu plus. Parfois, je me dis comme ça : « Et dire que je n'ai pas eu le temps de lui confier cette anecdote... » On croit toujours qu'il nous reste encore plein de temps devant nous mais ce n'est pas vrai, petit, ce n'est pas vrai...

Elle secoua la tête, parce qu'elle ne voulait pas l'attrister ni se montrer amère. Léon l'appelait toujours ainsi – « ma belle » – et elle s'épanouissait sous le compliment comme une jeune fille.

Elle entraîna son petit-fils vers la salle au carrelage et aux poutres d'époque, du temps où le Colombet était un relais de diligences.

— Tu dois avoir faim. Je t'ai préparé une omelette aux cèpes. Le vieux Guitou m'en a apporté hier tout un panier. Tu te souviens de Guitou ? Il est complètement cassé en deux, à présent. Le bougre prétend que ça lui facilite le travail pour ramasser les champignons.

Il se retrouva assis à la table de bois patinée sans avoir eu le loisir de faire une seule remarque.

— Je suis contente que tu sois là, reprit Bernadette. D'abord, cette grande bâtisse va me paraître un peu moins vide. Et puis tu me connais bien, toi. Tu sais que je suis tout à fait capable de me débrouiller seule au Colombet. Qu'est-ce qu'ils croient, tes parents, ton oncle et ta tante ? Que je suis gâteuse, impotente, sénile ? C'est ma maison, et je veux y rester jusqu'au bout.

Ce disant, elle s'animait ; deux taches rouges marquaient ses pommettes. Frédéric posa une main apaisante sur son bras.

— Calme-toi, Nadette, tu vas faire monter ta tension. Oui, je te promets que je le leur dirai.

« Tu n'es qu'un lâche, mon vieux ! » pensa-t-il quelques minutes plus tard en montant son sac dans la chambre qui avait toujours été la sienne. Le Colombet était assez vaste pour que chaque petit-enfant ait son domaine réservé, même si ses cousins venaient beaucoup moins souvent que lui à l'ancien relais.

— Je t'ai gardé le couteau de ton grand-père, reprit Bernadette, qui l'avait suivi.

Frédéric se retourna vivement.

— L'Opinel dont il ne se séparait jamais ?

— Oui, mon garçon. Ça fait un bail qu'il m'avait donné ses instructions. Léon tenait à ce que tu reprennes tout.

— Tout ? répéta-t-il d'une drôle de voix.

L'horloge familière battait comme un cœur. « L'âme du Colombet », avait coutume de dire Léon Descharmes.

Bernadette ouvrit le lit.

— Tu ne crois tout de même pas que je vais accepter de vendre ? Cela fait six générations que le Colombet est dans la famille, entends-tu ? Six générations...

De nouveau, il eut peur qu'elle ne s'énerve. Il lui sourit gentiment.

— Écoute, nous en reparlerons demain, déclara-t-il avec douceur. Pour le moment, je vais dormir.

Sa grand-mère s'esquiva sur un « Bonne nuit, mon grand ». Frédéric demeura un moment accoudé à la fenêtre ouverte. Les ombres de la nuit enveloppaient le vieux relais de poste, faisant remonter dans sa mémoire des souvenirs qu'il croyait avoir oubliés. Il se revoyait gamin, courant les collines, posant des collets en compagnie d'Arnaud, le fils du braconnier. Le Colombet était alors pour lui un lieu enchanté, qu'il aurait voulu ne jamais quitter. Il aimait l'atmosphère chaleureuse de la grande salle, qui était encore une auberge au début du siècle. Léon et Bernadette avaient ensuite transformé le Colombet en pension de famille. Ils s'étaient constitué une clientèle d'habitués, attirés par la savoureuse cuisine régionale de Bernadette.

Frédéric tâta ses poches à la recherche de son paquet de cigarettes. Il réprima un soupir. Il avait décidé d'arrêter de fumer sur les instances de Sabine.

Il ferma les yeux plusieurs secondes. Chaque fois qu'il évoquait Sabine, il éprouvait un pincement au cœur. Quelque chose ne tournait pas rond dans leur couple et il ne parvenait pas à définir ce qui se passait. Sabine avait changé, c'était indéniable, mais lui aussi. Il avait mal supporté son licenciement de l'agence de publicité où il avait travaillé durant cinq ans. Depuis, il cherchait un emploi, en vain. La nouvelle situation avait faussé leurs rapports. Sabine, elle, était laborantine dans une entreprise de produits pharmaceutiques. Son caractère pragmatique ne lui permettait pas de partager les atermoiements et les aspirations de Frédéric. Écologiste dans l'âme, il rêvait d'un monde plus ouvert sur la nature. Il lui semblait qu'il n'avait plus vraiment sa place sur le marché du travail. Il n'était pas fait pour cette compétitivité forcenée, cette lutte sans merci. Quelque part au fond de lui, il en voulait à Sabine de ne pas le comprendre.

Si le bébé était né, tout aurait été plus facile peut-être. Mais Sabine avait fait une fausse couche l'année précédente. Tous deux n'avaient pas réussi à parler de cet enfant qu'ils avaient perdu, leur enfant.

Il aspira une longue goulée d'air. Au Colombet, c'était presque plus facile de songer à ces problèmes. Seulement... Seulement, Sabine n'était pas à ses côtés. Frédéric avait parfois l'impression que le travail fort prenant de sa femme lui offrait l'occasion de fuir tout dialogue.

« Je suis épuisée, disait-elle souvent, le soir, avant d'ajouter, avec une pointe de fiel : Tu as bien de la chance, toi, de pouvoir organiser ton temps à ta guise ! » C'était tout à fait le genre de remarque qui lui était intolérable. Il avait le sentiment qu'elle ne supportait plus son inactivité, bien qu'il fasse toujours en sorte de s'acquitter de la plupart des tâches ménagères. Là encore, le bât blessait ; il avait perdu sa place dans leur couple.

Il referma la fenêtre d'un geste brusque, se blottit sous le gros édredon rouge de son enfance.

Avant de sombrer dans le sommeil, il réalisa brutalement qu'il n'avait pas la moindre envie de quitter le Colombet.

— Regarde... J'ai toujours vécu ici. Comment imaginer de tout quitter pour aller m'installer en ville ? Autant m'abattre sur place !

Bernadette avait étalé sur la table de la salle de vieilles photographies. Frédéric se pencha. Sur l'une d'elles, sa grand-mère avait quatre ou cinq ans, de longs cheveux bruns tressés et esquissait déjà ce sourire tendre dont elle se départissait rarement. Elle posait fièrement devant le relais de poste.

Il déposa un baiser léger sur la main tavelée de la vieille dame.

— Tu es toujours aussi jolie, Nadette.
— Ne noie pas le poisson, petit. Ce n'est pas de moi qu'il s'agit mais du Colombet.

Horriblement mal à l'aise, il détourna la tête. Il se sentait déchiré à la perspective de ce que ses parents, ses oncle et tante voulaient imposer à Nadette, mais il avait beau chercher une autre solution, il n'en trouvait pas.

— Il faudrait…, commença-t-il à réfléchir à voix haute.

— Oui ?

L'espoir qui faisait vibrer la voix de sa grand-mère lui fit mal. Elle ne pouvait pas rester ainsi. La famille devait prendre une décision. Décision qui, forcément, serait mauvaise.

Il repoussa son bol, se leva, alla le rincer dans la cuisine et le posa sur la pierre à évier.

— Je sors, Nadette, annonça-t-il sans se retourner.

Il avait plu durant la nuit. Les collines, comme lavées de frais, faisaient jouer toute la gamme de leurs verts. Des effluves puissants – chênes verts et thym – montaient jusqu'à lui. Un vautour fauve survola le Colombet. La main placée en visière devant les yeux, Frédéric suivit ses évolutions durant un long moment. Ce fut à cet instant qu'une idée un peu bizarre – « loufoque », préciserait-il par la suite à Sabine – se mit à germer dans sa tête.

Au téléphone, la voix de Sabine marquait de l'impatience.

— Reste encore un peu si tu veux, bien que, personnellement, je n'en voie pas l'intérêt. C'est reculer pour mieux sauter, ne crois-tu pas ? Nadette ne peut pas continuer à vivre seule au Colombet.

Il avait raccroché sans répondre. Il se sentait profondément déçu, tout en sachant que Sabine avait des excuses. Elle ignorait tout de ses souvenirs d'enfance, du parfum légèrement piquant des collines au petit matin, de la beauté du site. Sabine n'avait jamais vécu qu'en ville. Il fallait lui faire découvrir le Colombet.

Il rappela sa femme. Sa voix se fit pressante.

— Écoute, ce serait bien si tu pouvais venir le prochain week-end. Nadette et toi ne vous connaissez pas vraiment. On annonce un temps superbe. Tu...

— Nous travaillons actuellement sur un nouveau produit, le coupa Sabine. Je ne sais pas si...

Elle n'acheva pas sa phrase, mais Frédéric aurait pu le faire à sa place. Elle lui avait déjà si souvent servi les mêmes arguments ! Elle ne pouvait se permettre de perdre son emploi. Ce qui sous-entendait : « À présent que tu es au chômage... » Il en concevait une sourde irritation.

Cette fois, cependant, il s'efforça de n'en rien laisser voir.

— Ce serait bien, répéta-t-il avant d'ajouter : Tu me manques.

C'était vrai mais, à Grenoble, il ne parvenait plus à exprimer ce qu'il ressentait.

Il perçut l'hésitation dans la voix de Sabine. Elle semblait surprise, et un peu émue.

— Je ferai mon possible, finit-elle par murmurer.

Et il sut qu'elle viendrait.

Cinq jours. Il disposait de cinq jours pour agir. Serait-ce suffisant ? Il ne voulait pas y songer. Première urgence : établir un projet viable. Pour ce faire, il savait à qui s'adresser. Adrien, son ami d'enfance, avait été élu maire de la commune aux dernières municipales. Frédéric et lui étaient toujours restés en relation. Il devrait pouvoir le guider dans ses démarches.

Il marqua un temps d'arrêt avant de décrocher le téléphone. Ne serait-ce pas plus poli de tenir Nadette au courant ? Parce qu'il se refusait à lui donner de faux espoirs, il résolut de ne pas le faire. Il voulait se battre pour ses grands-parents et pour le Colombet. Quelque part au fond de lui, il pressentait que cette lutte le concernait au premier chef. Comme si leur avenir commun, à Sabine et à lui, en dépendait.

Il remarqua tout de suite, en la voyant descendre de voiture, qu'elle avait maigri. Cela lui allait bien, lui conférait une certaine vulnérabilité.

Elle hésita une ou deux secondes avant de s'avancer vers lui et cela lui fit mal. Il se reprit, très vite, l'attira contre lui. Elle sentait bon la framboise.

— C'est le parfum que je t'ai offert pour ton anniversaire, reconnut-il.

Elle sourit. Elle avait des yeux gris qui s'illuminaient dès qu'elle était heureuse, des cheveux blond cendré, une silhouette menue.

— Je t'aime, souffla-t-il.

Elle recula d'un pas, le considéra d'un air pensif sans répondre. L'arrivée de Nadette permit de dissiper le sentiment de malaise qui étreignait Frédéric.

— Sabine, ma puce, comme je suis heureuse de te voir ! s'écria Nadette avec cette spontanéité qui émouvait toujours son petit-fils.

Sabine embrassa la vieille dame avec effusion.

— Tu as une petite mine, ma fille. Besoin de sommeil, certainement. Et du bon air du Colombet.

Sabine ne pipa mot. Mais une légère crispation de sa bouche révélait son agacement.

« Calme-toi, pensa Frédéric avec force. C'est une vieille dame qui est contente de nous voir et qui le manifeste de façon un peu maladroite. »

Sabine se laissa entraîner dans la chambre par son mari.

— C'est curieux, remarqua-t-elle en laissant errer son regard du lit de cuivre à la collection de modèles réduits d'avions. Je ne me suis jamais sentie chez moi dans cette pièce. Elle est imprégnée de ton enfance.

— Nous pouvons la redécorer, proposa-t-il sans réfléchir. À ton goût.

Elle le regarda d'un air stupéfait.

— Frédéric, as-tu seulement conscience de ce que tu viens de me dire ? Je te rappelle que tu es venu pour convaincre en douceur Nadette de s'installer dans une maison de retraite près de Grenoble, pas pour revoir la décoration du Colombet.

Il soupira, retourna le dossier bleu sur lequel il avait écrit « Projet Colombet » avant de quitter la chambre. Ce n'était même pas la peine d'expliquer à Sabine ce qu'il avait envisagé, ce dont il avait rêvé. Elle ne comprendrait pas.

Les deux jours que la jeune femme passa dans la vieille bâtisse se déroulèrent dans une atmosphère contrainte, lourde de non-dits. Nadette, percevant le malaise, en perdait son penchant pour le bavardage et Frédéric s'épuisait à aligner des lieux communs. Le dimanche, Sabine boucla son sac de voyage juste après le déjeuner.

— À présent, je t'attends, dit-elle simplement à son mari en guise d'au revoir.

Lui ne trouva pas les mots pour la persuader de rester quelques heures de plus au Colombet. Il se demandait d'ailleurs s'il le souhaitait réellement. Ces brèves retrouvailles lui laissaient un goût d'amertume. Sabine et lui n'avaient pas su se parler. Parviendraient-ils à dépasser ce terrible constat d'échec ? Il avait peur, et mal. Comme s'il avait déjà admis l'idée que Sabine et lui couraient droit à la séparation.

Frédéric observa attentivement les membres de la famille assis dans la salle avant de prendre la parole. Il savait qu'il jouait son va-tout. Si ses parents, son oncle et sa tante s'y opposaient, son projet était condamné. La présence d'Adrien à ses côtés le réconfortait un peu. Nadette avait choisi de rester dans la cuisine.

« De toute manière, je ne suis pas encore gâteuse. Vous ne pourrez pas me faire quitter le Colombet sans mon accord ! » avait-elle lancé à ses enfants médusés. Frédéric l'avait embrassée. « Ne monte pas sur tes grands chevaux, Nadette. Pense à ta tension... »

Lui-même devait friser l'hypertension tant il était nerveux et contracté. Il avait rudement bataillé au cours des dernières semaines, mais il ne sentait pas la fatigue. Pas encore. Celle-ci le rattraperait lorsque le verdict des héritiers serait tombé.

Sa mère lui adressa un sourire crispé. L'initiative de Frédéric avait semé le trouble dans la famille. On l'avait accusé de faire cavalier seul, de chercher à semer la zizanie entre les membres de la famille, de bercer Nadette de faux espoirs… Il avait tenu bon. En espérant que Sabine lui adresserait un signe.

Il lui avait longuement exposé son projet. Au téléphone, parce que c'était plus facile. De toute façon, ils ne s'étaient pas revus depuis que la jeune femme était venue au Colombet. Elle avait beaucoup de travail, était trop fatiguée, prétendait-elle. De son côté, Frédéric n'était pas remonté à Grenoble. À quoi bon ? se disait-il, désenchanté et triste.

Sabine n'avait pas exprimé son avis. Elle s'était bornée à faire remarquer d'une drôle de voix : « Qu'est-ce que cela va t'apporter, Frédéric ? Ne crois-tu pas que tu mènes un combat perdu d'avance, qui n'est pas le tien, de surcroît ? » Sur l'instant, il n'avait pas trouvé les mots pour expliquer ce qu'il ressentait. Un peu plus tard, il lui avait écrit. Une longue lettre dans laquelle il jetait, pêle-mêle, ses souvenirs d'enfance au Colombet et son mal-être dans l'agence de publicité qui avait fini par le licencier. Il ne s'était pas relu. Il lui avait répété qu'il l'aimait, qu'il l'attendait, si elle voulait bien accepter qu'il ne conçût pas de vivre ailleurs. Tous deux trouveraient bien une solution, il en existait toujours une...

Sabine n'avait pas répondu. Rien. Pas un mot, pas un coup de fil. Un silence difficile à vivre parce que lourd d'angoisses et d'interrogations.

Frédéric déplia les grandes affiches qu'il avait réalisées à l'aide de feutres de couleur. Il assura sa voix, ne parvenant pas à dissimuler son émotion. Il se jeta à l'eau, sans regarder du côté de son père ni de son oncle. Il se battait pour Nadette. Et aussi pour le Colombet.

Il sut que la partie était gagnée lorsque son ami Adrien lui tapa sur l'épaule.

— Tu as bien défendu notre projet, lui souffla-t-il.

Il osa alors relever la tête, chercha le regard de ses parents. Sa mère se mordait les lèvres. Son oncle toussota.

— Ce qui me paraît le plus symbolique, déclara-t-il, c'est que ce soit toi, Frédéric, un homme de la génération suivante, qui nous donne cette leçon. Cela me fait penser à cette idée de Saint-Exupéry selon laquelle la terre ne nous appartient pas. Nous devons la transmettre intacte à nos enfants. C'est la même chose pour le Colombet. Nous n'avons pas su saisir quelle était son importance. Frédéric, lui, s'est battu pour nous ouvrir les yeux.

— De toute manière, il était hors de question que je quitte ma maison ! lança Nadette, belliqueuse.

Elle s'était glissée dans la salle et avait entendu la fin de la déclaration de son fils.

Jean-Michel s'avança vers sa mère, la serra contre lui.

— Pardonne-nous, maman. Nous pensions agir pour le mieux...

Le père de Frédéric se racla la gorge.

— À présent que tu nous as convaincus, comment comptes-tu concrétiser ton projet ?

Il y avait une pointe de défi dans sa voix. Frédéric releva la tête.

— Tout est prêt. La fondation du laboratoire pour lequel Sabine travaille a même déposé les statuts d'une association visant à favoriser le retour des vautours fauves dans la région. Nous aurons un site d'observation sur les terres dépendant du Colombet et recevrons des classes nature. Un journaliste du *Dauphiné libéré* vient nous rendre visite la semaine prochaine. On parle aussi d'un écomusée pour retracer la vie au siècle dernier dans les relais de poste.

— Nous avons tous besoin de retrouver nos racines, approuva sa mère.

C'était exactement ce que le maire et le responsable de l'office de tourisme lui avaient dit. Frédéric, en tant qu'animateur concepteur du Colombet, percevrait un salaire tout à fait correct, une renaissance, en quelque sorte, pour lui qui souffrait d'être resté sans travail trop longtemps.

Sa mère lui tapota le bras, comme pour lui dire : « Je comprends. » Tous deux échangèrent un sourire.

— J'ai des projets, moi aussi, lança alors Nadette. Raconter la vie d'autrefois à la veillée. Ça peut peut-être intéresser les jeunes.

Il y avait comme de l'espoir dans ses yeux. Frédéric se leva pour embrasser sa grand-mère.

— Eh bien, fit son père, je crois que nous sommes tous d'accord pour vous laisser carte blanche, à maman et à toi.

N'était-ce pas leur combat commun ? La grand-mère et le petit-fils, unis comme au temps où Frédéric était un garçon rêveur...

Une ombre voila le regard de Frédéric. Sabine n'était pas venue. Qu'allait-il advenir de leur couple ? L'idée même d'une séparation le désespérait.

Il croisa le regard de Nadette fixé sur lui. Sa grand-mère comprenait et, ce qu'elle ignorait, elle le devinait. Il lui sourit. Aujourd'hui était jour de victoire. Il ne voulait pas assombrir la joie de Nadette.

Frédéric enveloppa d'un regard satisfait la façade restaurée du Colombet. Murs de pierre sèche, toit de tuiles à double génoise, tout avait été rénové à l'identique.

« J'ai l'impression que mon grand-père regarde par-dessus mon épaule », avait confié Nadette, émue, à son petit-fils. La vieille dame donnait l'impression de revivre. « Je suis née ici, entre Crest et Romans, et je mourrai au Colombet », affirmait-elle avec fierté. Les journaux l'avaient surnommée la « mémoire du relais de poste, une véritable source vive ». Pour Léon, elle acceptait cette célébrité soudaine. Il aurait aimé à coup sûr partager son amour pour la vieille bâtisse avec ces enfants qui découvraient le Colombet avec de grands yeux étonnés.

Et Sabine... Pourquoi ne participait-elle pas à ce formidable élan qui avait resserré les liens entre tous les membres de la famille ? Chaque fois qu'elle y pensait, Nadette se disait que le Colombet avait été sauvé au détriment du couple que Frédéric et Sabine formaient, et se sentait coupable. À moins que... N'était-ce pas à elle d'agir, à présent ?

Frédéric referma la porte du grangeon où il rangeait ses jumelles et se retourna vers « l'équipe », comme il appelait les adolescents de la classe nature qu'il accueillait.

— Ça vous dit de faire un détour par les gorges ?

Il connaissait leur réponse. Tout comme lui, les jeunes se passionnaient pour l'observation des vautours fauves réintroduits depuis quelques années dans la Drôme.

— Il faudrait rédiger une sorte de journal, suggéra brusquement Kevin, alors que tous s'installaient à l'intérieur du minibus du Colombet.

Frédéric ne l'aurait jamais avoué à quiconque, mais Kevin était son préféré. Une bouille toute ronde, des yeux clairs sous les cheveux coiffés « en pics », parce que c'était en quelque sorte le signe de ralliement des skateurs… À quinze ans, Kevin se cherchait, comme disait pudiquement son éducateur. Depuis qu'il séjournait au Colombet, il s'était découvert une passion pour les vautours fauves.

Frédéric se retourna vers le garçon.

— Un journal ? Pourquoi pas ? Ce serait une façon intéressante de raconter l'expérience que nous avons partagée.

Il insistait souvent sur le fait que les jeunes et lui vivaient quelque chose de réciproque. À leur contact, il apprenait lui aussi beaucoup grâce à leurs questions, leurs interrogations, ce qui lui permettait de surmonter son désarroi. Ou, tout au moins, de s'efforcer de le faire…

Sabine lui avait proposé une séparation, « pour voir… », avait-elle précisé, le mois précédent. Ils s'étaient retrouvés à Grenoble, à la demande expresse de la jeune femme. « Pour voir quoi ? » avait répondu Frédéric, triste et désenchanté. N'était-ce pas l'officialisation d'une situation qui se détériorait depuis plusieurs mois ?

Sabine s'était reculée lorsqu'il avait voulu l'attirer contre lui. Saisi, il était resté immobile, le bras suspendu, comme dans un arrêt sur image au cinéma. La brasserie dans laquelle ils s'étaient donné rendez-vous était bruyante. En toile de fond, la stéréo débitait la voix trop souvent entendue d'une chanteuse populaire que Frédéric avait toujours trouvé dépourvue de talent. Il éprouvait une étrange sensation d'irréalité, comme s'il n'avait pas été concerné au premier chef.

Sabine avait changé. Le teint plus rose, le regard plus gai. Elle portait un chandail bleu clair, elle qui s'était longtemps cachée sous des vêtements couleur passe-muraille. Il avait compris, brusquement.

— Il y a un autre homme ?

Il ne reconnut pas sa voix, rauque, durcie. Sabine n'avait pas répondu tout de suite. Un silence pire que tout le reste. Elle avait lentement relevé la tête. Il avait remarqué, alors, la larme coulant doucement le long de sa joue. Cette larme l'avait paralysé. Il aurait voulu exploser, tempêter. Il se sentait réduit à l'impuissance parce qu'il voyait bien que Sabine souffrait, elle aussi. « Laisse-moi encore un peu de temps avant de te répondre », avait-elle fini par dire.

Il savait qu'il l'avait perdue. Ou plutôt que tous deux s'étaient perdus. Leurs aspirations, leurs modes de vie divergeaient. C'était ce qu'il avait tenté d'expliquer à sa grand-mère un peu plus tard, alors qu'elle insistait pour que Sabine vienne passer quelques jours au Colombet.

La vieille dame n'avait pas cherché à dissimuler sa stupeur ni sa réprobation. « Une séparation, quelle idée ! Vous choisissez la solution de facilité, mon petit, permets-moi de te le dire tout net. Nom d'une pipe ! Quand vous vous êtes mariés, vous saviez bien que vous aviez des caractères différents ! Les contraires s'attirent, c'est bien connu. » Frédéric avait poussé un long soupir. « Ne te tourmente pas, Nadette. Tu ne peux pas comprendre... »

Lui-même avait de la peine à réaliser ce qui leur était arrivé. Son licenciement, sa décision de sauver le Colombet avaient seulement précipité une issue qui se dessinait depuis longtemps.

Il regarda autour de lui. La montagne se découpait sur un ciel d'un bleu dur. Il était chez lui et, malgré sa solitude, savourait cette sensation.

Au téléphone, la voix d'Adrien était joyeuse.
— Pas de problème, mon vieux. Je viens de joindre la station météo. Le temps devrait se maintenir.

Frédéric jeta un coup d'œil sceptique au ciel, un peu trop sombre à son goût. Il savait, cependant, que les jeunes de quatrième venus de Grenoble seraient horriblement déçus s'il devait reporter la sortie grottes.

Il se retourna vers les deux accompagnateurs.
— Apparemment, c'est bon pour la météo. Que décidez-vous ?
— J'ai l'impression que vous êtes un peu réticent, remarqua Gaël, un professeur de sciences.

Frédéric fit la moue.
— Ce ciel ne me dit rien qui vaille. Lorsqu'il pleut par chez nous, ce n'est pas rien. Je ne voudrais pas que nous nous retrouvions bloqués dans les grottes.
— Il ne faut pas dramatiser, tout de même, lui reprocha Marc, le professeur de français.

Dans son dos, les élèves trépignaient d'impatience. Frédéric se décida brusquement :
— On vérifie l'équipement de chacun et on part, lança-t-il.

La veille au soir, Sabine lui avait reproché au téléphone de voir toujours tout en noir. Il en avait assez de jouer le mauvais rôle. Les élèves de quatrième et leurs professeurs avaient prévu cette sortie depuis plusieurs semaines.

Il donna le signal du départ. Tout le monde s'installa à l'intérieur du minibus. Sur le seuil du Colombet, Nadette agitait la main. Frédéric, l'esprit ailleurs, lui répondit distraitement.

Sabine passa la main sur ses tempes douloureuses. La tension nerveuse avait toujours eu pour effet de provoquer chez elle des migraines. Elle se mordit les lèvres pour ne pas pleurer. Frédéric lui manquait horriblement. Là, c'était dit. Mais elle ne trouvait pas de solution. Lui au Colombet, elle à Grenoble, leur couple était voué à l'échec. À moins… à moins qu'ils ne s'aiment assez pour supporter plusieurs jours de séparation par semaine ? Les mois écoulés lui avaient permis de faire le point sur leur relation. Même si elle n'était pas particulièrement fière d'elle, Sabine devait reconnaître qu'elle avait mal vécu la période de chômage de son mari. Avec le recul, elle comprenait qu'elle lui en avait voulu, de façon plus ou moins consciente, et se le reprochait vivement. De son côté, Frédéric, désenchanté, déprimé, n'était pas parvenu à remonter la pente, ce qui avait encore aggravé le fossé entre les deux époux.

Elle composa le numéro du Colombet, laissa sonner six fois avant de raccrocher. Ce n'était pas une bonne idée d'appeler Frédéric, se dit-elle. Il valait mieux aller le voir, tout simplement. Pour lui dire quoi ? Elle ne le savait pas encore.

Bernadette saisit le téléphone à l'instant même où la sonnerie s'interrompait. Elle secoua la tête, agacée. Séverine, la jeune femme du village qui venait faire le « gros ménage » deux fois par semaine, la rejoignit dans la salle.

— Excusez-moi, Nadette, j'étais en train de serpiller la cuisine.

— Ce n'est pas grave, petite. On rappellera.

Bernadette, cependant, ne pouvait s'empêcher de se tracasser au sujet de cet appel. Frédéric et ses parents avaient bien insisté pour l'équiper d'un portable, « pour plus de sécurité », affirmaient-ils, mais Nadette ne se décidait pas à s'en servir. Trop compliqué et puis les touches étaient trop petites... Cet appareil n'était pas de son âge ! Elle, il lui fallait son bon vieux téléphone, avec un cadran spécial réservé aux personnes dont la vue baissait.

Soucieuse, elle regagna sa chambre. Elle avait promis à Fabrice, le journaliste du *Dauphiné* qui était devenu un familier, de trier une série de vieilles photos du Colombet. Il souhaitait consacrer un album à l'ancien relais de poste. Cela la laissait incrédule et rêveuse. Elle n'aurait jamais imaginé que la vieille bâtisse pût intéresser autant de monde. En même temps, cet engouement la rassurait. On ne cherchait plus à lui faire quitter le Colombet désormais.

Un ciel noir pesait sur Grenoble. Des trombes d'eau s'étaient abattues sur la région depuis le début de la matinée. « Un vrai printemps pourri », pensa Sabine. La sonnerie de son téléphone portable la fit tressaillir. On la dérangeait rarement sur son lieu de travail. Au bout du fil, la voix de Bernadette paraissait être sur le point de se briser.

— Sabine ? Oui, petite, c'est moi. Il faut que tu viennes tout de suite. Frédéric est bloqué avec une classe découverte dans les grottes. Non, je ne sais rien de plus, ma pauvre. Mais j'ai besoin de toi.

Sabine balbutia quelques paroles de réconfort avant de raccrocher. Oui, bien sûr, elle venait. Elle prévint le responsable du laboratoire, quitta le bâtiment à la hâte. Une seule priorité l'habitait : retrouver Frédéric, l'homme qu'elle aimait.

Au Colombet, Bernadette se rongeait les sangs. Lorsque Jean-Pierre, qui dirigeait le groupe de pompiers volontaires, était passé la voir, elle avait tout de suite compris que la situation était grave. « Fichu temps », avait-il dit en désignant d'un signe de tête la pluie torrentielle qui tambourinait aux fenêtres. Il avait expliqué la situation à mots prudents. L'un des accompagnateurs avait alerté les sauveteurs grâce à son portable maintenu au sec dans une pochette étanche. « Une crue subite… », avait murmuré Bernadette.

Elle connaissait leur danger. Elle entendait encore son père la mettre en garde en lui répétant que le réseau souterrain du Vercors constituait un véritable gruyère. Elle était certaine, pourtant, que Frédéric n'avait pas commis d'imprudence. « Ne vous mettez pas martel en tête, lui avait recommandé Jean-Pierre. Nous allons les tirer de là. »

C'était à ce moment-là qu'elle avait appelé Sabine.

Lorsque la jeune femme pénétra à l'intérieur du Colombet, Bernadette s'élança vers elle.

— Tu es venue, ma petite. C'est bien, lui déclara-t-elle gravement en la serrant contre elle.

— Racontez-moi, la pria Sabine.

Elle passa ensuite plusieurs appels à l'aide de son portable. Jean-Pierre lui expliqua que Frédéric avait conduit les jeunes et leurs accompagnateurs dans une sinuosité un peu surélevée avant de donner l'alerte.

— Venez-vous nous rejoindre ? demanda-t-il.

Sabine secoua la tête.

— Non. J'attends mon mari au Colombet.

Nadette, qui avait entendu la réponse de la jeune femme, ne pipa mot. Un peu plus tard, cependant, alors qu'elle venait d'allumer toutes les lampes de la salle pour chasser l'obscurité, elle proposa à Sabine :

— Veux-tu venir m'aider à trier ces photos ?

C'était toute l'histoire du Colombet qui se déroulait sous le regard de Sabine, étonnée. Elle reconnut grand-père Léon et le père de Bernadette. Elle sourit à la vieille dame.

— Vous ne m'avez jamais raconté votre enfance.

Nadette ferma à demi les yeux.

— Je crois que nous avons un peu les mêmes souvenirs, Frédéric et moi, malgré les générations. Une enfance en pleine nature, à courir les collines et servir les clients du Colombet. Frédéric n'est pas fait pour vivre en ville. Il lui faut les parfums de la montagnette, l'air piquant des petits matins et le contact avec ses amis de toujours.

Sabine rougit. Elle n'avait pas su ou pas voulu comprendre les aspirations profondes de son mari. Au fond de son cœur, elle ne lui avait pas pardonné de s'être installé au Colombet. Elle avait vécu le départ de Frédéric comme un abandon, sans réaliser que sa vie à Grenoble lui était devenue intolérable. Lui aussi, sans lui en parler, avait fort mal vécu la perte de leur enfant.

Nadette lui tapota l'épaule.

— Il s'en sortira, tu sais. Il est costaud, notre Frédéric.

— J'ai peur…, avoua la jeune femme.

Elle avait encore tant de choses à lui dire. Elle se blottit dans le fauteuil paillé le plus proche de la cheminée, enserra ses genoux de ses bras croisés.

— Nous sommes passés à côté de la vraie vie, murmura-t-elle.

Bernadette aurait voulu lui dire qu'il n'était pas trop tard, mais elle avait peur, elle aussi. Une peur atroce, qui lui serrait le cœur.

— Il va revenir, déclara-t-elle avec force. Il ne peut pas en aller autrement.

Elle avait été prisonnière, elle aussi, des grottes. Elle se rappelait encore la terreur éprouvée en voyant l'eau bouillonnante envahir la cavité qu'elle explorait en compagnie de trois amis d'enfance. C'était Léon qui l'avait sauvée, en l'entraînant vers la sortie.

— Aie confiance, ma petite, reprit-elle.

La pluie avait cessé. Mais cela ne voulait rien dire. Dans les grottes, l'eau devait continuer de monter.

— Tiens bon, recommanda Frédéric à Coralie.

Cela faisait six bonnes heures qu'il veillait sur cette adolescente. Asthmatique, elle supportait mal la sensation d'enfermement éprouvée au fond de la grotte. Frédéric avait été le premier à percevoir et à reconnaître le bruit caractéristique de l'eau s'engouffrant dans le boyau qu'ils avaient emprunté, accompagné d'un puissant souffle d'air. Prudemment, il s'était concerté avec leur guide avant de recommander aux adolescents de se réfugier dans un endroit surélevé au fond de la grotte. Si la plupart avaient respecté ses consignes, quelques-uns avaient cédé à la panique. Il fallait reconnaître que la semi-obscurité, l'humidité, la sensation d'enfermement avaient de quoi susciter des inquiétudes. Deux filles, effrayées, avaient commencé à étouffer. Pascal, leur guide, et Frédéric savaient par expérience à quel point la panique pouvait se révéler contagieuse. Ils leur avaient parlé, calmement, les avaient incitées à respirer par le ventre. Coralie, qui haletait, ne quittait pas Frédéric. L'angoisse monta d'un cran quand les lampes s'éteignirent presque toutes en même temps. L'eau continuait de monter, de façon insidieuse cette fois. L'obscurité presque totale, le froid, l'humidité, la peur contribuaient à créer un climat oppressant.

— Vous êtes sûr qu'on va s'en sortir ? chuchota une toute petite voix.

Frédéric s'entendit répondre :

— Bien sûr, il faut simplement attendre la décrue. Tout va s'arranger.

À cet instant, il pensa à Sabine. Il ne voulait pas la perdre. Et, surtout, il refusait qu'ils se perdent l'un et l'autre.

La nuit fut un cauchemar. Le temps s'étirait, interminable, rythmé par les soupirs et les reniflements. Une sensation désagréable de froid les faisait frissonner mais le pire était cette angoisse qui les rongeait. De plus, il était impossible aux adultes de se concerter sous peine d'accroître les inquiétudes des élèves.

Frédéric, soucieux, songeait à toutes les fissures existant dans la grotte. Une fois, alors qu'il s'y trouvait déjà bloqué, l'eau était arrivée de partout et il avait cru suffoquer sous une douche froide.

L'écho d'une voix les fit tressaillir.

— On vient vous chercher en canot de sauvetage. Surtout, ne bougez pas !

Coralie lui serra la main.

— On va s'en sortir ? souffla-t-elle, et il lui promit que, oui, qu'ils étaient sauvés.

L'évacuation des prisonniers de la grotte se fit dans le calme, même si tous avaient hâte de revoir la lumière du jour. Frédéric insista pour sortir le dernier. Il inspira une longue bouffée d'air frais. Jean-Pierre lui administra une solide bourrade.

— Je suis content de te revoir sain et sauf, mon vieux ! Ta femme t'attend au Colombet avec Nadette.

Il regagna l'ancien relais de poste dans le camion des pompiers après que ceux-ci eurent examiné les rescapés et organisé leur retour dans leurs familles. Le matin était clair. Le paysage, comme lavé après les pluies diluviennes de la veille, évoquait une aquarelle.

— Merci, les gars ! s'écria Frédéric en descendant du camion.

Il rentrait chez lui. Cette certitude lui faisait du bien.

La silhouette de Sabine se profila sous le porche. Elle s'élança vers lui :

— J'ai eu si peur ! Tu sais, il n'y a personne d'autre dans ma vie...

— Chut...

Le visage dans son cou, il s'enivrait de son parfum retrouvé.

— Ma belle, je t'aime.

Il avait employé, d'instinct, le mot tendre dont grand-père Léon usait avec sa femme. Peut-être parce qu'il savait que, désormais, le Colombet serait leur foyer.

N'était-ce pas inscrit dans une suite logique ? La cinquième génération...

Dans la salle, Nadette préparait du café.

— Tu vois, mon Léon, finalement, je crois bien que je finirai mes jours ici, soliloqua-t-elle.

Au fond d'elle-même, elle l'avait toujours su.

Une question de confiance en ses enfants et en son petit-fils.

# Le temps des olivades

Dans sa tête se bousculaient ces vers de Sergueï Essenine :

*Je passe les cheveux fous dans les villages*
*La tête embrasée d'un phare qu'on allume*
*Au vent soumis, je chante des orages [...]*
*Je veux écrire les rêves des nuits futures*[1] *[...]*

« Il faut que je parle à Romain, songea Laura, tout en accélérant. Que je lui explique. »

Elle détestait le mois de novembre, humide, triste... Cette année, malgré l'amour de Romain, novembre l'effrayait presque. Sans qu'elle sache pourquoi d'ailleurs.

---

1. *La Complainte du malandrin*, traduction d'Armand Robin, 1921.

Romain souriait tendrement lorsqu'elle s'ouvrait à lui de ses craintes. « J'ai peur... Je suis presque trop heureuse. Qu'est-ce qui va nous arriver ? – Tu n'as rien à redouter, voyons, lui répétait-il. Puisque je t'aime. »

L'amour... Elle avait longtemps refusé d'y croire. Romain avait dû faire preuve de beaucoup de patience avant de réussir à l'apprivoiser. Et à présent, il voulait l'épouser. À cette perspective, Laura éprouvait un sentiment proche de la panique. Le mariage, ensuite les enfants... Elle n'était pas prête. Le serait-elle jamais ? Au fond d'elle-même, elle était persuadée qu'elle ferait une très mauvaise mère.

Elle avait tenté de s'ouvrir de ses craintes à Romain mais il s'était contenté de sourire. « En général, ce sont plutôt les hommes qui renâclent à l'idée du mariage. J'ai envie d'un enfant de toi. » L'angoisse familière avait noué la gorge de Laura. Elle s'était revue, enfant, proclamant à ses camarades de classe éberluées : « Je n'aurai jamais d'enfant ! » Elle avait presque trente ans à présent et, d'une certaine manière, elle se retrouvait au pied du mur.

Elle eut l'impression que la nappe de brouillard, flottant au-dessus des champs dénudés, s'abattait brusquement sur sa Clio. Le brouillard était si dense qu'elle ne distinguait plus le bord de la chaussée. Laura écarquilla les yeux. Elle freina trop brutalement. Les roues arrière chassèrent et la voiture tourna sur elle-même avant de foncer droit vers le fossé. Cramponnée au volant, Laura éprouva une curieuse sensation de dédoublement au moment du choc contre l'arbre. « De ma tête comme une grappe mûre, coule le sang chaud de ma chevelure », avait écrit le poète russe.

Elle leva la main, fit la grimace en la passant dans ses cheveux poisseux de sang. Elle s'évanouit, sans même avoir conscience d'appuyer sur le klaxon.

Romain tenta de dissimuler son visage soucieux derrière le bouquet de roses.

— Bonjour, ma Laura ! s'écria-t-il en pénétrant dans la chambre d'hôpital.

Son cœur se serra à la vue des traits tirés et des yeux cernés de la jeune femme.

— Je suis désolée, Romain, articula-t-elle avec peine.

Il posa les roses sur la petite table et se précipita auprès de Laura. Il l'aimait. Il en avait encore plus conscience en la découvrant blessée, vulnérable, elle qui se refusait trop souvent à révéler ses failles.

Il se pencha vers elle, lui caressa tendrement la joue et les lèvres. Laura fit la grimace.

— J'ai l'impression que ma tête a été transformée en punching-ball ! Le pire, c'est que je n'ai même pas eu le temps d'avoir peur. Je me récitais des poèmes russes.

— Oublie un peu ton métier, de temps en temps !

— Ce n'est pas un métier. Plutôt un plaisir.

Après avoir obtenu une maîtrise de russe, Laura avait préféré la traduction à l'enseignement. Elle travaillait pour une maison prestigieuse et avait publié au début de l'année un petit roman. Même si celui-ci n'avait rencontré qu'un succès d'estime, il représentait pour elle une sorte de victoire sur le passé.

— J'ai eu si peur…, murmura Romain.

Il lui semblait parfois qu'il l'aimait trop, et mal. Comment savoir avec Laura ?

Pour l'instant, la jeune femme le fixait de son regard clair, insondable.

— Il paraît que j'ai eu beaucoup de chance.

— Si l'on veut, un traumatisme crânien et un poignet cassé…

— Le droit, bien sûr ! C'est ça qui me pèse le plus, ne pas pouvoir écrire.

— Et moi qui ne puis reporter mon voyage d'étude au Japon !

— Ne t'inquiète pas. Je réussirai bien à me débrouiller.

« J'ai toujours dû avancer seule, avait-elle confié un jour à Romain, avant d'ajouter : L'amour me fait peur. J'ai l'impression de ne pas le mériter. »

Romain ne se résolvait pas à l'abandonner. La solution s'imposa à lui alors qu'il regagnait son appartement : Virginie. Elle saurait, elle, apprivoiser Laura et prendre soin d'elle.

La route – un chemin de terre plutôt – s'élançait vers le ciel presque trop bleu, au milieu des oliviers.

« Tu verras, lui avait promis Romain d'un air gourmand, chez Virginie, on se sent tout de suite chez soi. » Chez soi... Certains mots, malgré les années écoulées, gardaient le pouvoir de faire mal. Laura posa un regard incertain sur le mas ombragé d'une treille.

Une armée de teckels – quatre, peut-être cinq – jaillit dans la cour en jappant. Romain sourit.

— Teigneux, mais pas méchants pour deux sous. Ils sont les gardiens et les rois des Olivades. À cause d'eux, Virginie ne quitte jamais le domaine.

Laura se souvenait d'avoir été cruellement pincée, il y avait de cela longtemps, par un fox-terrier atrabilaire. Elle avait gardé de cet épisode une défiance instinctive à l'égard de la gent canine. Aussi recula-t-elle lorsque les chiens, toujours jappant, l'entourèrent.

— N'aie pas peur, lui recommanda Romain, posant une main apaisante sur son épaule.

Il la sentait sur le qui-vive, prête à s'enfuir. Le voyage en avion, le trajet en voiture l'avaient fatiguée. Son accident l'avait ébranlée, physiquement et moralement, même si elle refusait de le reconnaître.

— Fais comme moi...

Romain se baissa et, aussitôt, les chiens lui firent fête.

— Laisse-moi un peu de temps, la pria Laura.

Romain se redressa, agacé. Il ne supportait plus cette phrase, peut-être parce que Laura la lui répétait trop souvent. Du temps, toujours du temps, avant de s'engager, de l'épouser. Comme si elle n'avait pas confiance en lui, en eux. L'aimait-elle seulement ?

Il contint les reproches qui lui montaient aux lèvres. Pas question de se quereller alors qu'il repartait dans moins d'une heure. !

Virginie, sa tante, apparut sur le seuil du mas.

— Paix, les chiens ! cria-t-elle, sans obtenir le moindre résultat.

Elle s'avança vers Laura, la main tendue.

— Bienvenue aux Olivades, petite. Et toi, reprit-elle à l'adresse de Romain, je ne te félicite pas ! Je finissais par croire que tu avais totalement oublié mon existence !

— Pas de danger, Marnie ! répondit-il, usant d'un surnom affectueux.

Laura se sentait déjà isolée, à l'écart. Virginie le devina-t-elle ? Elle se retourna vers son invitée.

— Tu as besoin de te reposer, m'a dit Romain. Je te tutoie, d'accord ?

Elle entraîna la jeune femme vers une chambre située au rez-de-chaussée. La fenêtre ouvrait sur les oliviers.

Un coup de mistral agita le feuillage argenté.

— Mes arbres te saluent, petite, commenta Virginie. Il faudra que je te les présente un peu plus tard. Ah non ! reprit-elle à l'adresse de son filleul, tu ne t'esquives pas déjà ?

— Désolé, Marnie. Impossible de faire autrement. Je pars cette nuit pour Osaka.

Virginie leva les yeux au ciel.

— Quelle vie ! Essaie de nous revenir entier, au moins ! Dans...

— Trois semaines, répondit Laura à sa place.

Le temps lui pesait déjà.

— Je t'aime, murmura Romain, plongeant ses yeux dans ceux de Laura qui s'étaient emplis de larmes.

— Je ne sais pas parler d'amour, répondit-elle à regret.

Elle aurait voulu ajouter pour le rassurer : « On ne m'a jamais appris. » Mais il était trop tard.

Virginie observait discrètement son invitée qui avait des difficultés à couper sa viande de la main gauche.

— Veux-tu que je t'aide ? proposa-t-elle.

Laura secoua la tête.

— Merci. Je dois me débrouiller seule pour progresser.

« Pas si fragile qu'elle ne le paraît, la petite, pensa Virginie. Quoique, à la réflexion... » Elle l'intriguait. Derrière la façade lisse qu'elle offrait, Virginie pressentait quelque tourment secret. Elle sourit à Laura.

— Tantôt, je t'emmène. Il est grand temps de te présenter aux oliviers.

— Vous avez toujours vécu ici ? questionna Laura tout à trac.

Son regard s'attardait sur le vaisselier orné de faïence jaspée d'Apt. Virginie hocha la tête.

— Je ne pense pas que j'aurais pu vivre ailleurs. J'ai essayé une fois...

Son regard se perdit dans le lointain.

— Vois-tu, petite, reprit-elle d'une voix adoucie, les Olivades font partie de moi. Tout comme je fais partie du domaine. Nos destins sont liés. Imagine, le mas a été bâti sur l'emplacement d'une villa romaine. C'est te dire s'il est intégré au paysage.

Laura esquissa un sourire contraint.

— Je crois que j'ai choisi d'étudier le russe à cause de Tchekhov et de *La Cerisaie*. Cette histoire de maison au verger enchanté, aux arbres toujours en fleurs, dont les oiseaux chantaient sans cesse, me fascinait.

— Parce que cela te rappelait des souvenirs, sans doute ? fit remarquer Virginie.

Laura, aussitôt, se referma.

— Non... C'est différent, laissa-t-elle tomber.

Son ton signifiait clairement : « Je n'ai pas l'intention d'en dire plus. »

Discrètement, Virginie fit dévier la conversation. Elle parla de ses arbres tout en entraînant Laura parmi les champs d'oliviers. Leur feuillage argenté accentuait par contraste la luminosité du ciel.

— Renoir et Van Gogh affirmaient qu'il n'existait pas d'arbre plus difficile à peindre. Regarde bien la teinte des feuilles... Elle varie à chaque coup de vent.

— C'est un spectacle... apaisant, approuva Laura.

Lentement, la sérénité du cadre la gagnait.

— Parfois, reprit Virginie en effleurant, comme par mégarde, le tronc d'un olivier, je me dis que rien n'a changé depuis des siècles. Mes parents, mes grands-parents ont soigné eux aussi cette terre et ces arbres. Sous le même ciel. Ça me rassure.

Laura se mordit violemment les lèvres. Virginie lui jeta un coup d'œil intrigué mais ne posa pas la moindre question. Devant elles, les chiens se poursuivaient en jappant.

— Regarde ! fit Virginie qui, penchée, désignait du doigt une olive d'un brun violacé. Tout au long de l'été, le fruit se gorge de soleil et change de couleur, expliqua-t-elle. Il vire du vert au brun foncé. C'est ce que les anciens nommaient la véraison. Il faut récolter les olives au juste moment, ni trop tôt ni trop tard, avant que la coloration noire ne touche le noyau, pour que l'huile exprime tous les arômes du fruit. Tout à l'heure, je te la ferai goûter sur du pain frais grillé, dont la croûte a été frottée avec une gousse d'ail. C'était le repas de midi, autrefois. Du pain et de l'huile, un peu de fromage de chèvre... On commence à redécouvrir notre huile de la vallée de la Durance et c'est tant mieux !

— Vous la commercialisez facilement ?

— Dis plutôt que je ne produis pas assez pour mes clients attitrés ! *Basta !* Je n'ai pas envie de m'agrandir, ni de bousculer mes vieux arbres. Chaque olive qu'ils me donnent, je la reçois comme une offrande. Exiger plus serait grossier.

— J'aime la façon dont vous parlez d'eux, en tout cas. À vous écouter, tout est question d'amour.

— C'est la vérité, non ? répliqua Virginie, abruptement.

Laura se détourna. Ses cheveux masquaient l'expression de son visage.

— Je ne sais pas, murmura-t-elle d'une voix ténue, à peine reconnaissable.

Un vol de martinets passa au-dessus d'elles. Laura les suivit du regard avant de demander :

— Vous voulez bien me parler de l'enfance de Romain ?

— C'est moi qui l'ai élevé. Son père était attaché d'ambassade, si bien que ma sœur et lui ne rentraient pas souvent en France. Romain était un enfant fragile… L'air pur de Haute-Provence lui fut recommandé. C'est ainsi que nous sommes devenus inséparables, lui et moi. Dommage qu'il ait la bougeotte, comme ses parents ! conclut-elle en forme de boutade.

Laura sourit.

— Il voulait renoncer à son voyage d'étude juste après mon accident. J'ai refusé, bien sûr. Je n'aurais pas eu le cœur de lui imposer ce sacrifice.

Virginie lui décocha un coup d'œil aigu.

— Ce n'est pas une raison pour te sacrifier, toi. Vous ne devez pas vous marier ?

Laura perdit contenance.

— Je… C'est un peu prématuré, balbutia-t-elle.

Cette fois, Virginie n'insista pas. Elle se contenta d'incliner la tête, comme pour dire : « Message reçu » et enchaîna :

— Je t'emmène à Manosque. Je dois passer ma commande chez l'épicier. Dans trois jours, les saisonniers arrivent.

— Les saisonniers ? répéta Laura.

Virginie sourit.

— Comment crois-tu que les olives vont se cueillir ? Nous avons besoin d'aide toutes les deux, entre ton bras en écharpe et mes soixante-huit ans bien sonnés ! C'est une bonne équipe, qui revient tous les ans aux Olivades. Tu verras, il n'y aura pas de problème.

Laura ne souffla mot. Comment aurait-elle pu décrire cette crainte diffuse éprouvée chaque fois qu'elle se trouvait en présence d'inconnus ? La peur était tapie en elle, bien réelle malgré le soin qu'elle prenait à la dissimuler.

Elles reprirent le chemin du mas. Les chiens leur ouvraient la route à l'exception d'Opium, le plus jeune, qui ne quittait plus Laura.

— Il t'a adoptée, remarqua Virginie en riant.

Les yeux de Laura s'emplirent de larmes. Elle s'accroupit pour caresser le teckel qui lui faisait fête et ne vit pas le regard attentif que Virginie posait sur elle.

« Allons, se dit Virginie d'un air satisfait, la greffe prend, cette année encore. Tout le monde paraît s'entendre à peu près. »

Depuis deux jours qu'elle tenait table ouverte, une joyeuse animation régnait au mas. Les trois saisonniers travaillaient vite et bien. Il y avait Wilheim, un Hollandais installé dans le Sud depuis une dizaine d'années, Gaspard, qui marchait tout au long de sa vie, « comme Rimbaud », disait-il, et qui s'arrêtait dans des maisons amies pour travailler, gagner le peu d'argent dont il avait besoin et, surtout, glaner l'amitié et la chaleur qui lui manquaient.

Il y avait aussi Marine, avec qui Laura avait tout de suite sympathisé. Âgée de quarante-cinq ans, le visage rond sous une frange de cheveux grisonnants, Marine était conteuse itinérante. Elle transportait dans son camping-car hors d'âge une malle magique. Il s'agissait en fait de la vieille cantine de son grand-père qu'elle avait retapée et rénovée avec beaucoup de soin et d'amour. L'amour… Ce devait être le mot préféré de Marine tant celle-ci irradiait la bonne humeur. Dès le premier jour, elle avait invité Laura à les accompagner dans les oliveraies. « Il faut que tu participes, toi aussi », lui avait-elle dit avec entrain.

Debout sur le cavalet, l'échelle à trois pieds plus large en bas qu'en haut, Marine ramassait les olives à la main et les recueillait dans un panier d'osier attaché à sa taille. Elle évoquait pour Laura ce tableau de Berthe Morisot, *Le Cerisier*, qu'elle avait admiré plusieurs années auparavant au musée Marmottan.

— Elles sont superbes ! s'écria Marine.

Virginie, qui versait le contenu des paniers dans les *canestello*, des corbeilles posées à terre, esquissa un sourire ravi.

— Nous avons de la chance d'avoir beaucoup de soleil. Romain serait content de participer, lui aussi, aux olivades.

— Il a beaucoup de travail, murmura Laura.

Leurs échanges téléphoniques étaient brefs et maladroits. Laura se rendait compte que Romain en était aussi déçu qu'elle-même. À quoi cela tenait-il ? À l'éloignement, sans doute, mais il y avait autre chose. Leur séparation exacerbait leurs doutes et leurs questionnements. Romain exigeait d'elle des réponses, des assurances qu'elle était incapable de lui donner. De son côté, elle prenait une certaine distance pour mieux se protéger. Chaque fois qu'elle lui parlait, elle avait envie de pleurer. Elle lui reprochait aussi, confusément, d'être parti.

— Il y a de la neige sur la montagne de Lure ! annonça Gaspard, du haut de son perchoir.

— Nous devons préparer notre pique-nique, répondit en écho Virginie. Tu m'aideras, Laura ?

Elle s'entendit répondre : « Bien sûr ! » comme si cela allait de soi, alors qu'elle ne savait même pas en quel honneur ils déjeuneraient sur l'herbe au beau milieu du mois de décembre ! Mais au fond, cela n'avait pas la moindre importance. Parce que, pour la première fois de sa vie, elle se sentait chez elle.

*Laura, ma chérie, si tu savais combien tu me manques... Tu me sembles si loin, bien que je connaisse les Olivades sur le bout du cœur. M'aimes-tu comme je t'aime ? La distance n'est rien si je te sens aussi impatiente que moi. Mais tu recules, tu te dérobes, tu inventes mille et un prétextes pour ne pas prendre de décision, tu refuses de t'engager, comme tu dis. Bon sang ! L'amour ne se calcule pas, ne se raisonne pas ! Je te demande simplement de m'épouser le plus vite possible. Parce que, sans toi, je ne suis rien.*

Sa signature barrait la page. Laura imaginait fort bien Romain en train de pester contre son indécision chronique. Il ne pouvait pas comprendre, bien sûr. Elle-même n'y parvenait pas...

Elle replia lentement la lettre de Romain, la lissa du plat de la main. Une angoisse familière lui tordait l'estomac. « Sans toi, je ne suis rien », avait écrit Romain. Sans savoir que cette simple phrase trouvait en elle un écho particulièrement douloureux. Combien de fois lui avait-on jeté ces mots cruels au visage ? « Tu n'es rien ! » Elle encaissait sans répliquer, parce qu'elle avait appris à ses dépens que c'était bien pire lorsqu'elle se rebellait. La mâchoire crispée, le visage fermé, elle s'était forgé une carapace destinée à la protéger de la méchanceté de ses camarades. Carapace plus ou moins solide, selon les jours... La lecture l'avait sauvée du désespoir. Fascinée par la littérature russe, Laura s'était lancée dans des études difficiles, à l'issue hasardeuse. Dieu merci, Séverin l'avait soutenue. Il croyait en elle. Chaque fois qu'il le lui répétait, elle avait l'impression qu'il lui ensoleillait le cœur. Mais Séverin n'était plus là pour la guider dans ses choix de vie. Elle lui avait dédicacé son livre. Il était mort juste avant la parution. Cela lui avait semblé si injuste que son plaisir d'être publiée en avait été gâché. Sans Séverin à ses côtés, elle se sentait à la dérive. Qui, désormais, lui donnerait des défis à relever ? Qui aurait-elle envie de surprendre ? Séverin constituait sa seule vraie famille. Celle du cœur.

— Laura, tu viens ?

La jeune femme se pencha à la fenêtre. Marine s'agitait devant la vieille Toyota de Virginie.

— Tu as oublié le pique-nique ? lui cria son amie.

La veille, Laura avait aidé Virginie dans la mesure de ses moyens à confectionner cakes au jambon et aux olives, à cuire poulets et rôtis, à préparer gâteau au chocolat et salade géante. Le pique-nique des Olivades, improvisé chaque hiver suivant les caprices du temps, réunissait la plupart des producteurs dans un rayon de dix kilomètres. « Une véritable confrérie ! lui avait expliqué Marine en riant. Telle que je connais Virginie, elle finira par introniser quelques célébrités du cru. C'est l'âme de ce coin de Haute-Provence. »

— J'aurais aimé..., commença Laura.

Elle s'interrompit, rougit violemment. Que lui arrivait-il ? Elle était sur le point de se confier, de bafouer tous les principes de prudence que la vie lui avait enseignés, coup après coup. Que lui arrivait-il donc ?

— J'arrive ! reprit-elle.

Avec des gestes encore maladroits, elle s'enveloppa d'une cape achetée à Manosque. Elle jeta un coup d'œil à son reflet dans le miroir et s'étonna de se trouver jolie. L'air vif avait rosi ses joues. Elle suivit d'un doigt hésitant les contours de son visage. D'où lui venaient ces pommettes hautes, ces yeux en amande un peu verts, un peu gris – « vert-de-gris », lui disait-on à l'école –, cette masse de boucles blond vénitien ? Tant qu'elle l'ignorerait, il lui semblait qu'elle resterait inachevée. Un reflet flou, un peu brouillé...

— Qu'est-ce que tu fais ? s'impatientait Marine.

Avec un soupir, Laura se détourna du miroir, sortit de la chambre.

Au-dehors, la luminosité du ciel la surprit. Elle recula, la main en visière devant les yeux.

— On n'attendait plus que toi ! s'écria Virginie avec sa bonhomie coutumière. Allez, tout le monde dans la Toyota ! Marine nous suit avec le camping-car. Doucement, les chiens !

— Il va faire beau, commenta Laura, assise auprès de Virginie.

— Il fait toujours beau pour le pique-nique des Olivades, rectifia la vieille dame. C'est une règle non écrite que le ciel lui-même ne s'aviserait pas de transgresser ! Dommage que Romain ne soit pas rentré.

Les joues de Laura s'empourprèrent, comme si Virginie avait abordé un sujet tabou. N'était-ce pas de cela, en fait, qu'il s'agissait ?

« M'aimes-tu comme je t'aime ? » lui avait écrit Romain. L'absence exacerbait ses inquiétudes. À plusieurs reprises déjà, il lui avait reproché son refus de s'engager. Il ne pouvait pas comprendre. Elle-même n'y parvenait pas...

— Tu sais, poursuivit Virginie tout en malmenant son levier de vitesses, et ce après s'être assurée que les aboiements des chiens empêchaient les autres de suivre leur conversation, il y a Romain et il y a toi. Quoi que vous décidiez, tu auras toujours ta place au mas.

— Merci, balbutia Laura.

Elle était trop émue. Elle avait toujours beaucoup de peine à recevoir des marques d'amour ou d'amitié. Comme si, au fond d'elle-même, elle se déniait toute valeur. Le véhicule cahota sur le chemin de terre avant de s'arrêter le long d'un champ d'oliviers situé au pied de la montagne.

— Là, tu as Dauphin et, là-haut, le plateau d'Aurifeuille, expliquait Virginie. On l'a choisi pour y implanter l'observatoire de Haute-Provence grâce à l'exceptionnelle limpidité du ciel. « Du haut du ciel, le vent plonge ; la flèche de ses mains jointes fend les nuages[1] », disait M. Giono.

Laura sourit en l'entendant prononcer son nom avec un mélange de respect et de familiarité.

— Vous avez de la chance, lança-t-elle étourdiment.

— Pourquoi donc ?

De nouveau, Laura rougit.

— Pour rien. Je... je vous expliquerai.

« Expliquer quoi ? » se dit-elle avec une pointe d'amertume. Qu'à cet instant, elle enviait

---

[1]. *Manosque-des-Plateaux*, Jean Giono, Gallimard, 1986.

intensément Virginie d'avoir toujours vécu au même endroit, sous le même ciel, d'avoir en quelque sorte posé ses pas dans ceux de ses parents ? Comment la tante de Romain aurait-elle pu comprendre ce que Laura éprouvait ?

— Allons ! s'exclama Virginie, les invités sont affamés.

Les saisonniers étaient là, bien sûr, mais aussi Claudie et Gérard, les plus proches voisins du mas, Albertine, la doyenne, qui fêterait ses quatre-vingts printemps à Noël, et Lecomte, l'instituteur retraité qui rêvait de reconstituer à l'identique une salle de classe du siècle dernier.

Il y avait enfin Frédéric, « l'homme aux ruches », comme tout le monde l'appelait. La soixantaine alerte, il évoquait une figure de patriarche avec ses habits noirs et sa barbe blanche.

— Nous devons former un groupe plutôt hétéroclite ! résuma Marine en levant son verre de vacqueyras.

— Peu m'importe ! Vous êtes ma famille de cœur !

Virginie fit peser son regard clair sur Laura, qui se tenait un peu à l'écart.

— À commencer par toi, ma Laura-Laurette ! Ne te cache donc pas derrière les autres.

« Comment fait-elle pour tout pressentir, tout deviner ? » se demanda Laura avec une curiosité amusée. Elle aimait la bonne humeur contagieuse de Virginie, la façon dont la vieille dame savait s'entourer de personnalités attachantes. « Et moi, quelle est ma place ici ? » s'interrogea-t-elle. Elle était seulement de passage. Virginie l'avait invitée aux Olivades parce que Romain le lui avait demandé mais, sans cela, Laura et son hôtesse auraient continué à évoluer dans des mondes parallèles, sans jamais se croiser. Il n'y avait pas vraiment de place au mas pour Laura. N'était-ce pas toujours la même histoire ? Étant enfant, chaque fois qu'elle s'était attachée à une famille, elle avait éprouvé un véritable déchirement le jour où elle avait dû partir. À la longue, elle avait refusé de se laisser aimer, refusé d'aimer elle-même. Pour mieux se protéger.

Si elle remarqua le visage fermé de Laura, Virginie se garda bien de poser la moindre question. Elle avançait sur la pointe des pieds, pas à pas, pour ne pas effaroucher la jeune femme.

— Et toi, d'où viens-tu, petite ? s'enquit Frédéric alors que Virginie servait des banons, de délicieux fromages de chèvre enveloppés de feuilles de châtaignier.

Une ombre voila le regard de Laura.

— De Paris, répondit-elle après avoir marqué une hésitation.

— Paris, c'est un peu vague, non ? insista « l'homme aux ruches ». Tu as bien des racines quelque part ?

Laura jeta un regard affolé à Virginie. Celle-ci se rapprocha d'eux.

— Bien sûr qu'elle a des racines, lança-t-elle avec force. Ici, aux Olivades.

Son ton péremptoire fit comprendre à Frédéric que le sujet était clos.

— Merci, souffla Laura, alors que l'apiculteur, s'étant levé, rejoignait Gaspard.

Les deux femmes échangèrent un regard indéfinissable. Virginie soupira.

— Il faut que j'y aille.

Le vent se leva, faisant bruisser le feuillage des oliviers. Laura releva la tête. Elle éprouvait le désir irraisonné de se dissimuler, pour ne plus subir les réflexions des autres. Il en avait toujours été ainsi. « D'où viens-tu ? Pourquoi on t'a abandonnée ? C'est ton vrai nom Laura ? »

Dans ces moments-là, il ne lui restait qu'une seule échappatoire : la fuite. Jusqu'à ce qu'elle rencontre Romain, avec qui l'accord des corps et des cœurs avait été immédiat.

— Cadeau, Laura !

Gaspard, penché vers elle, lui tendait une part de gâteau. Elle le remercia d'un sourire. Il s'assit à côté d'elle sur la couverture écossaise.

Opium, le nez entre les pattes, ronflait avec béatitude.

— C'est peut-être ça, le bonheur, murmura-t-il comme pour lui-même. Savourer l'instant présent, sans se poser de questions...

— C'est ton idéal ? lança Laura, mue par le désir de le piquer au vif.

Gaspard, sans hésiter, soutint le regard de la jeune femme.

— Qui sait ? En tout cas, après beaucoup d'errances, j'ai choisi le mode de vie qui me convient le mieux.

Il esquissa un salut empreint de dérision.

— Je marche en récitant des vers... Qui peut en dire autant à l'heure actuelle ? Mais mon idéal de vie... Si Jeanne avait survécu à cet accident de voiture qui a brisé nos deux vies, si nous avions eu un enfant, si j'avais une autre raison de vivre que la poésie, oui, je ne serais pas devenu ce « fou poète », comme disent les enfants. Mais (son visage se ferma d'un coup) je n'ai pas eu le choix.

Le cœur étreint de tristesse, Laura le laissa se lever, s'éloigner, sans prononcer une parole. De toute manière, les mots étaient inutiles.

Était-ce cela, le secret des pique-niques réussis de Virginie ? se demanda Laura en promenant son regard sur l'assistance. Avaient-ils tous une blessure au cœur qui les poussait à se réunir aux

Olivades, ne serait-ce que pour recréer l'illusion d'une famille ?

Le soleil déclinait. Le froid tomba d'un coup. Virginie donna le signal du départ. Laura fut la dernière à regagner la Toyota. Il lui semblait qu'elle était passée à côté de quelque chose d'important.

Peut-être bien le bonheur…

Virginie agita la main en réponse au salut joyeux de Marine.

— C'est fini, déclara-t-elle en se retournant vers Laura. Toutes nos olives ont été portées au moulin.

— Vous ne craignez pas de vous ennuyer après toute cette animation ?

Virginie, surprise, répéta :

— M'ennuyer ? C'est un mot que j'ai banni de mon vocabulaire, tout comme « regret ».

— C'est… presque trop facile, remarqua Laura.

— Crois-tu ? Il suffit de le vouloir très fort. Si tu t'accordais le droit d'être heureuse…

Laura n'avait pas vu venir l'attaque. Troublée, elle n'eut pas le loisir de se reprendre.

— Je ne comprends pas…, murmura-t-elle.

— Vraiment ? Tu peux parler, tu sais. De tout temps, les oliviers ont été considérés comme des arbres à secrets. Ils sont tellement vieux, ils en ont déjà tant entendu que plus rien ne les choque. Ce sont les gardiens de notre mémoire collective.

Laura releva vivement la tête.

— Et qu'est-ce qu'on fait quand on n'a pas de mémoire collective, comme vous dites, ni d'ancêtres ? Quand on n'a rien qu'un grand point d'interrogation dans la tête et dans le cœur ?

Il y eut un silence. Virginie soutint calmement le regard furieux de la jeune femme.

— Explique-moi, se contenta-t-elle de répondre.

— Oh ! je suppose que vous avez déjà tout deviné ? Je suis née sous X. Ma mère m'a abandonnée à la naissance. Seulement j'étais, paraît-il, une enfant difficile, si bien que je suis passée de famille d'accueil en famille d'accueil. Personne ne comprenait que, si j'étais odieuse à ce point, c'était pour lancer des défis. Je voulais par-dessus tout qu'on m'aime. Quand même. Pouvait-on m'aimer, moi, que ma propre mère avait abandonnée ? Et puis il y a eu Séverin, un éducateur que j'ai considéré comme mon père. Il a su entendre et écouter ce que je ne parvenais pas à exprimer. Il m'a soutenue dans mes études. Grâce à lui, j'ai repris un peu confiance en moi. Mais Séverin est mort, trop tôt, trop jeune encore. Et...

Elle leva son regard noyé de larmes vers Virginie.

— Et tu as peur que tout ne recommence, acheva celle-ci à sa place. Que Romain t'abandonne ou disparaisse... Alors, pour cette raison, tu te refuses le droit au bonheur.

— Vous avez été psy, dans une autre vie ? railla Laura.

— Non, j'écoute, tout simplement. Les mots comme les silences.

— J'ai si peur, avoua Laura d'une toute petite voix.

Virginie la serra contre elle d'un mouvement impulsif.

— En as-tu déjà discuté avec Romain ? Il serait temps, ne crois-tu pas ? Parce que, tel que je le connais, lui aussi doit s'angoisser, et imaginer je ne sais quoi. Pour le reste...

Elle caressa le tronc de son plus vieil olivier, un rescapé du grand gel de 1956, planté par son grand-père Victor.

— Tes racines, tu peux les puiser ici tant que tu veux, mais tu as aussi la solution de chercher à en connaître un peu plus sur tes origines. La loi te permet d'accéder à ton dossier, je crois ?

Laura hocha la tête.

— C'est une démarche... difficile.

— Mais qui vaut le coup d'être tentée si tu veux y voir un peu plus clair. Je suis sûre que Romain t'épaulera. À deux, ce sera plus facile.

Laura esquissa un sourire tremblé.

— Tiens, ajouta Virginie en sortant de sa poche son portable.

Les doigts de Laura coururent sur les touches. « Romain, si tu m'aimes comme je t'aime… », pensa-t-elle avec ferveur.

Virginie, qui s'était éloignée, lui adressa un signe de la main complice. Laura prit une longue inspiration.

— Romain, rentre vite, je t'attends, souffla-t-elle.

Et elle ajouta, si bas que seul le vieil olivier dut l'entendre : « Je t'aime. »

# Retour au pays bleu

*La Symphonie n° 5* emplissait la pièce. Marie avait toujours eu une musique privilégiée pour chaque moment. Et, ce soir, elle ne pouvait, elle ne voulait écouter que Brahms.

Elle repoussa les fleurs séchées éparpillées sur la table, marcha jusqu'à la fenêtre. La pluie qui tombait sans relâche depuis le matin, fine, mélancolique et déprimante, s'accordait à son état d'esprit. François était en retard. Il rentrerait fatigué de son séminaire à Limoges, déposerait un baiser distrait sur ses lèvres avant de laisser tomber son sac de voyage dans la lingerie et de s'effondrer devant le téléviseur, un verre de jus de fruits à la main. C'était sa nouvelle lubie ; il ne buvait plus que du jus de tomate en proclamant haut et fort qu'il devait prendre soin de sa ligne. Il avait repris l'entraînement de tennis et courait deux soirs par semaine. Avec tout le travail qu'il abattait au cabinet médical, comment s'étonner que Marie et son époux se voient de moins en moins ?

Dès demain, la course folle contre la montre reprendrait. François avait beau répéter que la vie d'un médecin généraliste devenait de plus en plus stressante, il n'aurait jamais accepté de changer de métier. Marie, parfois, l'enviait. Lui au moins était allé au bout de sa passion.

Elle jeta un coup d'œil découragé à la composition commencée. Ses mains avaient travaillé seules, sans le concours de sa tête, elle avait « bricolé » un tableau mièvre et sans éclat, précisément parce qu'elle avait manqué de conviction. « Ma pauvre fille ! se dit-elle, furieuse contre elle-même. Si tu espères gagner ainsi ton existence ! »

Elle sentait affleurer en elle de vagues désirs inassouvis, le besoin de créer, n'importe quoi, un dessin, une tapisserie, un poème, pour avoir le sentiment d'exister. Elle avait renoncé à se confier à François car il lui répondait invariablement, du même air lointain et détaché : « Exister ? Comme tu y vas, Marie ! Tu ne crois pas avoir passé l'âge de ce genre de questionnements ? De plus, tu as déjà suffisamment de travail à la maison, non ? »

Se rendait-il compte à quel point ses journées lui paraissaient vides désormais ? Jérôme, leur fils aîné, son confident, était parti de l'autre côté de l'Atlantique suivre un cursus de deux années d'études à l'université américaine de Stanford. Clara, leur cadette, travaillait comme femme de chambre dans un hôtel londonien après avoir suivi les cours d'une école hôtelière privée. Elle ambitionnait de devenir gouvernante. Marie était certaine qu'elle réussirait. Elle-même regrettait parfois de s'être mariée si jeune. Elle n'avait pas dix-neuf ans alors, était éperdument amoureuse de François, son aîné de cinq ans. Elle avait effectué des travaux de secrétariat à domicile, réalisé des sondages, du démarchage téléphonique tout en élevant les enfants tandis que son mari achevait son internat. Curieusement, elle regrettait cette période de leur vie. Ils étaient jeunes, amoureux et heureux. Tellement heureux...

La sonnerie du téléphone interrompit sa rêverie teintée de nostalgie. Au bout du fil, la voix de François était voilée.

— Allô, Marie ? Ne t'inquiète pas, j'ai eu un problème avec la voiture. Non, rien de grave, la batterie qui a rendu l'âme. Seulement, je suis bloqué pour cette nuit. Oui, j'irai directement au cabinet, j'ai un emploi du temps chargé demain matin. Bonne nuit.

Ce fut seulement lorsqu'elle se blottit dans son lit trop grand, trop froid, trop vide, qu'elle se remémora deux détails. D'ordinaire, François n'omettait jamais de clore une conversation téléphonique par un « Je t'aime » réconfortant. De plus, il ne lui avait pas indiqué les coordonnées de son hôtel. Elle ne pourrait même pas le rappeler. Et cela la chiffonnait. « Demain. Je songerai à tout cela demain », se dit Marie en enfouissant sa tête sous l'oreiller. Pour l'instant, elle désirait dormir. Pour ne pas avoir à se poser d'autres questions embarrassantes.

Le lendemain, lorsque François rentra, Marie remarqua tout de suite qu'il s'était passé quelque chose. Son mari paraissait différent. À la fois tendu et heureux. « Comme un gamin, se dit-elle. Malgré ou à cause de ses quarante-huit ans. »

Il l'embrassa au coin des lèvres, se débarrassa de son sac de voyage et de la mallette dans laquelle il transportait son ordinateur portable.

— Ouf ! je suis épuisé ! Désolé de t'avoir fait faux bond, Marie.

Elle aurait dû ne rien dire, ne pas poser la moindre question. Plus tard, elle devait se demander ce qui se serait passé si elle avait fait comme si de rien n'était. Lui aurait-il alors parlé d'elle ?

— Qu'y a-t-il ? fit-elle d'une toute petite voix, comme si elle redoutait déjà sa réponse.

Il se retourna vers elle d'un mouvement brusque.

— Que veux-tu donc qu'il y ait ?

Il paraissait las, tout à coup. Comme si les années l'avaient brusquement rattrapé. Elle posa la main sur son poignet. Elle détestait voir son visage se défaire ainsi.

— François...

Il se recula. Tous deux échangèrent un regard incrédule. Une angoisse irraisonnée serra le cœur de Marie. Peut-être valait-il mieux ne pas savoir ? François soupira.

— Marie, il faut que je te dise... Je n'étais pas à Limoges, je n'ai pas reçu d'invitation pour me rendre à ce séminaire traitant des affections respiratoires.

Elle garda le silence. Elle le contemplait, incrédule, les yeux légèrement écarquillés et, à cet instant, il se détesta. Bon sang ! Qu'est-ce qui lui prenait ? Il était en train de tout gâcher...

— C'est une fille de vingt-cinq ans, elle s'appelle Sonia, reprit-il en ayant conscience de piétiner l'amour de Marie. Elle avait envie d'un week-end à Deauville. Rien qu'elle et moi.

Marie déglutit péniblement. « Si je compte jusqu'à quinze sans hurler, je me persuaderai peut-être qu'il s'agit d'un mauvais rêve », se dit-elle. Elle savait, pourtant, que François disait la vérité. Elle avait dû le pressentir au cours de ce week-end horrible durant lequel elle avait attendu en vain son retour.

— Tu... tu l'aimes ? questionna-t-elle d'une voix méconnaissable.

François eut un sursaut.

— L'aimer ? Non, bien sûr que non, c'est toi que j'aime, Marie. Toutes ces années passées ensemble, nos deux enfants...

Elle le regarda avec haine. Elle avait envie de le blesser, de lui faire mal à son tour, comme il lui avait fait mal. À mort.

— Pourquoi, alors ? jeta-t-elle. Pourquoi m'as-tu trompée avec cette fille ?

François fronça les sourcils.

— Tout de suite les grands mots ! Ce n'est pas pareil pour un homme. Une aventure passagère, même pas une liaison. D'ailleurs, je te reviens toujours, quelle preuve te faut-il ?

Ce « je te reviens toujours » laissait sous-entendre d'autres trahisons, d'autres aventures. Marie en resta suffoquée, le cœur au bord des lèvres.

— Tu me dégoûtes ! lui jeta-t-elle, les dents serrées.

Elle avait envie de mourir. De se laisser glisser sur le sol et de sangloter tout son saoul, jusqu'à l'oubli. Elle frissonna. François fit un pas vers elle, main tendue.

— Marie...

— Ne m'approche pas, ne me touche pas ! hurla-t-elle.

Elle fit demi-tour, courut le long du couloir. La porte claqua derrière elle, de façon définitive. François, effondré, enfouit la tête entre ses mains.

— N'insiste pas, je t'en prie.

Au bout du fil, la voix de Marie était étrangement lointaine, détachée. François, atterré, eut brusquement la certitude qu'il avait perdu tout pouvoir sur elle.

— Ce n'est tout de même pas à cause de ce faux pas ? s'insurgea-t-il.

Marie soupira.

— Toi, tu vois cette aventure comme un simple faux pas. Il en va autrement pour moi. C'est là toute la différence. Et c'est bien pour cette raison que je pars.

— Très aimable de ta part de m'en avertir ! grinça François. Par téléphone, de surcroît. Et puis-je te demander ce que tu as l'intention de faire ?

Il y avait une pointe de sarcasme dans sa voix. Marie n'ignorait pas que, pour son mari, elle n'était capable que de tenir une maison et d'élever des enfants. Elle redressa la tête, comme s'il pouvait la voir sur l'aire d'autoroute où elle s'était arrêtée pour lui téléphoner.

— Ce que je vais faire ? répéta-t-elle pour donner plus de poids à ce qui allait suivre. Vivre, bien sûr !

Son amie Sylvie lui avait écrit quelques jours avant ce que Marie nommait, avec une pointe de cynisme qui sonnait faux, « l'épisode Sonia ». « Je sais bien qu'il te serait difficile de te libérer mais j'ai terriblement besoin de toi. Figure-toi que... »

En recevant la lettre, Marie avait rêvé à ce qu'elles auraient pu réaliser toutes les deux. À présent, elle ne se contentait plus de rêver. Elle avait appelé Sylvie. « Ta proposition tient toujours ? J'arrive ! »

Elle n'était pas revenue à Nyons depuis presque trente ans. Elle éprouva un curieux pincement au cœur en reconnaissant la petite ville blottie à l'abri de la montagne du Pied-de-Veau et du Dévès. Son grand-père lui racontait autrefois que, si les oliviers aimaient tant le climat privilégié de Nyons, c'était parce que le mistral n'y avait pas droit de cité. Les arbres de Judée, les lilas et les glycines mêlaient hardiment le rose, le violet, le blanc et le mauve tandis que les oliviers, en toile de fond, bruissaient doucement sous la brise printanière.

Marie emprunta le chemin menant à L'Ormeraie, la propriété que Sylvie avait héritée de ses parents. Située sur les hauteurs, la bâtisse en pierre de pays coiffée de tuiles dominait le pont Roman et la tour Randonne. Les oliviers s'étageaient dans le jardin en terrasses.

— Comme c'est bon de te voir ! s'écria Sylvie en s'élançant vers son amie. Il y a si longtemps...

Si elle remarqua tout de suite les traits tirés de Marie, elle eut le tact de ne pas en faire état. C'était cela, aussi, l'amitié, savoir se taire suivant le moment.

— Viens vite te reposer, ma grande.

Marie sortit deux sacs de voyage de sa Polo.

— C'est drôle de penser que j'ai réussi à faire tenir plus de vingt ans de ma vie dans ces bagages, confia-t-elle d'une voix rêveuse.

Partir n'était rien, à vrai dire. On tire la porte, on tourne le dos aux souvenirs... À présent, il lui fallait reconstruire.

De la terrasse, le regard embrassait Nyons, aux toits couleur saumon, entourée par les montagnes. Le site était paisible, comme en retrait ou encore en attente.

Marie sourit.

— L'air est parfumé au lilas.

— Dans trois mois, tout le pays embaumera la lavande. Tu es prête à tenter l'aventure ? Tu ne vas pas me faire faux bond parce que ton cher époux t'aura suppliée de lui pardonner ses errements ?

Marie secoua la tête d'un air décidé.

— N'aie crainte, j'ai entamé une procédure de divorce.

François n'avait pas compris. Ou refusé de le faire. « Je t'aime, Marie. Ton intransigeance est stupide. Je sais que tu m'aimes, toi aussi. » Elle avait soutenu son regard chargé d'orage avant de soupirer. « Vraiment ? Tu as beaucoup de chance d'être aussi sûr de toi ! car moi, je n'ai plus la moindre certitude à notre sujet. » Elle l'avait blessé car, depuis cette mise au point, il n'avait plus insisté.

Marie se retourna vers Sylvie.

— Si tu me racontais ?

Son amie esquissa un sourire mystérieux.

— Viens…

La salle où elle l'entraîna ouvrait sur l'oliveraie. Les meubles en noyer et les rideaux en cotonnade composaient une harmonie chaleureuse. Sylvie saisit sur la table ronde un petit flacon qu'elle ouvrit avant de le tendre à Marie.

— Pour bien saisir ce que j'ai à te dire, il faut que tu t'imprègnes du parfum de la lavande, Marie. Parce que j'ai peur que tu ne l'aies un peu oublié, depuis le temps que tu as quitté le pays…

— Je crois bien que ça me manquait, confia Marie en humant la fragrance si particulière, douce et entêtante à la fois.

Il lui suffisait de fermer les yeux pour revoir les champs de lavande d'un bleu violacé sous le soleil dur de juillet. Lorsqu'elle venait passer les vacances d'été chez son grand-père, elle participait à la cueillette dans les *baïassères*, le nom qu'on donnait aux lavanderaies naturelles. Elle se souvenait du parfum pénétrant se dégageant de l'alambic à feu nu transporté à dos d'âne sur les lieux de coupe. L'alambic à tête-de-maure ne pouvait distiller à chaque « passée » que soixante-quinze à cent vingt kilos de fleurs.

— Tu comprends, reprit Sylvie, j'ai hésité plusieurs mois avant de me décider. La distillerie était en vente et personne n'osait se lancer, un promoteur ayant des vues sur le site. Un ami, Marc Laurens, a réalisé une étude détaillée. J'ai donc pris contact avec les banques et les industriels phytosanitaires. Si l'aventure ne te fait pas peur...

Marie fronça les sourcils.

— Ta proposition ne pouvait mieux tomber. Je ne vois pas, cependant, ce que je peux t'apporter. Ne viens-tu pas de me dire que Marc Laurens t'épaulerait au niveau technique ?

Sylvie secoua la tête. Ses cheveux bruns ondulèrent joliment, dévoilant de grandes créoles. « Elle est belle, pensa Marie. Je me sens tellement... fade et terne, à côté d'elle. »

— Toi, tu es l'artiste de l'équipe, lança Sylvie. Marc et moi produisons, gérons, nous chargeons de trouver des débouchés commerciaux. Si tu le veux bien, tu arrangeras à ton goût la boutique accolée à la distillerie et réaliseras ces bouquets séchés et compositions florales dont tu as le secret. L'image de marque du Pays Bleu dépend de toi, ma grande.

— Le Pays Bleu, c'est joli, murmura Marie comme pour elle-même.

Elle savait déjà qu'elle relèverait le défi. Ne serait-ce que pour prouver à François ce dont elle était capable.

Elle sourit à Sylvie.

— Quand me fais-tu visiter les locaux ?

— Dès demain. Nous irons aussi faire un tour dans la montagne, au-dessus de Condorcet et vers le Poët-Laval. La lavande sera belle cette année.

Elle lui tendit un verre de myro, l'apéritif local, élaboré de la même manière que le kir mais à partir d'ingrédients différents, en l'occurrence de la crème de myrtille et du vin rosé des Côtes-du-Rhône.

— Au Pays Bleu, dit Marie.

— Et à nous ! ajouta Sylvie.

Elles réussiraient, Marie en était presque certaine. Parce qu'elle avait la rage au cœur.

Marie recula encore de quelques pas pour mieux juger de l'effet de sa vitrine. Sur un fond de tissu provençal jaune soleil, ses bouquets de roses et ses gerbes de lavande séchée composaient un tableau empreint de charme et de nostalgie. Le magasin jouxtant la distillerie avait été peint d'un bleu mauve pastel, relevé d'un filet ivoire. À l'intérieur, Marie avait lazuré de vieux comptoirs chinés dans les brocantes. Rechampis de bleu ou décorés de trompe-l'œil, ils mettaient en valeur ses différentes réalisations.

— Satisfaite ?

La voix dans son dos la fit tressaillir. Elle se retourna vers Marc, le « nez magicien », comme elle l'appelait en riant.

— Oh ! je ne vous avais pas vu. Oui, je suis assez contente de l'ensemble. Et vous ?

Trois mois auparavant, elle n'aurait pas réussi à exprimer ainsi sa satisfaction. Cette certitude lui procura une sensation bizarre, comme si elle s'était débarrassée d'une enveloppe trop lourde pour son corps.

— Venez voir, proposa Marc. Je ne me lasse pas d'admirer nos installations.

Tandis qu'il l'entraînait vers la distillerie, il se raconta un peu. Elle lui jeta un coup d'œil à la dérobée. Elle avait jusqu'à présent peu parlé avec lui, chacun vaquant à ses propres occupations pour relever le défi d'ouvrir la boutique et la distillerie à la date fatidique du 1$^{er}$ juillet. Elle l'écoutait évoquer son grand-père, Félix Laurens, qui avait développé dans les années trente les alambics à vapeur. Son père, en 1962, avait été frappé de plein fouet par une crise particulièrement dure qui avait eu pour conséquence une chute de la production et une régression des cultures.

— C'est pour cette raison que je me suis détourné de la lavande, dans un premier temps, expliqua Marc. Dans mon esprit, elle était liée à de trop mauvais souvenirs. Mon père s'est remis à l'exploitation traditionnelle, tout en gardant la nostalgie du temps où il distillait plusieurs milliers de litres. « Nous, les Laurens, nous avons la lavande fichée au cœur, à l'âme et aux mains », aimait-il à dire.

Marie leva la tête, regarda cet homme grand, bâti en force, aux mains puissantes.

— Et pourtant, ce n'est pas une revanche que vous prenez, lui dit-elle. Plutôt un accomplissement.

Elle le savait, parce qu'il en allait de même pour elle. Elle n'éprouvait plus de haine à l'égard de François. Elle avait dépassé ce sentiment, sans pouvoir dire dans quel sens leur relation évoluerait. Pour la première fois depuis près de vingt-cinq ans, elle faisait ce qu'elle avait réellement envie de faire.

Elle soutint son regard.

— Sylvie m'a dit que vous auriez régulièrement des visiteurs. Des groupes de touristes, bien sûr, mais aussi des enfants venus découvrir le monde de la lavande. Cela ne vous dérange pas trop ?

Il secoua la tête avec force. La force... C'était l'impression dominante qui émanait de lui. Il était rassurant.

— Bien sûr que non ! Cela fait aussi partie de mon métier, partager, communiquer mon amour pour la lavande, pour les plantes, pour ce terroir auquel je suis attaché, de façon presque viscérale. Regardez... On vient de nous livrer ces gerbes de lavande. Elles proviennent de la Roche-Saint-Secret, là où le bleu-violet du lavandin paraît encore plus intense par contraste avec le vert sombre des collines. Elles seront déversées dans la cuve et tassées, encore et encore, afin d'offrir une résistance au passage de la vapeur d'eau et de produire ainsi le maximum d'huile essentielle.

Marie fronça les sourcils.

— Vous alimentez toujours la chaudière avec de la paille distillée, comme je l'ai vu faire dans mon enfance ?

— Naturellement ! La vapeur d'eau produite par la chaudière est envoyée à basse pression dans le vase. Elle se charge d'huile essentielle en traversant les plantes. Le mélange est ensuite dirigé dans un serpentin plongé dans un bac d'eau froide. C'est là une étape déterminante car la vapeur se condense au contact de l'eau froide. Le liquide est alors recueilli dans un vase florentin qu'on appelle aussi « essencier ». L'huile essentielle étant plus légère que l'eau, elle surnage avant d'être récupérée dans un récipient. Sentez… Vous ne retrouverez jamais cette pureté avec la technique américaine de la distillation en caissons !

Elle huma le flacon qu'il lui tendait et éprouva une sensation proche de la griserie. Parce que cette huile essentielle de lavande était leur production à tous les trois.

— Il ne fallait pas que la distillerie meure, reprit Marc d'une voix vibrante. La lavande fait partie intégrante de notre patrimoine, de notre culture.

Marie approuva.

— Mon grand-père, qui avait été *lavandiaire* dans son enfance, me racontait, pour me faire partager sa fierté de cultiver cette plante magique, que Marie-Madeleine avait versé de la lavande, ou « nard » dans le Nouveau Testament, sur les pieds de Jésus. C'était un très bon coupeur. Armé de sa *voulame*, sa grande faucille, il récoltait plus de cent kilos de fleurs par jour.

— Mon père, lui, me rappelait que, pendant les grandes épidémies de peste qui frappèrent la Provence au cours des siècles, on faisait brûler beaucoup de lavande pour profiter de ses pouvoirs désinfectants. Elle entrait aussi dans la composition du vinaigre des Quatre-Voleurs.

Marie et Marc échangèrent un regard complice.

— Nous devons avoir des racines communes, vous et moi ! commenta Marc en souriant.

Un sentiment étrange envahit la jeune femme. Elle tourna la tête. Elle avait soudain l'impression de ne plus être seule.

— Regardez ! Un car nous arrive. À vous de jouer ! Moi, je vais me poster en faction derrière mon comptoir.

Elle souriait encore tout en s'ingéniant à présenter ses réalisations de façon toujours plus attractive. Elle se sentait bien dans la boutique. À sa place. À présent, il fallait qu'elle se trouve une maison. Cette idée s'imposa brusquement, comme une évidence.

Malgré leur profonde amitié, elle supportait de plus en plus mal de vivre chez Sylvie. Elle avait besoin d'être indépendante pour se reconstruire tout à fait. Y parviendrait-elle ? Son avocat lui avait transmis une proposition de François. À l'en croire, celle-ci était intéressante pour elle.

Cette idée lui donnait la nausée. C'était donc tout ce qui restait de leur mariage, de leur couple, un arrangement financier ? Alertés par leur père, Jérôme et Clara l'avaient appelée pour lui confier leur désarroi. D'une certaine manière, son fils s'était montré plus chaleureux, plus compréhensif que sa fille. « N'hésite pas, maman, fonce ! Il y a si longtemps que tu ronges ton frein à la maison », lui avait dit Jérôme. Clara, pour sa part, avait grommelé que Marie avait passé l'âge des crises d'adolescence. « Papa est en pleine déprime, te rends-tu compte ? – Pour tout dire, c'est le cadet de mes soucis ! » avait répliqué vivement Marie. Par un accord tacite, elles avaient ensuite discuté de choses sans importance, futiles même, pour ne pas se quereller au sujet de François. En raccrochant, Marie avait pensé qu'elle devait suivre son chemin, sans se préoccuper des réactions de ses enfants. Ils étaient grands, ils vivaient leur vie, ils se remettraient de la séparation de leurs parents. C'était là un sentiment nouveau pour elle.

Elle dénicha la maison de ses rêves après plusieurs semaines de recherches. Elle était allée, ce jour-là, chercher des épis de blé et des immortelles chez une cultivatrice du Pègue. Sur le chemin du retour, elle était tombée en arrêt devant un mazet en pierre, cerné de buissons de roses anciennes, semblables à celles qui ornaient les rues de Grignan montant au château.

La petite maison était située non loin du pont Roman, sur la route menant à la scourtinerie. Marie pourrait aller travailler à pied. Elle sourit d'elle-même, songeant qu'elle tirait déjà des plans sur la comète.

Elle releva les coordonnées de l'agence, fonça place de la Libération. La personne qui la reçut était une commerciale née, comme Sylvie. Tout ce qu'elle-même, Marie, ne serait jamais. Elle aurait dû, bien sûr, ne pas manifester son intérêt de façon aussi évidente. C'était la règle du jeu. Mais Marie n'avait pas envie de suivre les règles. Elle désirait vivre à sa guise, pour une fois. Parce qu'elle avait trop longtemps réprimé ses émotions et ses désirs secrets.

Elle ne prêta pas vraiment attention au crépi abîmé par endroits ni à l'agencement vétuste des sanitaires et de la salle de bains. Elle savait déjà qu'elle peindrait les murs d'une délicate nuance rosée, rappelant celle des fleurs. Elle chinerait dans les brocantes et récupérerait à Bougival les meubles lui venant de sa grand-mère.

— Ce mazet est plein de charme, glissa l'agent immobilier. Nous ne l'avons pas encore vendu car il est très petit.

— Je suis seule, répondit Marie.

Cette réalité ne lui faisait plus peur. Il était grand temps. Elle devait reconstruire sa vie sans François. Non pas tout recommencer à zéro mais vivre différemment.

Elle releva la tête, croisa le regard compréhensif de l'agent immobilier.

— Je ne vous demande pas si vous désirez l'acquérir. Cette maison est faite pour vous, nous le savons vous et moi. C'est le genre de surprise agréable que nous réserve mon métier, de temps à autre, réussir une parfaite adéquation entre un lieu et une personne.

— Merci, souffla Marie.

Elle allait enfin pouvoir poser ses sacs de voyage, s'installer. La vie continuait. « Je vous aiderai pour les travaux, si vous voulez », avait proposé Marc.

Sylvie rayonnait car leur huile essentielle de lavande fine venait d'obtenir l'appellation d'origine contrôlée. Le label « Huiles essentielles de lavande de Haute-Provence », créé en 1981 afin de lutter contre la concurrence des essences venues de Bulgarie, garantissait une production de très haute qualité. C'était pour eux trois mieux qu'une victoire. Comme une intronisation dans la confrérie...

Sylvie partait pour l'osmothèque de Versailles participer à une rencontre avec de grands parfumeurs.

« Nous avons gagné notre premier défi », aimait-elle à dire. Tous trois étaient fermement décidés à se battre pour la distillerie.

La basse saison permettait à Marie de se consacrer à l'aménagement de sa maison. Sa mère avait poussé les hauts cris en apprenant sa décision. « La Drôme provençale... Quelle idée d'aller te cacher là-bas ! Décidément, tu ne feras jamais rien comme les autres ! »

Quant à ses amis, ou prétendus tels, ils avaient pour la plupart pris le parti de François qui s'efforçait de se montrer beau joueur. Il répondait d'une voix désinvolte à ceux, de plus en plus nombreux, qui lui posaient des questions : « Marie avait envie de vivre autre chose. C'est devenu fréquent, une fois franchi le cap de la quarantaine... Oui, bien sûr, elle se réalise pleinement en Haute-Provence, mais elle finira par se lasser de sa lavande et de ses fleurs séchées. » François pouvait se montrer cruel. Marie, elle, ne savait pas. Elle préférait fuir.

Ils avaient travaillé d'arrache-pied durant un bon mois, Marc et elle. À présent, le mazet était prêt pour affronter l'hiver, conforme aux rêves de Marie. Chaque matin, lorsqu'elle ouvrait ses volets peints de la nuance exacte – vert grisé – du feuillage des oliviers, elle se sentait chez elle. En harmonie avec le paysage et la vie qu'elle avait choisie.

Marc et elle s'étaient rapprochés au cours des derniers mois. Elle appréciait son amitié. Jusqu'au soir où il l'avait invitée à venir partager son dîner.

— Je connais très peu de choses à votre sujet, avait remarqué Marie en découvrant sa maison, une vieille ferme aux Blaches, restaurée avec goût.

Il l'avait contemplée sans mot dire durant plusieurs instants et, sous le poids de ce regard, elle avait regretté sa question.

— J'ai quarante-sept ans, répondit-il enfin. Je suis divorcé, sans enfant. Ma... mon ex-femme n'a pas supporté le fait que j'abandonne un poste à responsabilités dans l'industrie pharmaceutique pour, selon ses propres termes, réaliser un « rêve de baba cool attardé ». Armelle a toujours planifié sa vie. Pour elle, j'étais devenu un élément incontrôlable.

Il n'y avait pas d'amertume dans sa voix. Il énonçait simplement un constat.

— J'ai cru pendant longtemps que je me suffirais à moi-même, reprit-il. Et puis...

À cet instant, Marie comprit qu'il allait prononcer des mots qu'elle n'était pas prête à entendre. Peut-être même ne le serait-elle jamais, comment savoir ? Elle se sentait encore en convalescence.

Par quelque obscur goût du risque, elle n'avait pu s'empêcher de relancer :

— Et puis ?

Il lui sourit. Son regard gris était tendre, attentif.

— Et puis vous êtes arrivée, Marie, avec de l'ombre plein les yeux, et je n'ai plus eu qu'un désir : vous rendre votre sourire.

Il se leva, comme pour lui laisser le temps de se reprendre, alla chercher le café.

Lorsqu'il revint, Marie s'était pelotonnée sur le sofa. Elle avait ôté ses chaussures suivant une vieille habitude et regardait Marc en souriant.

— J'ai envie que vous m'embrassiez, lui dit-elle.

Ses lèvres sur les siennes étaient chaudes et douces, troublantes, alors que ses bras autour d'elle étaient rassurants.

Elle s'y sentait bien.

À sa place.

Le jour où François franchit le seuil de la boutique, elle ne le reconnut pas immédiatement. C'était une lumineuse journée de décembre. Il avait gelé blanc durant la nuit et l'air était délicieusement piquant.

Le visiteur s'immobilisa à l'entrée du magasin qui embaumait.

— Marie ?

Elle tressaillit, fit un pas vers lui.

— Eh bien, la lavande te va bien ! lança-t-il, ne parvenant pas à dissimuler sa surprise.

Son regard lui disait qu'il la trouvait belle. Elle avait laissé pousser ses cheveux, qui bouclaient naturellement, ravivé leur nuance auburn. L'été passé lui avait laissé un léger hâle qui la fardait joliment. Elle se sentait à son avantage, et cela se voyait.

François lui parut las et triste, mais elle n'avait pas l'intention de se laisser attendrir. Surtout pas !

— Bonjour, François, lui dit-elle.

Il se pencha. Elle tourna légèrement la tête pour lui offrir sa joue. Ils échangèrent un regard indéfinissable, lourd de questions destinées à demeurer sans réponse.

— Tu as réussi à te libérer ? demanda-t-elle d'une voix unie.

— Deux jours, pas plus. J'ai fermé le cabinet.

Auparavant, lorsqu'ils vivaient encore ensemble à Bougival, il disait ne pas pouvoir se le permettre. Sauf quand il partait en séminaire. Elle avait gardé un très mauvais souvenir du dernier... Une impression d'échec, de trahison que seuls l'amour et la tendresse de Marc avaient réussi à dissiper. En partie seulement...

« Surtout, ne pas se laisser envahir par la rancœur ou l'amertume », se dit-elle avec force. Elle espérait bien avoir dépassé ces sentiments.

François se pencha au-dessus du comptoir. Un fin réseau de rides cernait ses yeux sombres. Un vertige saisit Marie à la pensée qu'ils avaient partagé près de vingt-cinq ans d'amour, de tendresse, de peines et de joies. Que leur restait-il, hormis Jérôme et Clara ? Des souvenirs ternis, un peu flous, comme s'il ne s'était pas vraiment agi d'eux mais d'un autre couple. La sensation que leur amour s'était fané.

— Marie... je suis venu te chercher.

Elle redressa vivement la tête. La colère lui allait bien.

— Comme ça, parce que tu l'as décidé ? Il fallait y songer avant !

François tendit la main vers elle.

— C'est toi que j'aime, Marie. Toi seule.

Elle avait dépassé la haine. Elle s'en apercevait aujourd'hui avec une pointe d'incrédulité. Que restait-il dans son cœur pour cet homme qui lui apparaissait comme un étranger ?

Elle secoua la tête. Ses longs pendants d'oreilles, achetés sur le marché de Vaison, cliquetèrent. Elle était différente de la femme que François avait connue et épousée. En avait-il seulement conscience ?

Il tendit la main vers elle.

— Tu m'invites à découvrir ta maisonnette ? D'après Clara, c'est un endroit plein de charme.

Clara était venue la voir, fin novembre, en coup de vent. « Finalement, tu as peut-être raison », avait-elle dit à sa mère le matin de son départ. Elle avait voulu tout voir, la distillerie, la boutique, Marc, Sylvie... Elle avait posé sur Marc un regard inquisiteur, empreint de défiance. Était-ce pour cette raison que François était venu à son tour à Nyons ?

Cette idée séduisait Marie, même si après cette première nuit passée chez Marc elle avait désiré prendre un peu de recul.

Marc, avec le tact dont il savait faire preuve, avait compris ce qu'elle éprouvait. « Nous avons tout notre temps, lui avait-il dit. L'amour se bâtit jour après jour. »

— Marie, répéta François.

Elle plongea son regard dans le sien, qui ne se déroba pas.

— Je ne sais plus si je dois te croire. Je ne sais même pas si je t'aime toujours.

Il parut choqué, et elle réprima un sourire.

— Tu ne m'as toujours pas pardonné, n'est-ce pas ? reprit François.

L'espace d'un instant, elle éprouva le désir irraisonné de saisir la main qu'il tendait vers elle et de se laisser aller contre lui.

Mais, en même temps, elle savait qu'elle ne le ferait pas, parce que c'était la solution de facilité. Au cours des mois écoulés, Marie était devenue plus exigeante, elle s'était réconciliée avec sa propre image. Et elle refusait de sacrifier son indépendance toute neuve aux promesses de François.

Elle trouva les mots pour le lui expliquer, calmement, en soutenant son regard qui s'obscurcissait.

— C'est bien ce que je disais, coupa François, tu ne m'as toujours pas pardonné.

— En effet, confirma-t-elle.

Elle pensait qu'il allait se mettre en colère mais une étincelle de gaieté éclaira ses yeux sombres.

— Finalement, j'aime mieux ça. J'ai bien l'intention de te reconquérir ! lança-t-il avec sa voix d'« avant », quand il avait vingt ans et lui jurait qu'il n'aimerait jamais une autre femme qu'elle.

Elle l'avait cru, alors... Parviendrait-il à la séduire de nouveau ? Elle était incapable de le dire.

Elle l'accompagna sur le seuil de la boutique pour lui indiquer un hôtel.

— Je reviens te chercher à dix-neuf heures, proposa-t-il. Je t'emmènerai dîner.

Le ciel était clair. De nouveau, Marie se sentit chez elle. Une autre femme, fière de ce qu'ils avaient accompli tous les trois, Marc, Sylvie et elle. Marc... Il l'attirait, il la troublait. Elle était bien auprès de lui. L'aimait-elle pour autant ?

Là-bas, le soleil basculait, teintant de mauve sépia le versant de la montagne.

Marie prit une longue inspiration.
— Soyons amis, déclara-t-elle à François. En souvenir de tout ce qui nous a unis, de tout ce que nous avons partagé.

Elle hésita, avant d'ajouter d'un trait :
— J'ai rencontré quelqu'un. Il... il s'appelle Marc. Et je crois bien que je l'aime.

Brusquement, elle était sûre de ses sentiments pour Marc. La visite inopinée de son ex-mari avait fonctionné comme un révélateur.

Le visage de François se défit.

— Tu te venges, c'est ça, n'est-ce pas ? Tu me rends la monnaie de ma pièce.

Marie secoua la tête. C'était étrange… Elle se sentait à la fois très lasse et pleine d'allégresse.

— Même pas, dit-elle. C'est autre chose, mieux qu'une revanche. De l'amour mûri au soleil. Nous ne sommes plus des gamins, Marc et moi. Et nous avons envie de continuer notre chemin ensemble.

Elle embrassa du regard l'Eygues, qui courait vers Saint-Maurice, la montagne déjà noyée d'ombres violettes.

— C'est comme une évidence, reprit-elle. Marc et moi sommes à notre place ici. Au pays.

François se détourna. Elle ne remarqua pas son mouvement de retrait. Elle se sentait jeune, soudain, et libre.

Prête à relever n'importe quel défi.

Heureuse, finalement…

## REMERCIEMENTS

Un grand, grand merci à mes proches, famille et amis, pour leur soutien sans faille et... leur patience !

Un immense merci à Cécile Rivière pour sa relecture attentive, ses avis, son humour et sa disponibilité.

Merci aussi, de tout cœur, à mes fidèles amies, Marie-Delphine Mellini et Mariette Mourgeon, ainsi qu'à Élise Fischer qui m'ont toutes trois encouragée à me lancer dans l'écriture de nouvelles. Sans oublier Jeannine Balland qui m'a une nouvelle fois accordé toute sa confiance.

Mes remerciements et ma gratitude également à François Mussigmann, libraire à Nyons, au musée de la Métallurgie ardennaise à Bogny-sur-Meuse, à la distillerie Bleu Provence à Nyons, à la chorale de Maryse Florès à Charleville-Mézières.

Grâce à eux, j'ai osé me lancer dans l'aventure de ce recueil de nouvelles...

# Table

| | |
|---|---:|
| *Préface* | 7 |
| Le secret des oliviers | 9 |
| La nuit de l'espérance | 51 |
| La maison de Pauline | 65 |
| Entre vignes et oliviers | 101 |
| Les hommes aux mains d'or | 129 |
| Le temps immobilisé | 143 |
| La fontaine au masque | 175 |
| Le Voleur de temps | 191 |
| Couleur lavande | 223 |
| Courir contre le vent | 235 |
| Le vieux relais de poste | 265 |
| Le temps des olivades | 297 |
| Retour au pays bleu | 325 |
| *Remerciements* | 353 |

*Du même auteur :*

*La Forge au loup*, Presses de la Cité, 2001, 2015
*La Cour aux paons*, Presses de la Cité, 2002
*Le Bois de lune*, Presses de la Cité, 2003, 2015
*Le Maître ardoisier*, Presses de la Cité, 2004
*Les Tisserands de la licorne*, Presses de la Cité, 2005
*Le Vent de l'aube*, Presses de la Cité, 2006
*Les Chemins de Garance*, Presses de la Cité, 2007
*La Figuière en héritage*, Presses de la Cité, 2008, 2014
*La Nuit de l'amandier*, Presses de la Cité, 2009
*La Combe aux oliviers*, Presses de la Cité, 2010
*Le Moulin des Sources*, Calmann-Lévy, 2010
*Le Mas des Tilleuls*, Calmann-Lévy, 2011
*Les Bateliers du Rhône*, Presses de la Cité, 2012
*Les Dames de Meuse*, Omnibus, 2012
*La Grange de Rochebrune*, Calmann-Lévy, 2013
*Le Fils maudit*, Calmann-Lévy, 2014
*Romans de ma Provence*, Omnibus, 2014
*Les Sentiers de l'exil*, Calmann-Lévy, 2015

*La Maison du Cap*, Presses de la Cité, 2016
*Les roses sont éternelles*, Calmann-Lévy, 2016
*Le Maître du Castellar*, Calmann-Lévy, 2017
*Les Chemins de garance*, Presses de la Cité, 2017
*À travers la nuit et le vent*, Presses de la Cité, 2018